I0654591

DOLCH UND DIAMANTEN

DER STRICKCLUB DER VAMPIRE, BAND ELF

NANCY WARREN

Dolch und Diamanten, Der Strickclub der Vampire, Band Elf

Urheberrecht © 2023 Nancy Warren

ISBN: Ebook 978-1-990210-91-4

ISBN: Gedruckt 978-1-990210-90-7

Cover-Gestaltung von Lou Harper von Cover Affair.

Übersetzung: Christine L. Weiting – Language + Literary Translations, LLC.

Ambleside Publishing

VORWORT

Band Elf – Dolch und Diamanten: Ein paranormaler Cosy-Krimi

Verschwundene Juwelen, ein Hexendolch und ein Mord ...

Es ist ein ganz normaler Tag im Strickladen Cardinal Woolsey's in Oxford.

Die glamouröse Vampirin Sylvia erfährt, dass einer ihrer berühmtesten Stummfilme von einer Produktionsgesellschaft neu verfilmt wird, und ist fest entschlossen, sich kreativ einzubringen. Sie beschließt, die Strickladenbesitzerin Lucy zur Begünstigten ihres Nachlasses zu machen. Lucy soll an Sylvias Stelle die Verhandlungen mit den Filmmanagern führen, die eine Imitation der immer noch in Sylvias Besitz befindlichen, speziell angefertigten, unbezahlbaren Cartier-Juwelen aus dem Originalfilm herstellen wollen.

In der Zwischenzeit macht Lucy Fortschritte bei ihrer Hexenausbildung. Es ist für sie an der Zeit, ihren eigenen Athame zu wählen – den Hexendolch, den sie für ihre Zaubersprüche verwenden wird.

Bei all dem hat sie kaum Zeit, ihren Strickladen zu führen, geschweige denn einen weiteren Mord aufzuklären.

Dies ist das elfte Buch aus der Reihe „Der Strickclub der Vampire." Schrullige Figuren, eine überaus intelligente Katze und jede Menge Chaos und Zauberei prägen diese gemütlichen und jugendfreien Geschichten aus der Feder der *USA Today*-Bestsellerautorin Nancy Warren. Jeder Band kann für sich allein gelesen werden.

Melden Sie sich zu Nancys spamfreien Newsletter auf Nancy-WarrenAuthor.com an und erhalten Sie gratis die Geschichte von Rafe, dem hinreißend attraktiven Vampir aus der Serie *Der Strickclub der Vampire.*

Werden Sie Teil von Nancys privater Gruppe auf Facebook, wo wir uns über Bücher, Stricken, Haustiere und das Leben an sich austauschen. facebook.com/groups/NancyWarren-Knitwits

DOLCH UND DIAMANTEN

„Lucy, ich habe beschlossen, dich zur Erbin meines Vermögens zu machen", rief Sylvia Strand dramatisch aus. Da Sylvia in der Stummfilmzeit eine berühmte Bühnen- und Filmschauspielerin gewesen war, hatte sie natürlich schon immer ein Faible für Dramatik.

Sie hatte mich in meiner Wohnung in Oxford über meinem Handarbeitsgeschäft Cardinal Woolsey's aufgesucht, und zwar seltsamerweise allein. Normalerweise waren sie und meine Großmutter Agnes Bartlett unzertrennlich. Sie sah mich erwartungsvoll an, aber ich war mir nicht sicher, wie ich reagieren sollte. Da Sylvia eine Vampirin war, war es nämlich abzusehen, dass sie ihren Reichtum immer noch selbst genießen würde, nachdem ich als gewöhnliche Sterbliche bereits seit einigen Jahrhunderten das Zeitliche gesegnet hätte.

Ich spürte, dass es ihr um etwas anderes ging als um ihre Nachlassverwaltung. Da ich aber nicht unhöflich erscheinen wollte, bedankte ich mich erst einmal.

Darauf folgte eine kurze Pause. Sie schien mehr zu erwarten. „Ich bin sehr vermögend, weißt du. Allein meine Juwelen sind ein kleines Vermögen wert." Ihre Lippen verzogen sich zu einem Lächeln. „Eigentlich gar kein kleines."

Ich wollte wirklich keine Spielchen mit Sylvia spielen. Sie gewann sowieso immer. Also sagte ich: „Wenn da nicht irgendetwas ist, was sich meiner Kenntnis entzieht, wirst du deinen Schmuck noch lange nach meinem Tod selber tragen."

„Man kann nie wissen", sagte sie vage. Und dann ließ sie plötzlich ihre Maske fallen, setzte sich auf einen der Chintzsessel in meinem Wohnzimmer und forderte mich auf, ihr gegenüber auf der Couch Platz zu nehmen. „Also gut. Ich brauche deine Hilfe."

Nyx kam durch das Fenster, schnupperte an Sylvias Fußgelenk und sprang auf meinen Schoß. Ich war froh, meine Vertraute in der Nähe zu haben, während die elegante Vampirin erklärte, welchen Gefallen ich ihr tun sollte.

„Es ist eigentlich ganz einfach. Eine Produktionsfirma verfilmt macht derzeit eine Neuverfilmung von *Die Frau des Professors*, einem meiner berühmtesten Filme."

Das wusste ich bereits, und sie war wütend gewesen, als sie es erfahren hatte. Jetzt schien sie ihre Haltung geändert zu haben. „Okay", sagte ich vorsichtig.

„Die Firma hat den Anwalt meines Nachlasses, Bertram Winthrop, kontaktiert."

Der Anwalt ihres Nachlasses. „Ist er...?"

„Untot? Oh ja. Ich mache nie Geschäfte mit Sterblichen. Das ist nichts für die Ewigkeit."

„Richtig."

„Bertram sagte mir, dass Rune Films dem Original Tribut

zollen will. Es soll ein Imitat der im Originalfilm verwendeten Juwelen angefertigt werden."

„Welche Juwelen?"

Sie gluckste leise. „Cartier hatte eine einzigartige Parüre für mich entworfen, die ich in dem Film tragen sollte, und laut Vertrag durfte ich diese behalten."

„Cartier hat eigens für dich ein Schmuckset entworfen?"

„Aber natürlich. Jacques war ein guter Freund. Diese Juwelen waren meine Bezahlung. Die Diamanten waren lupenrein, die Smaragde von bemerkenswerter Farbe, und das Design ist reines Art-Déco."

„Wow. Das ist ja ein ordentliches Honorar."

„Ich habe sie nie verkauft. Und jetzt möchte ich, dass du sie trägst."

Plötzlich hatte ich das Gefühl, dass mir in dem Zimmer die Luft knapp wurde. „Du willst, dass ich ein unbezahlbares Schmuckset aus Diamanten und Smaragden trage? Wo denn?"

„Hier in Oxford. Als Erstes wirst du dich in London mit den Produzenten treffen, als meine Begünstigte, also im Namen meines Nachlasses."

„London?"

„Ja. Du unterschreibst den Vertrag, mit dem die Firma das Recht erwirbt, die Juwelen für den Film zu reproduzieren und die echten Juwelen bei einem Galaabend zur Ankündigung des Films zeigen zu dürfen. Bei dieser Veranstaltung wirst du die Juwelen tragen. Sie findet im St. Peters College statt, wo der Film gedreht wird. Welch eine große Freude für dich!"

Erfreut war ich nicht im Geringsten. In Wirklichkeit hatte

ich eher einen Schwächeanfall. „Sind die Juwelen versichert?"

„Wie soll man etwas versichern, das unbezahlbar ist?" Sie ließ das einen Moment lang auf mich wirken und beugte sich dann vor. „Du darfst sie nicht verlieren."

～

Am selben Abend fand das Treffen des Vampir-Strickclubs statt, aber ich hatte Sylvia schwören müssen, niemandem etwas zu sagen. Die strickenden Vampire waren vielleicht noch am ehesten die, die sie als ihre Freunde bezeichnen konnte, aber ich konnte sehen, dass sie ihnen nicht vertraute, zumindest nicht in Bezug auf ihre unbezahlbaren Juwelen. Granny war jedoch eingeweiht. Als sie aus den unterirdischen Behausungen, in denen einige Clubmitglieder unter meinem Laden wohnten, durch die Falltür nach oben kam, strahlte sie. „Lucy, ist das nicht aufregend?", sagte sie. „Du wirst Filmstar."

Ich hätte mich fast verschluckt, aber Sylvia gab ein Geräusch von sich, als ob sie regelrecht ersticken würde. „Filmstar? Sie wird meine Juwelen tragen. Eine atemberaubende Parüre, die einst einem Filmstar gehörte, als man noch wusste, was Glamour wirklich ist."

Ich musste mein Lächeln verbergen, als sie eine Pose einnahm wie Greta Garbo in einem alten Schwarzweißfilm. Granny überspielte ihren Patzer eilig mit den Worten: „Genau das habe ich gemeint, meine Liebe. Wenn Lucy so herrlichen Schmuck trägt, wird sie sich bestimmt fühlen wie ein Star."

Sylvia schnaubte. „Ich müsste ihn eigentlich selbst

tragen, aber mein Anwalt beharrt darauf, dass das zu gefährlich wäre."

Ich schaute Granny an, und wir machten beide große Augen. Ich hätte mir nichts Schlimmeres vorstellen können, als dass Sylvia bei dem Event auftauchte, obwohl sie angeblich schon seit Jahrzehnten tot war. Da gab es nämlich ein Problem: Wenn sie schon jahrhundertelang untot gewesen wäre, wäre sie damit durchgekommen. Aber sie sah dem Stummfilmstar, der sie einmal gewesen war, immer noch sehr ähnlich. Wenn sie durch die Straßen Oxfords schlenderte, fiel sie niemandem auf, aber die Leute, die gerade ihren berühmtesten Film neu verfilmten, würden womöglich doch große Augen machen, und diese Art kritischer Aufmerksamkeit suchten die Vampire vor Ort tunlichst zu vermeiden.

Zum Glück war sich Sylvia bewusst, dass es für sie unmöglich war, die Juwelen selbst zu tragen. Wie um sie von ihrer Enttäuschung abzulenken, zog Granny eine Papiertüte mit dem Logo von Cardinal Woolsey's hervor und sagte: „Mir ist eine ganz wunderbare Idee gekommen. Ich habe die neue Ausgabe der Zeitschrift von Teddy Lamont gesehen, da wird ein wunderhübscher Pullover mit Diamantstrickmuster gezeigt. Und dazu gibt es eine ganze Garnpalette in Edelsteinfarben. Ich stricke ihn in Rot, in genau deiner Größe, Lucy."

Ich liebte es, wenn die Vampire mir Pullover strickten. Obwohl ich einen ganzen Kleiderschrank voll davon hatte, war es immer schön, etwas Neues zu haben, das ich im Laden tragen konnte. Da Granny mit Überschallgeschwindigkeit strickte, hatte sie natürlich schon den Rücken und einen Ärmelteil fertig. Bei ihrem Tempo würde ich den Pulli schon morgen tragen können. „Ich dachte, ich könnte in jeder Farbe einen stricken. Was hältst du davon, Liebes? Wir könnten sie an der Rückwand des Ladens ausstellen."

Von dieser Idee war ich wirklich begeistert. „Das würde die Leute wirklich in den Laden locken. Granny, das ist eine fantastische Idee."

Hester, der ewig quengelnde Teenager, hatte sich ins Hinterzimmer geschleppt, als müsste sie sich aus ihrem Sarg herausquälen. Sie stieß einen tiefen Seufzer aus. „Schön für gewisse Leute. Mich fragt niemand jemals, ob ich nicht etwas für den Laden stricken möchte."

Wir drehten uns alle um und starrten sie an. Hester war nicht als sehr hilfsbereit bekannt. Dann sagte Granny, als netteste Vampirin der Welt: „Ich würde mich freuen, wenn du einen machen würdest, Liebes. Welche Farbe gefällt dir am besten?"

Hester schaute auf das Sortiment mit Rot, Gold, Grün und Saphirblau und sagte: „Schwarz".

Was sollte das?

„Das passt aber nicht ganz zu unserem Thema, oder?", meinte Granny. Meinst du, du könntest vielleicht diese blaue Farbe ausprobieren? Die würde schön zu deinen Augen passen."

Das ließ sie aufhorchen. Seitdem wir einen neuen Vampir in der Stadt hatten, einen jungen Spanier namens Carlos, hatte Hester tatsächlich versucht, ihr Erscheinungsbild und – zumindest in seiner Gegenwart – ihr Verhalten zu verbessern. Leider war er nicht hier, und so war sie wieder zu der mürrischen Hester geworden, die wir alle kannten und nicht mochten.

„Na gut", schnauzte sie und streckte ungeduldig ihre Hand aus. Granny wurde unruhig.

„Nun, ich habe die Sachen nicht hier. Ich muss nach vorne in den Laden gehen und dir holen, was du brauchst." Dabei sah sie mich entschuldigend an. „Ist das in Ordnung, Lucy?"

„Ich leite den Vampir-Strickclub nicht, ich stelle nur den Veranstaltungsort zur Verfügung. Mir macht es nichts aus, wenn wir etwas später anfangen."

Und so ging Granny mit Hester in den Laden, um Wolle und Zubehör für die komplizierten Pullover im Diamantstrick-Look zu holen, die sie stricken wollten. Ich beschäftigte mich mit der viel weniger eleganten Mütze, die ich gerade strickte. Wenn ich mich wirklich anstrengte, so glaubte ich, könnte ich sie bis zur nächsten Woche fertig haben. Ich hatte nicht viele fertige Strickteile, auf die ich stolz sein konnte. Beim Strickenlernen musste ich wirklich einen Zahn zulegen. Ich wünschte nur, ich hätte mehr Spaß daran. Manchmal wünschte ich mir, meine Großmutter hätte mir ein Schokoladengeschäft vererbt.

Oder vielleicht einen Juwelierladen.

Bei dem Gedanken an Schmuck fiel mir wieder ein, dass Sylvia mich gebeten hatte, später an diesem Abend mit ihr nach unten zu gehen und die Cartier-Juwelen anzuprobieren. Die Vorstellung, ihren Schmuck zu tragen, machte mich ausgesprochen nervös. Ich wusste, dass sie das eigentlich auch nicht wollte, und dass sie alles anders geplant hätte, wenn es eine andere Möglichkeit gegeben hätte. Aber es gab keine.

Sie schien zu glauben, dass sie mir mit der Sache einen großen Gefallen tat. Für mich war es das Gegenteil. Falls etwas schief ging, wollte ich auf keinen Fall, dass eine so mächtige Vampirin wie Sylvia einen Groll gegen mich hegte.

Allein der Gedanke daran jagte mir einen Schauer über den Rücken. Ich sagte mir, dass schon nichts passieren würde, und stach meine Stricknadel in die nächste Masche.

Als alle versammelt waren, präsentierten wir unsere Strickarbeiten. Dr. Christopher Weaver, ein eleganter Mann, der eine private Blutbank betrieb, arbeitete gerade an einer seiner endlosen Westen. Mabel strickte einen Pullover, der wie eine Badematte aussah. Es war wirklich das hässlichste Ding, das ich je gesehen hatte, lindgrün mit großen Häkelblumen in Orange und Lila. Dennoch arbeitete sie fröhlich daran.

Sylvia zuckte zusammen, als sie das Stück sah, und wandte dann vorsichtig den Blick ab, als könnten ihre Augäpfel durch den Anblick dauerhaften Schaden erleiden.

Granny und Hester arbeiteten beide an Pullovern mit Diamantenmuster, und Hester schien etwas fröhlicher zu sein, da sie sich nun einbezogen fühlte.

Sylvia strickte nichts. Das war untypisch für sie und ließ mich vermuten, dass sie genauso nervös war wie ich. Carlos, der jung und attraktiv aussehende Spanier, kam mit einem schwarzen Rucksack an, in dem sich sein Strickzeug befand. Hester verwandelte sich sofort von mürrisch zu liebreizend. „Ich dachte, du kämst heute Abend nicht", sagte sie.

„Ich hatte es nicht vor, aber es hat sich alles verheddert, ich brauche Hilfe." Er setzte sich neben sie und holte eine Strickarbeit heraus, die auch von mir hätte sein können. Sie war nicht verheddert. Er strickte nur mit zu viel Spannung. Als ich mit dem Stricken anfing, hatte ich das gleiche Problem. Ich war sehr zufrieden mit mir, weil ich sein Problem erkannt hatte und auch, weil ich wusste, dass ich gelernt hatte, lockerer zu stricken. Ein Fortschritt. Da er der einzige andere Nicht-Experte im Club war, strahlte ich fast so sehr wie Hester, wenn er zu unseren Treffen kam.

Sie beugte sich vor, um zu helfen. „Ach, du Dummerchen. Du hast so fest gestrickt, dass du die Nadeln kaum in die Maschen bekommst. Und du hast eine Masche fallen lassen. Das müssen wir wieder in Ordnung bringen."

Rafe traf etwa fünf Minuten später ein. Ich wusste, dass er da war, als Nyx, meine schwarze Vertraute, sich fröhlich miauend aufrichtete. Ich habe ein ziemlich gutes Gehör, aber ihres ist außergewöhnlich. Vor allem, wenn Rafe in der Nähe ist. Er kam herein, entschuldigte sich für seine Verspätung und schaute sich im Raum um, als ob er sehen wollte, wer da war. Dann ließ er seinen Blick auf mir ruhen und schenkte mir das Lächeln, das er sonst niemandem schenkte. „Lucy, guten Abend."

„Hallo", sagte ich, senkte den Kopf und widmete mich wieder meinem Strickzeug.

Okay, es waren nicht gerade süße Worte, aber um uns herum saßen ein Dutzend sehr neugierige Vampire, die jedes unserer Worte mitbekamen. Rafe hatte mir einen Heiratsantrag gemacht, und ich hatte keine Ahnung, wie ich darauf antworten sollte, was alles sehr peinlich machte.

Er setzte sich und holte sein eigenes Strickzeug hervor. Ich sah ihm ein paar Minuten lang zu, wie seine langfingrigen Hände mit dem feinen marineblauen Kaschmirgarn arbeiteten.

Auch Carlos beobachtete ihn und sehnte sich zweifellos nach dem Tag, an dem seine Strickerei so glatt und mühelos vonstattengehen würde. Er fragte: „Ist das für Lucy?"

Rafe blickte auf. „Wie bitte?"

„Der Pullover, den du strickst. Ist der für Lucy?" Alle

hörten auf zu stricken und starrten ihn an, als hätte er einen schlechten Scherz gemacht. Rafe hatte mir noch nie einen Pullover gestrickt. Alle anderen Vampire schon, und dazu noch Mützen, Schals, Handschuhe, Leggings und Kleider. Rafe nicht. Warum war mir das nicht früher aufgefallen?

„Nein", sagte er.

„Er hat Angst vor dem Fluch", sagte Clara lauter als wahrscheinlich beabsichtigt zu Mabel.

„Fluch?", fragte Carlos. „Welcher Fluch?"

Jetzt hatte auch ich aufgehört zu stricken. Wie konnte es sogar beim Stricken Flüche geben? Gab es denn nichts, was sicher war?

„Das ist nur ein dummer Aberglaube", sagte Granny, aber sie sah aus, als würde sie ein Lächeln zurückhalten.

„Überhaupt nicht dumm", sagte Clara. „Meiner Schwester Bernice ist das auch passiert."

„Was ist ihr passiert?", fragte ich, weil ich unbedingt wissen wollte, was es mit all dem auf sich hatte. Und was es mit Rafe zu tun hatte.

„Der Fluch des Liebespullis, natürlich", sagte Clara.

Carlos und ich wechselten einen kurzen Blick. Der Fluch des Liebespullis?

„Bernice wollte ihren Verehrer heiraten", fuhr Clara fort. „Er war ein netter junger Mann. Er war Heizer bei der Eisenbahn. Sie beschloss, ihm einen Pullover zu stricken. Einen wunderschönen. Grau mit roten Streifen. Als sie am zweiten Ärmel ankam, hatte er sich mit einem anderen Mädchen davongemacht. Das ist der Fluch des Liebespullovers." Sie schüttelte den Kopf. „Sie hat den Pullover beiseitegelegt und nie wieder gestrickt. Als alte Jungfer ist sie gestorben, ja."

„Der Fluch ist törichter Unfug", fauchte Sylvia. Aber sie schien in schlechter Stimmung zu sein.

„Dieser Fluch", fragte Carlos, „tritt er nur auf, wenn man bereits zusammen ist?"

„Nein", sagte Mabel. „Es gilt als klug, niemals einen Pullover für jemanden zu stricken, den man eines Tages zum Partner haben möchte."

Rafe saß mit gesenktem Kopf da und strickte weiter, als ob er das Gespräch nicht mitbekäme. Da ich kein Vampir war, konnte ich immer noch erröten und spürte, wie meine Wangen heiß wurden. Um das zu verbergen, strickte ich fleißiger als sonst.

Wenigstens wusste ich jetzt, warum Rafe mir nie etwas strickte.

Wir strickten ein paar Stunden lang und tauschten Neuigkeiten aus, und dann begannen die Vampire, ihre Arbeit zusammenzulegen. Zu diesem Zeitpunkt ging ich normalerweise ins Bett, und sie gingen aus, um sich mit anderen zu treffen oder durch die Straßen zu streifen oder was auch immer sie taten, wenn die meisten Bewohner Oxfords schliefen.

Heute Abend packte ich mein Strickzeug weg und folgte Granny und Sylvia zu der Falltür, die in den Tunnel zu ihrer Wohnung hinunterführte.

„Lucy", sagte Rafe. „Ich dachte, du würdest ins Bett gehen."

Ich hatte nicht vor, ihn zu belügen, und Sylvia musste das gewusst haben. Bevor ich den Mund aufmachen konnte, sagte sie: „Ich möchte Lucy in einer Sache um Rat bitten."

Er hob eine Augenbraue und sah sie ziemlich forschend

an, aber als sie nicht weiter darauf einging, sagte er nur: „Dann wünsche ich euch allen eine gute Nacht." Und ging.

Wir stiegen die grobgehauene Steintreppe hinunter bis zu den Tunnelgängen unter der Stadt Oxford. Ich war schon oft hier gewesen, aber beim Hinuntersteigen gruselte mir immer noch ein bisschen. Ich roch die Feuchtigkeit des Flusses, der einst hier unten geflossen war. Ich hielt mich an die Seite, wo der steinerne Pfad an die raue Steinmauer stieß und wo brennende Fackeln unseren Weg beleuchteten. Wenn man nicht wusste, wo sie war, hätte man die Tür zum Versteck der Vampire glatt übersehen können. Die Vampire hatten sie absichtlich in ihrem alten und heruntergekommenen Zustand belassen, aber der Schein trog. Diese Tür war so hochtechnisiert und so sicher wie kaum eine andere Tür auf der Welt. Granny und ich gingen mit Sylvia hinein, und anstatt direkt in Sylvias Zimmer zu gehen, wie ich es erwartet hatte, folgten wir ihrem Beispiel und setzten uns ins Wohnzimmer. Die meisten anderen kehrten nur kurz zurück, um ihre Strickarbeiten abzulegen, bevor sie sich aufmachten in die Nacht.

Diesen Komplex zu betreten, war ein bisschen wie das Betreten von Aladins Wunderhöhle. Es war alles üppig möbliert und an den Wänden hingen Gemälde, die zweifellos ein Vermögen wert waren.

Alfred, Christopher und Theodore wollten zu einer Pokerrunde und verließen uns bald. Hester und Carlos saßen zusammen, während sie ihm half, noch ein paar Reihen zu stricken. Dann verkündete sie, er sei schon viel besser geworden und sie sollten einen Spaziergang machen und die Nachtluft genießen. Mabel und Clara wollten sich in Claras

Zimmer einen Film ansehen und konnten sich nicht entscheiden, ob es ein alter oder ein neuer sein sollte.

Nachdem sie einige Minuten lang gezaudert hatten, meinte Sylvia unterkühlt, sie sollten sich doch beide anschauen, da sie ja schließlich die ganze Nacht Zeit hätten. Mit einem raschen Blick auf sie huschten die beiden davon.

Schließlich waren alle weg, und erst dann nahm Sylvia mich und Granny mit in ihre Zimmerflucht. Ich war so oft hier gewesen, dass ich mich nicht mehr darüber wunderte, wie sehr ihre Privatwohnung einem glamourösen Filmset glich.

Nachdem sie sich vergewissert hatte, dass die Tür geschlossen war, nahm sie ein kubistisches Gemälde, das sie seinerzeit geschenkt bekommen hatte, von der Wand. Es war kein Picasso, aber von einem seiner Schüler. Ich hatte das Gefühl, dass sie auch ein Gemälde von Picasso selbst hätte haben können, sich aber zu sehr ärgerte, keines gekauft zu haben, als diese noch für etwa fünfundzwanzig Dollar zu haben waren. Dieses Werk aus der „Picasso-Schule" würde zwar nie in einer weltberühmten Galerie hängen, aber als Tarnung für einen Tresor war es nicht schlecht.

Obwohl wir allein waren, schaute sie sich um, um sich dessen noch einmal zu vergewissern, und tippte dann einen komplizierten Sicherheitscode ein. Sie öffnete den Safe, und ich hielt den Atem an. Ich wollte nicht hinsehen, aber ich konnte nicht anders. Wie oft bekam man schon Gelegenheit, den Tresor einer sehr reichen Vampirin von innen zu sehen?

KAPITEL 2

D er Inhalt des Tresors war fast so aufregend, wie ich es mir vorgestellt hatte. Darin befanden sich ein Stapel Goldbarren, einige Sicherheitskassetten, Umschläge, von denen ich annahm, dass sie Aktienzertifikate und wahrscheinlich Eigentumsurkunden enthielten, und wer weiß, was noch alles. Und dann holte Sylvia von ganz hinten ein Set von Schmuckkästchen heraus.

Granny und ich blickten uns an, und ich sah ihre Augen erwartungsvoll funkeln. Sylvia streichelte den Deckel der größten Schachtel, als wäre sie ihr Lieblingshaustier, öffnete sie dann, betrachtete den Inhalt mit einem feinen Lächeln und reichte sie mir.

Ich hatte etwas Fabelhaftes erwartet, keuchte aber trotzdem auf. Das Collier war ohne Zweifel das schönste Schmuckstück, das ich je gesehen hatte. Sicher, ich hatte die Kronjuwelen gesehen, und ich werde nicht behaupten, dass der Koh-i-Noor nicht überwältigend ist, aber so ein großer Klunker, ein Diamant in Straußenei-Größe in einer Krone, ist auf andere Art schön als ein Collier aus Juwelen, das Cartier in den 1920er Jahren für einen Filmstar entworfen hatte. Dieses Collier war nicht dazu gedacht, die Königswürde zu repräsentieren. Es verkörperte den Glamour in einer Zeit, als Glamour noch etwas bedeutete, wie es Sylvia jedem, der es hören wollte, sofort erklärt hätte.

Dies hier war ein Diamant-Collier mit strategisch platzierten Smaragden. Der große Smaragd befand sich nicht in der Mitte, sondern zur Seite hin verschoben, so wie man sich eine Schleife seitlich binden könnte. Darum herum lagen zwei Smaragde im Baguetteschliff, und das Ganze war in das Diamantcollier eingefasst, das funkelte, wie ich es noch nie zuvor gesehen hatte. Ich hatte fast das Gefühl, keine Luft mehr zu bekommen. Sie schien sehr erfreut, dass ich so überwältigt war.

„Wunderschön, nicht wahr?"

„Ich kann dir gar nicht sagen, wie schön."

Sie stellte das Kästchen ab und öffnete die anderen: passende Ohrringe, Armbänder für beide Handgelenke und ein Ring mit Smaragd und Diamanten.

Ich war überwältigt. Und geriet in Panik.

„Sylvia, ich kann nicht mit diesen Sachen in die Öffentlichkeit gehen. Ich würde vor Angst sterben."

„Zum Galaabend fahren wir dich selbstverständlich im Bentley und bringen dich anschließend wieder nach Hause. Und natürlich wird es während der Gala strenge Sicherheitsvorkehrungen geben. Du brauchst dir keine Sorgen zu machen."

Ich riss die Augen auf. „Du kommst auch mit?" Das schien mir gar keine gute Idee zu sein. Ich schaute Granny an, in der Hoffnung, sie könnte Sylvia diese verrückte Fahrgemeinschaft wieder ausreden, aber sie schien damit völlig einverstanden zu sein.

„Wird das ein Abenteuer! Natürlich gehen wir nicht zu der Gala. Aber wir können zusehen, wie du über den roten Teppich gehst."

„Roter Teppich?"

„Ja. Im St. Peter's College. Es wird einfach wunderschön sein."

Das St. Peter's College war eines der ältesten Colleges in Oxford, und das wollte schon etwas heißen. Sein ältester Teil war im Mittelalter erbaut worden. So viel wusste ich. Im Vorbeigehen hatte ich einmal einen Blick durch das Tor geworfen und die alte Turmspitze und die herrlichen Gärten bewundert. Jetzt sollte ich in einem Bentley durch das geöffnete Tor fahren und auf einem roten Teppich in das College gehen.

Ich hatte das Gefühl, immer tiefer im Treibsand zu versinken. „Wie groß ist diese Feier?"

Sylvia blickte wehmütig drein. Ihre berühmten Augen hielt sie halb geschlossen, als würde mein Anblick sie schmerzen. „Die Presse und Honoratioren sind eingeladen, und einflussreiche Leute aus der Filmbranche."

„Ich bin mir nicht sicher, ob ich mit einem Haufen berühmter reicher Leute herumhängen und vorgeben kann, deine Erbin zu sein. Ich bin keine Schauspielerin."

Sie erstarrte. „Du bist meine Erbin. Obwohl es mir völlig schleierhaft ist, wie das jemand sein kann, der so wenig Stilgefühl hat. Du wirst zu dem Anwaltstermin gehen und die Verträge unterschreiben, die ich mir natürlich vorher angesehen habe. Und dann wirst du die Juwelen bei der Gala tragen."

„Und wenn ich nun stolpere oder so?", fragte ich mit nervöser Stimme. Ich war eher der Typ für Jeans und Pullover. Sie musterte mich von oben bis unten, und ich wusste, dass auch sie mich für den Jeans-und-Pullover-Typen hielt.

„Wir haben etwas Zeit. Wir müssen üben."

Das hörte ich gar nicht gern. „Was üben?"

„Lucy! Wenn du diese Juwelen trägst, wirst du sie richtig tragen. Also –" Sie streckte die Hand aus und hob mein Kinn an. „Du hast einen recht schönen Hals. Natürlich nicht so schön wie meiner, den man einmal mit dem Stängel einer Lilie verglichen hat, aber akzeptabel, wenn du den Kopf richtig hältst. Und die Schultern. Die Wirbelsäule muss schön gerade sein. Was du wirklich brauchst, ist eine umfassende Ausbildung in der Alexander-Technik, aber dafür bleibt uns keine Zeit."

„Die Alexander-Technik?" Ich hatte davon gehört, dachte aber, es sei ein Schauspielstil, wie die Stanislawski-Methode.

„Ja. Die Alexander-Technik ist ein umfassendes Programm, um Bewegung und Atemtechnik zu lernen. Für meinen schauspielerischen Erfolg war sie sehr wichtig. Das Training könnte dir helfen, anmutiger zu stehen und zu gehen."

Ihre Komplimente waren überwältigend.

Sie musterte mich. „Du wirst ein schlichtes Kleid tragen. Schwarz natürlich, um die Juwelen zur Geltung zu bringen. Deine Frisur wird nicht genau so sein, wie die, die ich bei den Dreharbeiten zu *Die Frau des Professors* trug. Dazu fehlt dir die Gesichtsknochenstruktur, aber ich habe eine Idee."

Mir war völlig klar, dass ich bei dieser Gala bezüglich meines eigenen Auftritts keinerlei Mitspracherecht haben würde.

„Die Schneiderin arbeitet gerade an deinem Abendkleid. Deine Rolle ist ganz einfach. Du wirst posieren. Du wirst lächeln. Du wirst dafür sorgen, dass die Juwelen perfekt zur Geltung kommen. Du wirst dich unter die Leute mischen und sagen, was ich für dich aufschreiben werde. Und dann wirst du dich zurückziehen."

Bevor ich sie daran hindern konnte, nahm Sylvia das wunderschöne Collier aus dem Schmuckkasten und legte es mir um den Hals. An ihrem Blick sah ich, dass sie es eigentlich nicht tun wollte, und auch sie sah zweifellos an meinem Blick, dass ich nicht wollte, dass sie es tat. Es waren ihr Collier, ihr Ruhm und ihre Karriere, nicht meine. Das Collier lag kühl und schwer und fremdartig um meinen Hals. Die Ohrringe hingen schwer an meinen Ohrläppchen, und als sie die beiden Armbänder um meine Handgelenke legte, fühlten sie sich an wie Fesseln. Zuletzt steckte sie mir den Ring an und verzog das Gesicht, als sie den Zustand meiner Fingernägel sah. Zu Granny sagte sie: „Notiere dir, dass sie eine Maniküre nötig hat."

Granny nickte und tat wie ihr geheißen. Es gefiel mir nicht, dass der untote Filmstar meine Großmutter zu einer Art persönlicher Sekretärin machte, aber Granny schien so begeistert zu sein, dass ich nichts sagte. Ich hätte gerne einen Blick in einen Spiegel geworfen, aber hier unten gab es natürlich keine Spiegel. Sie wären ja nutzlos gewesen. Schon bald würde ich sehen können, wie das Set an mir aussah. Zweifellos würden bei dieser Gala viele Fotos geschossen werden. Mein Verstand schreckte vor dieser Idee zurück.

Sylvia schien auch schon an den Moment zu denken, in dem ich die menschliche Schaufensterpuppe sein würde, deren einziger Zweck darin bestand, diese Juwelen zur

Geltung zu bringen. „Also", sagte sie im Befehlston. Denk an das, was ich gesagt habe." Sie legte ihre Hand auf meinen Kopf und zupfte an einer Haarsträhne. „An deinem Kopf ist eine Schnur befestigt, die dich sanft nach oben zieht." Die spürte ich. Ich kam mir vor wie eine menschliche Marionette. Und ich wusste, wer die Fäden in der Hand hielt.

Trotzdem tat ich, wie mir geheißen, und stellte mich aufrechter. „Und die Schultern zurück", sagte sie. „Und die Hüften leicht nach vorne."

Wie bei irgendeinem komischen Spiel, bei dem man einen Roboter verkörperte. So fühlte ich mich, als ich hin und her zuckte. Ich fühlte mich äußerst unwohl, aber sie nickte. „Und jetzt gehen."

Ich konnte mich gerade noch bremsen, um nicht mit den Augen zu rollen. Ich war müde, es war nach Mitternacht, und laufen gelernt hatte ich schon. Bei Sylvia hatte ich jedoch gelernt, dass alles leichter und schneller vonstattenging, wenn man ihre Befehle ausführte. Gehorsam ging ich durch ihr Wohnzimmer und wieder zurück.

„Was?", fragte ich, als ich ihren Gesichtsausdruck sah.

„Es schmerzt mich. Es schmerzt mich zutiefst, jungen Frauen heutzutage beim Gehen zuzusehen. Willst du einen Berg besteigen? Bist du ein Nordpolforscher auf Schnee-schuhen?"

Ich vermied eine Antwort, da ihre Fragen offensichtlich rhetorisch und zudem nicht gerade höflich waren. Sie machte eine Handbewegung, und zwar nur aus dem Handge-lenk heraus, als würde sie ein Ballett dirigieren. „Leichtfüßig. Wir marschieren nicht. Wir gleiten." Und dann führte sie es vor. Sie sah großartig aus. Das stand außer Zweifel. Sie ging wie ein Model auf dem Laufsteg. Oder ein Filmstar. Aber ich war kein Filmstar, und ich gab auch nicht vor, einer zu sein. Ich war eine amerikanische Frau, die mit dem Verkauf von Wolle ihren Lebensunterhalt verdiente und handgestrickte Pullover trug. Ich schaffte es kaum zu stricken, geschweige denn zu gleiten.

Aber sie durchbohrte mich mit stählernem Blick. „Jetzt mach es mir nach."

Oh ja, das war abzusehen gewesen. Ich tat mein Bestes. Ich stellte mir vor, dass die Schnur mich nach oben zog und schob meine Schultern nach hinten, meine Hüften nach vorne, machte ein paar unsichere Schritte und wäre fast umgefallen.

Sie schüttelte den Kopf. Zu Granny sagte sie: „Wie können sich diese jungen Frauen nur so dafür begeistern, Stiefel und Hosen zu tragen und wie Männer auszusehen?"

„Die Zeiten ändern sich, Sylvia", erinnerte Granny sie sanft. „Und die Mode ändert sich mit ihnen."

„Nicht immer zum Besseren."

Ich war zwar keine Expertin für die Geschichte der Mode, aber ich hätte meine „Männerkleidung" niemals gegen Korsetts und Hüfthalter eintauschen wollen. Vernünftigerweise hielt ich jedoch meinen Mund.

„Egal, wenn du in deiner Wohnung bist, musst du auf hohen Absätzen üben."

Natürlich würde die Folter dann nur noch schlimmer werden. Schon in meinen bequemen Stiefeln gelang es mir nicht, durch das Zimmer zu gehen und auszusehen wie sie. Wie um alles in der Welt sollte ich das auf High Heels schaffen? Außerdem besaß ich eigentlich gar keine. Ich hatte ein paar Pumps mit flachem Absatz. Das war's. Irgendwie glaubte ich nicht, dass meine Pumps zu Sylvias Plan passen würden, mich für eine Nacht in einen blassen Abklatsch von ihr zu verwandeln.

„Mal ganz ehrlich, Sylvia. Ich glaube nicht, dass ich das durchziehen kann."

Ihre Augen blickten mich kalt und sehr hart an. Härter als jeder Smaragd. „Du wirst es tun, weil du es mir versprochen hast. Und ich verlasse mich auf dich."

Ich biss mir auf die Lippen. Ich erinnerte mich an all die netten Dinge, die sie für mich getan hatte. All die schönen Pullover, die sie mir gestrickt hatte, und all die Male, die sie mir die Haare gemacht und mir Schmuck geliehen hatte – wenn auch nicht die unbezahlbaren Stücke –, und ich wurde schwach. Ich wusste, dass diese Neuverfilmung ihr alles bedeutete.

„Okay. Aber erwarte bitte keine Wunder. Ich werde nie du sein, Sylvia."

Sie lachte leise. „Natürlich. Aber man muss sein Bestes geben."

Als ich wieder nach oben ging, fragte ich mich, wie ich mich jemals in diesen Schlamassel hatte hineinziehen lassen.

Und warum hatte ich in meiner Magengrube dieses schreckliche Gefühl, dass etwas schief gehen würde?

KAPITEL 3

„ $\mathcal{W}$ as in aller Welt machst du da?", fragte eine kühle, kritische Stimme.

Ich zuckte zusammen. Ich hatte die Ladenglocke nicht läuten hören. Diese wunderbare Klingel, die es mir ankündigte, wenn jemand meinen Laden betrat. Ich hatte geglaubt, mit der Wolle und den Mustern ganz allein zu sein.

Ich war dabei, das Gehen zu üben, und wer erwischte mich dabei, als ich aussah, als probte ich für eine Mailänder Modenschau? Ausgerechnet Margaret Twigg! Margaret war eine Hexe, die zwar manchmal meine Mentorin war, aber immer sarkastisch und unfreundlich. Ich wollte ihr nicht von Sylvia und der Gala erzählen, also sagte ich: „Mir war langweilig. Es war etwas, das ich auf YouTube gesehen habe."

Sarkastischer Humor blitzte in ihren stechenden, blauen Augen auf. „Ach, haben wir uns Hochzeiten angeschaut? Du hast das Gleiten der Braut durch den Mittelgang geübt, nicht wahr?"

Besser, sie dachte das, als dass sie die Wahrheit wusste. „So was Ähnliches."

Ihre Lippen verzogen sich zu einem überlegenen Lächeln. Ihre grauen Korkenzieherlocken hüpften auf und ab, als wollten sie mich auslachen. „Normalerweise ist es ratsam, einen Bräutigam zu haben, bevor man den Gang zum Altar übt."

Ha, ha, ha. Sie ahnte nichts. Wenn ich wollte, könnte ich eine Hochzeit mit einem ziemlich tollen Bräutigam haben.

Das Problem war, dass die Ehe mit Untoten eine ganze Reihe von Problemen mit sich brachte, die weitaus heikler waren als die Frage, was man tun sollte, wenn man zweimal den gleichen Mixer zur Hochzeit geschenkt bekam und keinen davon haben wollte.

„Kann ich dir mit irgendetwas behilflich sein?", fragte ich sie. Ich bezweifelte, dass sie gekommen war, um Stricknadeln zu kaufen.

„Ich bin froh, dass du allein bist", sagte sie, und ich wünschte sofort, ich wäre es nicht. Wenn es etwas gab, das Margaret Twigg mir sagen musste und das niemand sonst hören durfte, dann war es wahrscheinlich etwas, das ich lieber gar nicht wissen wollte. Sie kam näher und senkte die Stimme. Und das machte mich erst recht nervös. „Es ist an der Zeit, deinen Athame zu wählen."

Als ich sie ausdruckslos ansah, fügte sie hinzu: „Deinen Zeremoniendolch."

Ich konnte spüren, wie der Ausdruck des Entsetzens meine Gesichtsmuskeln zu einer Art grotesker Maske verzerrte. „Mein was?"

„Ach, tu nicht so", schnauzte sie. „So ahnungslos kannst du doch nicht sein." Und dann sah sie mich an. „Nun, eigentlich doch. Aber ich wünschte, du würdest dich ein bisschen mehr anstrengen, Lucy. Der Athame-Dolch ist ein wichtiger Teil deiner Hexenausbildung."

Das Wort Dolch blinkte in meinem Kopf wie eine Leuchtreklame. Ich schüttelte den Kopf. „Ich bin Pazifistin. Mein Körper ist eine waffenfreie Zone."

Sie musterte mich mit ihren scharfen, blauen Augen, als wäre ich ein nerviges Kleinkind. „Ein Athame ist keine Waffe. Er hat symbolische Bedeutung. Sozusagen metaphorisch. Der Athame schneidet Lügen weg und enthüllt die Wahrheit. Er hilft dir, deine Kraft und deine Magie zu bündeln."

Okay, das klang gar nicht so schlecht. Und es gab viele Gelegenheiten, bei denen ich ein solches Werkzeug gebrauchen konnte. Ich schaute auf die Tasche, die sie an ihrer Seite trug. „Hast du vor, ihn mir jetzt zu geben?"

Sie erschauderte und trat einen Schritt zurück. „Ich werde deiner Großmutter nie verzeihen, dass sie dir nicht einmal die elementarsten Grundkenntnisse unseres Handwerks vermittelt hat."

Und ich würde ihr nie verzeihen, dass sie meine Großmutter bei jeder Gelegenheit schlecht machte. Ich muss so stahlhart ausgesehen haben, wie ich mich fühlte, denn sie wich zurück und sagte: „Aber darum geht es ja gar nicht. Ich kann dir deinen Athame nicht geben. Keiner kann das. Ihr müsst euch füreinander entscheiden."

Ich wollte nichts mit einer Spitze wählen, die jemanden verletzen könnte, ob zeremoniell oder nicht.

Sie sagte: „Sieh zu, dass du dir morgen früh ein paar Stunden frei hältst."

„Ich habe ein Geschäft zu führen", rief ich ihr in Erinnerung.

Sie schaute sich im Laden um, der bis auf uns beide leer war. „Vielleicht kannst du dich loseisen. Hast du kein Personal?"

Zweifellos wusste sie sehr gut, dass ich an Samstagen Hilfe hatte. Zwei Studentinnen vom Cardinal College, Polly und Scarlett, arbeiteten am Samstagvormittag im Laden, und sie kamen bestimmt auch ohne mich zurecht. Dennoch wollte ich es ihr nicht zu leicht machen. „Ich werde sehen, ob ich einen Platz in meinem Terminkalender freimachen kann."

„Mach das. Wir gehen einkaufen."

„Dolche."

Sie nickte einmal.

Und dann ging sie. Diesmal hörte ich die Glocken. Für mich hörte es sich an, als jubelten sie, dass sie ging. Ich hätte auch fast gejubelt.

Ich versuchte, mir eine Ausrede zu überlegen, um nicht zum Dolchkaufen zu gehen. Vielleicht sollte ich mich krank stellen und ihr sagen, dass ich zu viel Arbeit hatte und dass mein Horoskop ungünstig war, aber am Ende war es einfacher zu tun, was Margaret Twigg von mir wollte. Wenn ich mich morgen vor dieser Sache drücken würde, würde sie mir das Leben nur noch schwerer machen, bis ich schließlich nachgab. Am besten brachte ich es hinter mich.

Am Samstagmorgen überließ ich also Polly und Scarlett das Cardinal Woolsey's und ging mit Margaret Twigg, meiner Cousine Violet und meine Großtante Lavinia einkaufen.

Violet saß am Steuer. Ich dachte zuerst, wir würden nach Glastonbury fahren. Wir fuhren auf jeden Fall in diese Richtung, aber Margaret sagte ihr, sie solle auf eine dieser Landstraßen abbiegen, die so schmal waren, dass bei Gegenverkehr einer der Fahrer zurücksetzen musste, bis genug Platz war, um anzuhalten und das andere Auto durchzulassen.

Dann bogen wir in eine andere Gasse ein, fuhren an einem Pub namens The Green Man vorbei und hielten vor einem obskuren kleinen Laden in einem winzigen Dorf, das keinen Namen zu haben schien. Es gab dort weder Ortsschilder noch eine Tafel mit der Aufschrift „Herzlich Willkommen im verrückten Zauberdorf". Eben waren wir noch die Landstraßen entlanggefahren und jetzt waren wir umgeben von Cottages, Häusern und mitten auf einer Straße mit Geschäften und einem Pub, genau wie in jedem anderen Dorf in den Cotswolds.

Das Ladenschild war so alt, dass das handgemalte Bild auf dem Holz verblasst war. Ich konnte einen Frosch erkennen, der auf einer Weltkugel saß, oder vielleicht sollte es eine Kristallkugel sein. Der Laden hieß „Das Auge des Molches".

Im Schaufenster lagen ein Totenkopf, Bücher der Schatten, Kristalle, Federn und gedruckte Zaubersprüche. Ein wie ein Brettspiel verpacktes Ouija-Brett. Ich war noch nicht so lange Hexe wie meine Begleiterinnen, aber das hier sah aus wie ein billiger Touristenladen. Als wir eintraten und ich den Springbrunnen in Form eines Kunststoff-Hexenkessels sah, aus dem buntes Wasser sprudelte, war ich überzeugt, dass es sich eher um einen Spielzeugladen als um einen Hexenladen handelte. Ich begann, mich zu entspannen. Wenn wir hier einkaufen würden, dann wäre mein Zeremoniendolch zweifellos aus Plastik und Made in China.

Ein kleiner, schrumpeliger Mann saß hinter dem Tresen

und spielte träge mit einem Stapel Karten. Als wir eintraten, blickte er mit dem typischen Blick eines Ladenbesitzers auf, und die Worte „*Darf ich Ihnen behilflich sein?*" lagen ihm bereits auf der Zunge. Als Expertin für denselben Gesichtsausdruck und dieselben Worte wusste ich das, da sie mir wahrscheinlich hundertmal am Tag über die Lippen gingen. Doch kaum hatte er das „Darf ich" ausgesprochen, da erkannte er, welche Kundschaft er vor sich hatte. Er trat ehrerbietig vor und machte einen tiefen Diener vor Margaret Twigg. „Herrin, seien Sie herzlich willkommen."

„Herrin?" Ich merkte gar nicht, dass ich es laut gesagt hatte, bis meine Cousine Violet mir in die Rippen stieß und „Pst" machte.

Plötzlich wirkten der Plastikkessel und der Touristenkitsch nicht mehr so niedlich und harmlos. „Alphonse Young", sagte Margaret Twigg, „darf ich dir Lucy Swift vorstellen."

Er sah mich an und nahm meine Hand in seine eigene, die trocken und ledrig war. Bei der Berührung spürte ich einen elektrischen Schlag, wie ein Elektroauto, das an die Steckdose angeschlossen wird, und als ich aufblickte, bohrten sich seine Augen in meine. Es waren merkwürdige Augen. Ein schlammiges Braun, aber mit roten Flecken darin. Noch nie hatte ich einen Menschen mit dieser Augenfarbe gesehen. Ich hatte auch noch nie einen Vampir mit dieser Augenfarbe gesehen. Sein Blick schien meinen eine unangenehm lange Zeit festhalten zu wollen, bis er sagte: „Von der habe ich gehört."

Von der? War ich etwa ein Jungrind auf dem Weg zum Markt?

Margaret Twigg klang nicht beeindruckt, dass er mich kannte, sondern es schien sie eher zu irritieren. „Ich kann machen, was ich will, sie steht viel zu sehr in der Öffentlichkeit."

Er hielt meine Hand immer noch fest. Es war, als würde man von einer Eidechse gestreichelt. „Sie ist noch jung. Aber in der hier steckt eine große Kraft. Wenn du sie gut ausbildest, wird sie eines Tages deinen Platz einnehmen." Ich entriss ihm meine Hand. Ich, das Oberhaupt eines Hexenzirkels? Oh nein, das würde nie geschehen.

Ich blickte zu Margaret Twigg auf, die irritiert, aber auch resigniert dreinschaute, als ob sie diese schlechte Nachricht bereits akzeptiert hätte. Nun, vielen Dank. Am liebsten hätte ich gesagt: *„Hallo-hallo, kurze Durchsage, so läuft das nicht!"*

Der alte Mann nickte einem Mädchen mit gestreiften Haaren und Nasenring zu, das vorbeiging. Er sagte: „Das sind alte Freundinnen, Matilda. Ich werde sie ins Hinterzimmer bringen. Sieh zu, dass wir nicht gestört werden."

Matilda sah aus, als würde sie sich von Zauberpilzen ernähren. Ihr Blick war glasig und leer, aber sie nickte. „Ich passe vorne auf."

„Danke, Liebes."

Dann legte er mir seine Hand ans Kreuz und schob mich nach vorne. Zweifellos war er besorgt, dass ich einen Haken schlagen und entkommen würde, was mir auf jeden Fall durch den Kopf ging.

Wir gingen durch eine Tür, die aussah wie alles andere vorne im Laden: so, als wäre sie eine Requisite aus Harry-Potter-Filmen. Sie wirkte wie aus einem gotischen Gewölbe, war aber aus billigen, im Altholz-Look bemalten Spanplatten. Aber als er die Tür hinter uns schloss und ich mich umsah, hatte ich nicht mehr das Gefühl, auf einem Filmset zu sein. Das hier fühlte sich an wie ein echtes Haus der Magie.

Ein Skelett grinste mich an und sah unangenehm echt aus. In den Schränken standen Töpfe und Gläser mit Zutaten. Die Regale enthielten Kessel, Pentakel und Kelche. Kerzen in allen erdenklichen Farben füllten ein Regal, und darunter standen Bücher: Zauberbücher, Bücher der Schatten und Bände über die Geschichte des Hexenhandwerks.

Margaret Twigg sagte: „Lucy soll ihren ersten Athame bekommen."

Er lächelte, als wäre dies die beste Neuigkeit, die er seit langem gehört hatte. Mir kam es aber auch so vor wie das Lächeln von Burschenschaftsanwärtern, wenn sie zu einem schrecklichen Initiationsritual geführt wurden, das sie vielleicht nicht überleben würden.

„Komm", sagte er zu mir, und ließ mit einem Fingerschnippen eine Vitrine aufleuchten, die ich vorher nicht gesehen hatte. Darin befand sich ein langes, schwarzes, mit Samt ausgeschlagenes Tablett, auf dem bestimmt dreißig oder vierzig zeremonielle Messer lagen. Einige waren wunderschön, kunstvoll und mit magischen Symbolen geschnitzt oder hatten mit Juwelen besetzte Griffe. Andere waren sehr schlicht. Einige der Klingen waren lang und dünn, andere waren kurz und breit. Es schien keinen klassischen Stil zu geben.

Mr Young trat zurück und winkte auch die anderen zu sich. Er sagte: „Bitte sehr. Tritt vor und wähle deinen Athame. Nimm dir Zeit. Lass die Magie zu dir kommen."

Diese Vorstellung gefiel mir. Ich hatte immer das Gefühl,

dass ich versuchte, die Magie aus mir hervorzulocken, von der mir alle sagten, dass ich sie hätte. Aber mich zu entspannen und sie auf mich zukommen zu lassen, war eine freudvolle Vorstellung. Zum ersten Mal, seit wir zu dieser Exkursion aufgebrochen waren, begann ich, richtig zu atmen.

Sanft sagte er: „Wenn du bereit bist, zeige auf die zwei oder drei, die dich ansprechen."

Ich ging hinüber und starrte in die Vitrine. Und ich fühlte mich sofort zu einem wunderschönen, kunstvoll geschnitzten Dolch hingezogen, in dessen Griff ein lila Juwel blinkte. Ein Amethyst, dachte ich. Aber ich hatte den Verdacht, dass er mich nur anzog, weil er der schönste war und am schönsten funkelte. Ich ließ meine Augen weiterwandern. Natürlich waren keine Preise angegeben. Ich nahm an, dass der Preis bei der Wahl des Zeremoniendolches keine Rolle spielte. Trotzdem wollte ich nicht mit Schulden enden, die ich monatelang zurückzahlen musste.

Ich sah mir die bescheideneren Dolche an. Aber keiner von ihnen sprach mich an. Und dann schloss ich die Augen. Ich legte mir keinen besonderen Zauberspruch zurecht. Ich sagte mir: „Lass den Richtigen zu mir kommen."

Ich öffnete die Augen, und da war er. Einer der Athamen sah aus, als würde er eine Art seltsames Leuchten aussenden, aber ich glaube nicht, dass er wirklich leuchtete. Er teilte mir mit, dass er der Richtige war. Der Dolch, der mich erwählte, war weder der aufwändigste noch der kleinste. Er war weder der längste oder der schärfste noch der kürzeste oder der stumpfeste. Es war ein mittlerer Dolch. Aber ich spürte, wie meine Handfläche kribbelte und meine Finger sich fast von selbst zusammenzogen. Er würde in meine Hand passen, das wusste ich sofort. Ich dachte, ich hätte mich nicht bewegt, aber der alte Mann trat vor.

„Du hast deine Wahl getroffen." Es war eine Feststellung, keine Frage.

Ich sah ihn an. Warum war ich immer überrascht, wenn Hexen sich wie Hexen verhielten? Darüber musste ich wirklich hinwegkommen. Ich nickte. Fast als ob er einen Scherz machen wollte, sagte er: „Oder musst du dir die in der engeren Wahl noch einmal näher anschauen?"

Wir wussten beide, dass ich das nicht musste. Ich zeigte auf den Dolch und sagte: „Der da."

Er schaute auf den Dolch und auf mich und warf dann einen scharfen Seitenblick auf Margaret Twigg, bevor er sagte: „Natürlich."

Er öffnete nicht den oberen Teil des Schranks, wie ich es mir vorgestellt hatte, sondern eine Schublade, die sich leicht herausziehen ließ. Und dann nahm er den Dolch nicht in die Hand, um ihn mir zu reichen. Er sagte: „Nimm, was dir gehört."

Die Worte lösten in mir ein prickelndes Gefühl aus, das meinen Arm hinunter und in meine dominante Hand lief. Ich griff nach dem Dolch und spürte, wie gut er passte. Ich hatte noch nicht einmal meine Hand ganz ausgestreckt, als der Dolch selbst die Entfernung überwand und aus der Schublade in meine Hand sprang.

Er nickte und sah zufrieden aus. „Sie haben sich verbunden."

Aus einer anderen Schublade holte er einen Seidenbeutel und einen größeren Lederbeutel hervor. Er erklärte mir, dass ich den Dolch immer in dem Seidenbeutel aufbewahren musste, der in den Lederbeutel gehörte, und dass niemand anderes den Dolch jemals berühren durfte. Ich nickte. Ich fühlte mich schon beschützend und ein bisschen wie eine Prinzessin, was diesen Dolch anging.

Er gehörte mir. Als wir den Laden betraten, hatte ich nicht einmal einen haben wollen. Jetzt hatte ich das Gefühl, dass er ein Teil von mir war.

Margaret Twigg sah recht zufrieden aus. Sie sagte zu dem alten Mann: „Kommst du zu ihrer Zeremonie?"

Er lächelte. „Die würde ich nicht verpassen wollen."

Zeremonie? Niemand hat mir etwas von einer Zeremonie erzählt. Aber ich wusste, dass es besser war, nicht zu widersprechen. Nicht hier, nicht vor diesem netten Mann.

Lavinia schaute sich die Töpfe und Gläser an. „Ich nehme das kleine Fläschchen mit Chakra Öl, bitte."

Und dann sahen wir uns alle um und deckten uns mit dem ein, was wir brauchten. Ich kaufte Kerzen und eine Gebrauchsanleitung für den Athame-Dolch, die Margaret mir aufdrängte. „Informier dich", sagte sie.

Violet kaufte einige Kristalle, von denen ich vermutete, dass sie Teil eines Liebeszaubers waren, und Margaret Twigg kaufte ein kleines Fläschchen mit Schwarzpulver und ein Stück Obsidian.

Wir gingen nach vorne, wo die Geldgeschäfte abgewickelt wurden, und der Betrag, den er mir in Rechnung stellte, war geringer als erwartet.

Als wir aus dem Laden kamen, sagte Margaret Twigg: „Na, das war doch gar nicht so schlimm, oder?"

Ich dachte, dass das wohl sehr davon abhängen würde, wie die Zeremonie verlief. Ein Dolch hat nicht ohne Grund eine scharfe Spitze, und ich fragte mich, ein wenig nervös, was dieser Grund sein könnte.

Als ich nach Hause kam, verstaute ich meinen neuen Dolch sorgfältig in dem Schrank, in dem ich alle meine Zauberrequisiten aufbewahrte. Zwei mächtige Frauen hatten mir in den letzten zwei Tagen wichtige Dinge aufgezwungen, die ich nicht wollte. Ich fragte mich, was das wohl bedeutete.

KAPITEL 4

Am Montag fuhren wir in aller Frühe mit dem Bentley nach London. Theodore saß am Steuer, Granny auf dem Beifahrersitz und Sylvia und ich auf dem Rücksitz. Sylvia hatte die Juwelen in einer Tasche auf ihrem Schoß und beide Hände schützend überkreuz darübergelegt. Ich fragte mich, ob sie imstande sein würde, sie loszulassen, wenn es an der Zeit wäre, sie zur Gala auszuführen.

Es hätte mich nicht gewundert, wenn sie sich den Schmuck im letzten Moment selbst um den Hals gehängt und versucht hätte, allen weiszumachen, sie sei ihre eigene Erbin. Ehrlich gesagt wäre ich darüber sehr froh gewesen. Es gefiel mir nicht, als gutmütige Lückenbüßerin bei einer öffentlichen Veranstaltung unbezahlbare und unversicherte Juwelen tragen zu müssen.

Normalerweise hätte ich erwartet, mit Theodore vorne zu sitzen, während die beiden Vampire hinten tratschten, aber Sylvia wollte noch einmal meine Rolle mit mir proben. Und damit kein Missverständnis aufkommt: Es war eine Rolle, die ich da spielte.

Sie hatte uns sogar gezwungen, uns *Die Frau des Professors* anzuschauen. Also ein Filmabend in der Vampirhöhle. Okay, vielleicht war ich nicht auf der New Yorker Filmschule gewesen, aber ich liebte Filme. Und selbst wenn ich Abstriche machte, weil es schließlich ein Stummfilm in Schwarzweiß war, erwies sich *Die Frau des Professors* als wirklich kitschig und abgedroschen. Und ich bekam noch nicht einmal Popcorn!

Dass der Film ein so berühmter Klassiker wurde, lag wahrscheinlich an Sylvias Darstellung und natürlich an den Juwelen von Cartier. So wie die Kulissen von Salvador Dalí dazu beigetragen haben, *Ich kämpfe, um dich* so berühmt zu machen. Ja, das, und die Regie von Hitchcock.

Wer auch immer bei *Die Frau des Professors* Regie geführt hatte, war kein Hitchcock gewesen. Als der Film zu Ende war, herrschte Schweigen, und dann sagte Granny: „Das war schön, Liebes." So, als ob Sylvia ihr einen Kuchen gebacken hätte.

„Lucy?", fragte sie mich, und ihr Blick drang in mich ein, als bohrte sie nach Erdöl.

„Schön" war schon vergeben, also sagte ich: „Deine schauspielerische Leistung hat den Film sehenswert gemacht. Und die Juwelen waren fabelhaft."

Sie schaltete den Projektor aus. „Wenn dich jemand nach deiner Meinung fragt, wirst du meine subtile, vielschichtige Leistung loben. Früher hieß es, ein Blick aus meinen strahlenden Augen könne Herzen brechen. Soll ich das für dich aufschreiben?"

„Nein, ich werde es mir merken. Vielschichtige, subtile Leistung. Herzensbrechende Augen."

Und jetzt sahen mich diese Augen an, als würden sie mir

noch viel mehr als nur das Herz brechen, wenn ich es vermasselte. Sie hatte mir erlaubt, meine Kleidung für das Treffen selbst auszusuchen, wofür ich dankbar war.

Wenigstens fühlte ich mich im Moment wie ich selbst. Ich trug meine besten Jeans, flache Schuhe, ein bequemes weißes Baumwollhemd und einen wunderschönen blauen Schlabberpulli, den mir Granny gestrickt hatte. Ich trug auch die Diamantkette, die Sylvia mir geschenkt hatte. Vielleicht als kleiner Hinweis, dass ich an bescheideneren Schmuck gewöhnt war. Ich hatte mein Haar zu einer einfachen, unordentlichen Hochsteckfrisur frisiert, vor allem, um die Haare nicht im Nacken zu haben.

Theodore nahm die M25, die schnellste und direkteste Route, wenn auch nicht die schönste. Ohne Verkehr konnten wir in anderthalb Stunden in London sein. Unterwegs erzählte Sylvia etwas mehr über das Projekt. „Rune Films wird die Geschichte neu verfilmen", teilte sie mir mit. „Es ist ein junges Unternehmen, das aber schon einige Erfolge aufweisen kann. *Alexandra* war ein Überraschungserfolg über Königin Alexandra. Sie heiratete natürlich Edward VII., aber in dem Film ging es hauptsächlich darum, wie sie das Rote Kreuz gründete."

„Ach, wirklich?" Ich merkte mir, dass ich mir den Film ansehen wollte.

„Ihr Schmuck war sehr schön, aber natürlich nicht so schön wie meiner", sagte Sylvia und umklammerte ihre Juwelen noch fester. Ich wusste nicht, warum sie sie mitgenommen hatte. Vielleicht als Glücksbringer.

„Es ist eine zweite Produktionsfirma beteiligt. Man Drake Films. Über die weiß ich nicht so viel. Der Chefproduzent dort ist ein Mann namens Simon Dent. Er ist bekannt für seine Zurückgezogenheit. Ich denke, er nimmt sich Howard Hughes zum Vorbild. Man sieht ihn nie, aber er ist sehr vermögend, was ihn sehr beliebt macht."

Der Verkehr war nicht allzu schlimm, und als wir ins Zentrum von London fuhren, war ich so aufgeregt wie immer, wenn ich in diese schöne Stadt kam. Die Büros der Produktionsfirma befanden sich in einem Hochhaus zwischen einer Versicherung und einer Investmentfirma in SoHo.

Ich hatte mir vorgestellt, irgendwo zu einem Backlot zu fahren, als wären wir in Hollywood, aber hier wurden keine Filme gedreht. Hier wurden sie nur geplant. Theodore hielt vor einem viktorianischen Gebäude aus rotem Backstein mit weißen Rundbogenfenstern im Erdgeschoss, wo sich auch ein gut besuchtes Café befand.

Sie wünschten mir Glück, und ich ging zum Haupteingang, wo ich das Namensschild von Rune Films fand. Ich drückte auf den Summer an der Tür, ging hinein und fuhr dann mit dem Aufzug in den achten Stock, wo sich Rune Films befand. Als sich die Aufzugtüren öffneten, wurde ich von einem schlanken Mann mit schütterem, blondem Haar begrüßt, der Anfang vierzig zu sein schien.

Sein Blick wanderte sofort zu meinem Hals. Vielleicht hatte er gehofft, dass ich bei dem Treffen die Juwelen tragen würde. Vorher hätte ich Sylvia allerdings einen Holzpflock durchs Herz treiben und ihr die Tasche aus den kalten, toten Händen reißen müssen.

Das Aufflackern der Enttäuschung in seinen blassen, blauen Augen war so schnell wieder vorbei, dass es auch nur hätte Einbildung sein können. Mit einem jungenhaften Lächeln sagte er: „Lucy Swift, nehme ich an?"

Ich nickte.

„Ich bin Edgar Smith. Ich bin der Geschäftsführer von Simon Dent. Mr Dent leitet Man Drake Films, wissen Sie. Wir freuen uns sehr, Teil des Teams zu sein. Ich bringe Sie jetzt hinein und mache Sie mit Annabel Holroy und dem Rest des Teams bekannt. Annabel ist die Kreativdirektorin, und sie ist großartig. Sie wird ihnen gefallen. Kommen Sie hier entlang."

Er führte mich einen Flur entlang, und ich sah offene Kabinen, in denen Menschen an Computern arbeiteten, ein paar Büros, in denen kleine Gruppen Besprechungen hatten oder wo jemand telefonierte. An den Wänden hingen Filmplakate, aber wenn das nicht gewesen wäre, hätte ich genauso gut in einem Versicherungs- oder Investmentbüro sein können.

Hier liefen weder Filmstars herum, noch fanden Dreharbeiten statt. Als wir weitergingen, sagte er: „Im Moment ist es etwas ruhig. In den hinteren Räumen dort drüben wird gerade ein Film geschnitten. Er deutete auf einen Gang, der nach rechts abzweigte. Dann winkte er mit dem Arm nach links. „Die Buchhaltung ist dort hinten, und direkt vor uns sind die Büros der Produzenten."

„Das ist sehr aufregend", sagte ich. „Ich war noch nie in einem Filmproduktionsbüro."

Das stimmte und war auch eine der zulässigen Bemerkungen, die Sylvia für mich freigegeben hatte. Er drehte sich um und lächelte mich an. „Das ist nicht der spannende Teil. Warten Sie erst bis zur Filmpremiere. Sie werden entzückt sein. Natürlich bekommen Sie einen VIP-Platz." Er senkte seine Stimme auf ein leises Murmeln, so dass ich mich näher heranlehnen musste, um ihn zu hören. „Die Produzenten stecken viel Arbeit in dieses Projekt. Sie sind hellauf begeistert. Vor allem, weil Sie so großzügig sind, uns das Cartier-Set zu leihen."

Ich lächelte, aber die wichtigste Botschaft, die ich überbringen sollte, war, dass Sylvia zwar einverstanden war, dass ich die Schmuckstücke bei dieser Gala trüge und sie zu Werbezwecken fotografieren ließ, dass sie sie aber nicht aus den Händen geben würde, damit eine Schauspielerin sie bei den Dreharbeiten trug. Sie müssten Imitate anfertigen lassen. Ich bezweifelte sehr, dass das ein Problem darstellen würde. Unvorstellbar, wie teuer die Haftpflichtversicherung für die Produktionsfirma sein müsste, wenn die echten Juwelen bei den Dreharbeiten verwendet werden sollten.

Er führte mich in einen gläsernen Konferenzraum, in dem bereits sechs Personen an einem Tisch saßen. Alle erhoben sich, und Edgar Smith stellte die Anwesenden vor. „Lucy Swift", sagte er, „kommen Sie, ich mache Sie mit Annabel bekannt."

Annabel stand von ihrem Platz am Kopfende des Tisches auf und kam zu mir, um mir die Hand zu geben. Ich schätzte sie auf Mitte dreißig, und sie wirkte sowohl professionell als auch so, als hätte sie nicht genug Schlaf bekommen. Sie hatte dunkle Ringe unter den Augen. Dennoch strahlte sie freudig erregt. „Wir freuen uns so auf diese Produktion. Wir tun alles, was wir können, um dem Original gerecht zu werden. Ihre" – hier hielt sie inne, als wolle sie sich an etwas erinnern und sagte dann – „Großtante? War Sylvia Strand ihre Großtante?"

Ich erwiderte ihr Lächeln und war froh, dass wir so viel geprobt hatten. „Keine Blutsverwandtschaft", sagte ich und hielt mich an das Drehbuch. „Sylvia war eine Großtante zweiten Grades, aber meine Großmutter war ihre Lieblingscousine, und so ging ihr Erbe über meine Großmutter und meine Mutter an mich über."

Ich wusste nicht, wie er es angestellt hatte, aber Theodore hatte es mit Hilfe des untoten Anwalts von Hester und Sylvia geschafft, eine nicht vorhandene Abstammungslinie von Sylvia zu mir anzulegen. Überall dort, wo es Papiere geben sollte, waren Papiere hinterlegt, falls sich jemand die Mühe gemacht hätte, sie zu überprüfen. In Wirklichkeit hatte Sylvia ihr Vermögen nie jemandem vermacht. Sie hatte es noch.

Sie nickte und klopfte sich an die Schläfe. „Ich habe ein Neugeborenes zu Hause. Mein Gehirn ist Matsch."

Edgar Smith gluckste leise. „Annabels Matschhirn kann es mit jedem Superhirn eines anderen aufnehmen."

Sie schüttelte den Kopf über seine Schmeicheleien und macht mich mit den anderen bekannt.

Neben ihr stand Bryce Teddington, der als Buchhalter für das Projekt vorgestellt wurde. Er war schlank und nervös. Seine dünnen schwarzen Haare hatte er unordentlich über seine Glatze gekämmt und mit Brylcreem auf die Kopfhaut geklebt. Er trug eine Brille, die seine Augen größer erscheinen ließ, fast, als wäre er eine Comic-Figur. Er schien vor sich hin zu murmeln, und hatte selbst im Sitzen eine gebückte Haltung.

Eine junge Frau in meinem Alter hieß Emma und war Produktionsassistentin. Sie war groß und schlank, hatte langes braunes Haar und große braune Augen. Sie gehörte zu den Menschen, die es mühelos schafften, umwerfend auszusehen. Schließlich traf ich einen der geschäftsführenden Produzenten, Peter. Sie hatten alle auch Nachnamen, aber ich gab es bald auf, mir diese zu merken. Wenn ich versuchte, mich nur an die Vornamen aller zu erinnern, hatte ich eine

Chance. Namensschildchen wären noch besser gewesen. Ich bemerkte, dass alle einen kurzen Blick auf meinen Hals warfen, genauso wie es Edgar Smith getan hatte. Aber niemand erwähnte das Fehlen der Klunker. Ich wurde gebeten, am anderen Ende des Tisches Platz zu nehmen, und hätte auch Kaffee, Tee, Wasser, Säfte und sogar Champagner bekommen, wenn ich es gewollt hätte. Ich entschied mich für Kaffee. Der würde mir den Verstand wachhalten.

Anscheinend hatte ich mich dazu verleiten lassen zu glauben, Filmleute wären genauso glamourös wie Filmstars. Was ich hingegen feststellte, war – falls diese Firma so war wie die meisten anderen –, dass der Glamour auf der einen Seite des Bildschirms zu sehen war und die, die ihn erzeugten, auf der anderen. Auf der langweiligen Seite.

Wir unterhielten uns, aber alles drehte sich um den Film. Es schien vor allem eine Art Verkaufsgespräch zu sein. Annabel erzählte zunächst, wie sehr sie sich auf die Neuverfilmung dieses fantastischen Films freuten. „Das war einer der Filme, die auf der Filmschule behandelt wurden." Sie blickte an die Decke und dann auf die Tischplatte hinunter. Und dann, fast, als sei es ihr nachträglich eingefallen, sagte sie: „Als ich meinen Master in Filmwissenschaften an der NYU in New York gemacht habe."

„Das ist cool", sagte ich. Zweifellos erwartete sie, dass ich eine Anekdote über meine Ausbildung an einer der berühmten amerikanischen Universitäten erzählen würde, aber ich hielt den Mund. Ich glaubte nicht, dass mein zweijähriges Wirtschaftsstudium diese Gesellschaft beeindrucken würde.

Sie besprachen den Vertrag, und es hörte sich an, als hätte Sylvia bereits zugestimmt. Dann gingen sie zu dem über, was auf der Gala passieren würde. „Das ist unsere Art, aufzuspringen und zu sagen: ‚Schaut alle her! Wir machen diesen Klassiker neu, mit Dingen, die das Original nicht hatte'", sagte Annabel.

„Wie zum Beispiel den Tonfilm", fügte Peter hinzu, und alle lachten.

„Ja, das stimmt natürlich, aber Filme wurden damals auch nicht vor Ort gedreht, wie das heute der Fall ist, und wir freuen uns sehr auf die Zusammenarbeit mit dem St. Peter's College in Oxford, das unsere Hauptkulisse sein wird. Deshalb veranstalten wir die Gala dort."

Ich versuchte, enthusiastisch zu wirken, aber ich bin mir nicht sicher, ob mir das gelang.

Annabel sagte: „Sie werden natürlich der Ehrengast sein. Und Sie werden das Cartier-Schmuckset tragen."

„Ja. Allerdings nur an diesem einen Abend. Soweit ich weiß, steht im Vertrag, dass Sie für die Dreharbeiten eine Nachbildung anfertigen werden."

„Du meine Güte, ja." Sie winkte mit der Hand vor ihrem Gesicht. „Stellen Sie sich vor, wir würden den Schmuck verlieren. Er ist unersetzlich."

„Allerdings."

Sie warf einen Blick auf ihre Notizen. „Fühlen Sie sich wohl vor der Kamera?"

Oh, die Antwort war ein klares Nein, aber ich hatte in meinem Strickladen an einer Fernsehsendung mit dem berühmten Designer Teddy Lamont teilgenommen, und dabei festgestellt, dass ich nach den ersten zehn Minuten, in denen ich supernervös gewesen war, die Kameras fast vergessen hatte. Während der Filmaufnahmen hatte es einen Mord gegeben, aber das tat hier nichts zur Sache.

Wenn ich „Nein" gesagt hätte, hätte man mir Coaching angeboten, und davon hatte ich mit Sylvia genug. „Ja", sagte ich. „Ich glaube, ich komme klar."

Sie nickte. „Sie wissen, dass Sie nicht in die Kamera schauen dürfen, wenn Sie nicht dazu aufgefordert werden?"

Ich nickte. Auch wenn ich kein Naturtalent war, hatte Sylvia mir sehr genau erklärt, dass ich mich verhalten sollte, als ob keine Kamera auf mich gerichtet wäre.

Ein besorgtes Stirnrunzeln legte sich auf ihre Stirn. „Und Sie wissen, dass Sie nicht über Politik oder irgendetwas Kontroverses sprechen dürfen? Es werden viele Medienvertreter anwesend sein, und wir wollen uns auf positive Kommentare über die Produktion beschränken."

Ich nickte erneut. Man stelle sich vor, ich würde aller Welt erzählen, dass Sylvia noch auf der Erde herumlief, auch wenn sie nicht mehr am Leben war. Das hätte diesem Film sicherlich einige Aufmerksamkeit verschaffen können.

Aber das tat ich natürlich nicht. Wir gingen den Ablauf des Abends durch, da sie offensichtlich davon ausgingen, dass ich die Briefing-Notizen, die sie mir bereits geschickt hatten, nicht alle gelesen hatte. Ich hatte sie praktisch auswendig gelernt und war danach von Sylvia abgefragt worden.

„Großartig", sagte sie strahlend. „Jetzt müssen Sie nur noch den Vertrag unterschreiben."

Die Assistentin Emma brachte ihn und legte ihn mir vor, wobei sie mir einen schönen Stift mit dem Logo der Produktionsfirma überreichte. „Den dürfen Sie behalten", sagte sie. „Sozusagen als Glücksbringer."

Der nervöse Buchhalter sagte: „Vergessen Sie nicht, den

Vertrag zu lesen, was Sie immer tun sollten, bevor Sie einen Vertrag unterschreiben. Besonders die Paragraphen ..."

„Ja, ja", unterbrach der Produzent. „Lucy ist ja nicht dumm."

Und doch hatte man mir einen Vertrag unter die Nase geschoben, der auf der Unterschriftenseite aufgeschlagen war. Ich blickte zu dem nervösen Buchhalter auf und dachte, er wolle mir etwas mitteilen. Oder waren seine Augen durch die Brille so vergrößert, dass es nur so aussah, als wollte er mir etwas sagen? Trotzdem wollte ich nicht dumm sein.

„Ich nehme an, das ist derselbe Vertrag, den mein Anwalt geprüft hat?" Und was sie nicht wussten, war, dass Sylvia diesen Vertrag bereits durchgelesen hatte, aber es wäre keine schlechte Idee, wenn ich ihn auch kurz überfliegen würde. Sylvia war schon seit Jahrzehnten nicht mehr in der Branche tätig, und ich hatte ja die zwei Jahre Wirtschaftsstudium hinter mir.

Ich blätterte zurück zur ersten Seite. Ich spürte, dass mich alle im Raum beobachteten. Zweifellos hatten sie andere, viel wichtigere Dinge zu tun, als mir beim Lesen eines langweiligen Vertrags zuzusehen. Ich wollte ihnen sagen, dass sie das ruhig tun sollten. Ich brauchte sie hier im Raum nicht. Aber ich nahm an, dass sie sich aus Höflichkeit zum Bleiben gezwungen sahen.

Er war so langweilig wie jeder andere Vertrag, den ich je gelesen hatte. Nicht, dass es sehr viele gewesen wären. Als Sylvias Erbin stimmte ich zu, dass ihr Bildnis für Werbezwecke verwendet werden durfte. Und dann der Abschnitt über den Schmuck als Leihgabe. Den las ich mir genauer durch. Es schien aber gut verständlich zu sein. Am Ende blickte ich auf. „Es scheint klar zu sein, dass man den

Schmuck nur für die Gala bekommt. Und ich bin damit einverstanden, dass Sie für die Dreharbeiten selbst eine Kopie verwenden."

Die Produzentin sagte: „Oh, ja. Können Sie sich vorstellen, wie hoch unsere Versicherungskosten wären, wenn wir während der Dreharbeiten so ein einzigartiges Cartier-Schmuckset verwenden würden?" Sie schauderte sichtlich. „So weit kann ich nicht einmal rechnen. Allerdings möchten wir, dass Sie nur bei der Eröffnungsparty den echten Schmuck tragen. Es werden überall Sicherheitskräfte sein. Sie werden nicht eine Minute lang allein sein. Da kann nichts schief gehen."

Ich nickte, aber irgendwie war ich nicht wirklich erleichtert. Es war erstaunlich, wie oft etwas schief ging, nachdem jemand gesagt hatte, es könne nichts schief gehen.

KAPITEL 5

*I*ch las mir auch den Rest des Vertrages durch, es schien mir aber alles in Ordnung zu sein. Sylvia und ihr Nachlass übernahmen keine Haftung, und niemand versuchte, ihren Schmuck zu verwenden. Der Vertrag schien mir so verständlich, dass ich ihn beruhigt unterzeichnen konnte. Und das tat ich.

Kaum hatte ich den Stift wieder vom Papier gehoben, brachte Emma den Vertrag zu Peter. Ich hörte so etwas wie einen Pistolenschuss und fuhr vom Stuhl hoch, aber es hatte nur jemand eine Champagnerflasche entkorkt. Jeder von uns bekam ein kleines Glas voll, und Annabel erhob ihres zu einem Trinkspruch.

„Auf die *Frau des Professors*. Hoffen wir, dass ihre zweite Ehe noch erfolgreicher wird als ihre erste."

Lachend tranken wir alle etwas Champagner. Ich blieb nicht mehr lange. Offensichtlich hatten sie alle zu tun. Als ich gehen wollte, sagte Edgar Smith, der mich wieder zum Aufzug begleitete: „Ich habe gehört, dass Sie in Oxford leben.

Ich werde mit dem Auto kommen. Soll ich Sie zur Gala abholen? Sie wissen, dass mir das eine Freude wäre."

Ich war gerührt und dankbar. Ich hätte sein Angebot eigentlich gern angenommen. Es wäre nett gewesen, über diesen furchterregenden roten Teppich an der Seite von jemandem zu laufen, der ein paar Leute kannte, aber Sylvia hatte mir deutlich zu verstehen gegeben, dass ich im Bentley gefahren werden würde. Die Juwelen und ich würden nur so kurz wie möglich ihrer Kontrolle entzogen sein. „Vielen Dank", antwortete ich daher. „Ich habe die Fahrt bereits geplant. Aber ich hoffe, dass Sie sich um mich kümmern und mich mit ein paar Leuten bekannt machen!"

Er verstand sofort, was ich meinte. „Aber natürlich. Es gibt nichts Schlimmeres, als mir nichts dir nichts in einen Raum voller Fremder katapultiert zu werden. Aber keine Sorge, Sie werden der Ehrengast sein. Sozusagen die Ballkönigin. Ihre Tanzkarte wird sicher den ganzen Abend lang gefüllt sein."

Er gab mir zum Abschied die Hand, und ich war sehr froh, dass ich auf der Gala wenigstens nach einem bekannten Gesicht Ausschau halten konnte.

Und ich hatte bis Freitag Zeit, meinen Gang zu perfektionieren!

Es stellte sich jedoch heraus, dass unsere Reise nach London noch nicht beendet war. Wir fuhren noch zu einem Modedesigner in Belgravia. Der war so exklusiv, dass Kunden nur auf Klingeln Einlass bekamen. Natürlich hatte ich bei der Wahl meines Kleides kein Mitspracherecht. Sylvia hatte sich bereits per Telefon und E-Mail mit dem Designer abgestimmt, sodass ich nur zur Anprobe hier war.

Das Kleid hätte schlichter nicht sein können. Lang,

schwarz, enganliegend und trägerlos, mit herzförmigem Ausschnitt. Weder Schleife noch Volant oder anderweitiges Dekor störte seine Schlichtheit. Damit wäre ich das lebende Pendant zu den Schmuckkästchen, in denen ihre herrliche Kollektion auf schwarzer Seide lag.

Sie hatte meine Maße angegeben, und nach der Anprobe musste das Kleid – war das jetzt offiziell eine Abendrobe? – nur noch gesäumt werden. Man erwartete, dass ich mit den richtigen Schuhen darin posierte und mir wurde eine Auswahl vorgelegt. Beide hatten höhere Absätze als ich je zuvor getragen hatte und waren schlicht und schwarz wie das Kleid, mit Riemchen. Das dritte Paar passte am besten, aber ich kam mir vor wie auf Stelzen. Doch ich wollte keine Spielverderberin sein und blieb geduldig stehen, solange die Assistentin des Designers den Saum feststeckte. Am Donnerstag sollte es mir ausgehändigt werden.

Langsam wurde es ernst.

Als das Kleid am Donnerstag ankam, war es natürlich perfekt.

Am Freitag durfte ich in meinem eigenen Geschäft nicht arbeiten. Der ganze Tag war reserviert für Gesichtsbehandlung, Nagelpflege – an Händen und Füßen –, Make-up und Haare. Sylvia schickte ein Foto der Frisur und Anweisungen für das Make-up, das relativ natürlich war. Der Friseur steckte mir die Haare zu einem etwas komplizierten Knoten im Nacken, der Hals und Ohren frei ließ.

Wir hatten vereinbart, dass ich mich in meiner Wohnung umziehen würde, denn allein die Vorstellung, auf diesen Absätzen durch die Tunnel und über die rauen Holzstufen unter meiner Wohnung zu laufen, war mehr als ich verkraften konnte. Sylvia war einverstanden. Sie und Granny kamen um sechs Uhr, um mir beim Anziehen zu helfen. Ich hatte mir nach meinem Friseurtermin in der Markthalle ein Sandwich geholt, da ich wusste, dass ich zum Abendessen keine Zeit haben würde.

Sie warf einen kritischen Blick auf alles, vom Scheitel bis zu den französisch manikürten Zehen, bevor sie mir half, in das Kleid und die neue, dazu passende Unterwäsche zu schlüpfen, die sie speziell dafür gekauft hatte. Sie muss gewusst haben, dass ich nichts so Schönes in meinem Kleiderschrank hatte.

Es machte zwar Spaß, mich schick anzuziehen, aber ich spürte auch die Last der Verantwortung einer Person gegenüber, die ich mochte und bewunderte, die mir aber auch ein bisschen Angst machte.

Schließlich öffnete sie die zauberhaften Schmuckkästchen und legte mir den Schmuck persönlich an. Als sie mir das Diamantcollier um den Hals legte, erschauderte ich. Zum Teil wegen des kalten Platins auf der Haut, zum Teil vor Nervosität.

Nachdem sie mir auch die Ohrringe, Armbänder und den Ring angelegt hatte, trat sie zurück und kniff die Augen zusammen, als suche sie nach einem Makel. Endlich, nachdem Granny und ich wort- und atemlos gewartet hatten, nickte sie schließlich. „Ja. So wird es wohl gehen."

Es war kein großes Lob, aber wenigstens konnte ich wieder aufatmen.

„Theodore wird dich im Bentley hinfahren und dich um Punkt zehn Uhr wieder abholen."

„Ich werde es nicht vergessen."

Ich warf einen Blick in den Spiegel und musste zugeben, dass Sylvia wusste, was sie tat. Mich selbst nahm ich kaum wahr. Die Juwelen dominierten. Glitzer, Stil und Eleganz. Ich konnte verstehen, warum alter Cartierschmuck so teuer war. Vom Glanz der Steine bis zum Design waren die Stücke exquisit.

Als mein Türsummer ertönte, sagte Sylvia: „Das wird Theodore mit dem Auto sein." Als wir jedoch die Treppe hinunterkamen, stand dort nicht nur Theodore mit unbehaglichem Blick, sondern auch Rafe.

Kalt sah er auf Sylvia hinab. „Ich fahre Lucy."

Sylvia war nicht begeistert von dieser Änderung ihres detaillierten Plans, aber Rafes Tonfall und Gesichtsausdruck zeigten, dass sein Entschluss feststand. Erst sah es aus, als wollte sie ihm widersprechen, aber dann sagte sie: „Du weißt, dass du nicht reingehen kannst? Nicht nur werden Kameras dabei sein, sondern aufgrund der strengen Sicherheitsvorkehrungen kann niemand an der Party teilnehmen, der nicht auf der Gästeliste steht."

„Soll das heißen, dass Lucy als Ehrengast keine Begleitung mitbringen darf?"

Sylvia reckte ihr Kinn vor. „Sie hat sich dagegen entschieden."

Das war hundertprozentig gelogen. Sylvia hatte mich gar nicht gefragt. Ich widersprach ihr jedoch nicht. Ich würde schon so nervös genug sein. Wenn ich mir noch hätte Sorgen machen müssen, dass Rafe vor eine Kamera geriet oder mich die ganze Zeit überfürsorglich beschattete, wäre ich erst recht ein Nervenbündel gewesen.

Er sagte: „Wenn Lucy hinfährt, dann mit mir."

„Du kannst noch nicht einmal aus dem Auto aussteigen. Das alles ist bereits geregelt. Einer der geschäftsführenden

Produzenten wird ihr aus dem Auto helfen und sie über den roten Teppich begleiten."

Es folgte ein weiteres stummes Tauziehen und er sagte: „In Ordnung." Ich war erleichtert, dass Rafe mich fuhr, und dankbar, dass man es Sylvia ausgeredet hatte mitzufahren.

Er hielt mir die hintere Wagentür auf, und mit einem letzten Blick auf Granny, die mir aufmunternd zunickte, stieg ich ins Auto.

„Zerknittere das Kleid nicht", waren Sylvias letzte Worte.

Zum Glück war es keine lange Fahrt. Rafe fragte: „Willst du das wirklich tun?"

Erstens war es etwas zu spät, um meine Meinung zu ändern, und zweitens merkte ich, dass ich es wollte, jetzt, wo das Event Realität wurde. Ich fand mich auf einmal in meinen Kinderträumen wieder, in denen Aschenputtel doch noch auf den Ball durfte. Sylvia und Granny waren nicht wirklich gute Feen, aber sie hatten mich von der einfachen Lucy Swift, die einen Strickladen betrieb, in eine mondäne Dame verwandelt, die auf eine schicke Party ging. Ich dachte daran, wie ich als Kind meine Dankesrede für die Oscar-Verleihung geübt und dem Publikum vom roten Teppich aus zugewinkt hatte. Einen Abend lang würde ich meinen Kindertraum ausleben. „Ja", konnte ich also ehrlich antworten. „Sylvia hat viel für mich getan. Ich tue ihr den Gefallen gern."

Er gab ein tiefes Brummen von sich. „Sylvia bekommt normalerweise, was sie will."

Ich sagte nichts, weil Streiten sinnlos gewesen wäre. Wir wussten beide, dass er recht hatte.

Der Bentley fuhr durch die Tore des St. Peter's College in Oxford, wie es die Filmleute mit ihrer Magie vorbereitet hatten, und der Moment, den ich gefürchtet und herbeigesehnt hatte, war da.

Für die Paparazzi und die Filmproduzenten mochte es wie ein Publicity-Gag aussehen, aber dieser Bentley war kein Mietwagen, und der Fahrer war kein arbeitsloser Schauspieler mit Chauffeursmütze. Wenn ich in den Rückspiegel sah, blickte niemand zurück, aber als der Fahrer seinen Kopf drehte, sah ich Rafes Blick, und meine Nerven beruhigten sich.

Er sagte: „Vergiss nicht, wenn du Probleme hast, rufe einfach meinen Namen und ich werde dich hören."

Ich nickte.

Er wollte gerade aussteigen, als ihm einfiel, dass er das nicht durfte. Stattdessen wartete der geschäftsführende Produzent des Films, Peter Lambert, sehr elegant im Smoking, und öffnete selbst die Tür. Ich konnte Sylvias Worte in meinem Kopf hören, wir hatten das so oft geübt. *Nimm dir Zeit. Setze einen Fuß aus dem Wagen, nimm dann die ausgestreckte Hand und gleite sanft nach vorn, bis du stehst.* Ich dachte daran, zu atmen, wie sie es mir beigebracht hatte. Ich war so nervös, dass ich dachte, ich könnte über die ungewohnt hohen Absätze stolpern, aber ich hatte ein wenig Magie in mir. Die Alexander-Technik war großartig, aber ein Zauberspruch war es auch.

Ich war nichts weiter als eine lebende Schaufensterpuppe für den Schmuck. Und ich spürte ihn. Ich spürte das Blitzen und Glitzern an Hals, Handgelenken und Ohren. Ich blieb stehen und stellte mich in Pose, wie Sylvia es mir beigebracht hatte, während Fotografen Bilder schossen und eine Filmkamera den Eingang filmte.

Der Produzent sagte: „Es ist großartig. So viele sind

gekommen. Natürlich haben wir keine Kosten gescheut und das beste Public-Relations-Team in London angeheuert. Dieser Film wird eine Sensation."

„Das ist wundervoll", sagte ich. Meine Aufgabe bestand darin, Belanglosigkeiten von mir zu geben. Sylvia hatte mich gewarnt, dass niemand meine Persönlichkeit sehen oder meine Meinung hören wolle. Ich war nur hier, um die Juwelen zu präsentieren. Wenn sie mir den Mund mit Klebeband hätte zukleben können, hätte sie es liebend gern getan. Stattdessen waren meine Lippen mit einer ungewohnten Schicht Lippenstift bedeckt.

Ich schaffte es, über den roten Teppich zu gehen, ohne über meine Füße zu stolpern. Ich versuchte mich daran zu erinnern, meinen Kopf hochzuhalten, die Schultern durchzudrücken und die Hüften nach vorne zu schieben, dabei zu lächeln und nicht in die Kamera zu schauen. Es war wie eine Mathearbeit. Der Versuch, bei vielen Variablen, von denen ich die meisten nicht verstand, das Gesamtbild zu verstehen. Aber irgendwie schaffte ich es.

Peter führte mich durch den riesigen gotischen Steinbogen, dessen Türen aufgestoßen worden waren, in einen Eingangsbereich mit Steinboden und einer breiten, nach oben führenden Steintreppe. Aber er führte mich nach rechts in eine Art große Halle. Auch hier waren die Böden aus Steinplatten, die Wände aus hellem Stein, und die Säulen erstreckten sich bis zu einer kunstvoll geschnitzten Decke weit, weit oben. Ich hatte das Gefühl, dass der ganze Raum dazu gedacht war, Sylvias Juwelen zur Schau zu stellen. Keine Ablenkung durch Bilder. Nur die schönen, mittelalterlichen Bogenfenster sorgten für Atmosphäre. Eine Menge

Leute schienen hier versammelt zu sein, alle sehr elegant in ihren Designer-Klamotten.

An einer Wand wurde auf einem großen Bildschirm der Originalfilm *Die Frau des Professors* gezeigt. Die viel jüngere Sylvia auf dem Bildschirm zu sehen, war erschütternd. Obwohl der Film in Schwarzweiß gedreht wurde, sahen die Juwelen bemerkenswert aus.

Das Bedienungspersonal, das mit Tabletts umherging, war durchweg im Stil der 1920er Jahre kostümiert, die Männer in Gamaschen, mit zurückgegelten Haaren und dunklen Anzügen, die Frauen in locker schwingenden Kleidern und mit Bubikopf.

Ich würde dafür sorgen, dass Sylvia ein paar Fotos bekam. Sie wäre gerne hier gewesen.

Peter übergab mich an Annabel, die Kreativdirektorin, die offensichtlich nach mir Ausschau gehalten hatte.

„Lucy", sagte sie überschwänglich, wobei sich ihr Blick auf die Halskette richtete, „Sie sehen fabelhaft aus."

Die Briten hatten eine Art, Wörter wie „fabelhaft" so zu betonen als hätten sie doppelt so viele Silben. Trotzdem war ich froh, fabelhaft auszusehen. Zumindest für heute Abend. Sie brauchte nicht zu wissen, dass meine Füße in den ungewohnten High Heels schmerzten, dass ich das Gefühl hatte, einen Fahrradhelm zu tragen, weil Sylvia so viel Haarspray in mein Haar gesprüht hatte, oder dass der Draht des trägerlosen BHs an Stellen in mich eindrang, die mir beim Atmen wehtaten. Als Sylvia mit mir fertig war, hatte sie gesagt: „So wird es wohl gehen." In Sylvias Sprachgebrauch kam das Annabels „fabelhaft" ziemlich nahe.

Und um den Abend zu überstehen, stellte ich mir einfach vor, ich wäre Sylvia. Wann immer jemand etwas zu mir sagte, überlegte ich, was Sylvia an meiner Stelle sagen oder tun würde.

Ich musste allerdings eine Änderung vornehmen und überlegen, was Sylvia sagen würde, wenn sie gut gelaunt wäre und andere beeindrucken wollte. Damit wären der Sarkasmus und die bissigen Bemerkungen vom Tisch. Zum größten Teil.

Edgar Smith, der Geschäftsführer von Man Drake, hielt Wort, und ich fand ihn bald an meiner Seite.

„Wie geht es Ihnen?", fragte er mich.

„Ich fühle mich ganz wohl. Ein bisschen eingeschüchtert."

Er nickte. „Nur damit Sie es wissen", sagte er leise und vertraulich, „zur Damentoilette kommt man durch den Bogen in der Ecke ganz hinten rechts. Ich werde Sie als Erstes mit den drei wichtigsten Leuten bekannt machen, danach sind sie alle gleich."

Ich war ihm so dankbar, dass ich vor Erleichterung fast zusammensackte. Allerdings waren Durchhänger nicht erlaubt. Der imaginäre Faden zog meinen Kopf wieder in die richtige Haltung nach oben. Er nahm meine Hand, und ich dachte, er würde sie mir zur Beruhigung drücken, stattdessen schaute auf den diamant- und smaragdbesetzten Ring an meinem Finger. „Das ist ein echtes Prachtstück", sagte er.

Ich kicherte. „Ich weiß. Ist er nicht wunderschön? Schwerer, als ich dachte."

Er sah mich verwirrt an. „Tragen Sie den Schmuck denn nie?"

Erstens hatte ich bis vor ein paar Wochen nicht einmal gewusst, dass er existierte. Aber selbst, wenn er mir gehört hätte, würde ich ihn wohl nie tragen. Jetzt verstand ich, warum Sylvia darauf bestanden hatte, dass ich mich auf Plattitüden beschränken sollte. Ich hatte bereits etwas Dummes gesagt. Um es wiedergutzumachen, sagte ich ihm einfach die Wahrheit. „Ich habe Angst, dass dem Schmuckset etwas zustößt. Er ist unbezahlbar. Was, wenn es verloren ginge oder gestohlen würde? Das würde ich mir nie verzeihen."

Das schien ihn ziemlich zu verwirren. „Aber er gehört Ihnen doch. Sie können damit machen, was Sie wollen." Er schüttelte den Kopf. „Wenn die Schmuckstücke mir gehören würden, würde ich sie meiner Freundin um den Hals hängen. Dann könnte ich sie die ganze Zeit anschauen."

Das war wohl wie bei Rafe und den fabelhaften Gemälden, die er in seinem Herrenhaus aufgehängt hatte. Sicher, sie waren unglaublich wertvoll, aber sie hingen offen an der Wand, weil er sie gerne betrachtete.

Edgar hielt mich an der Hand und führte mich weiter. Bevor wir den Mann erreichten, den ich kennenlernen sollte, sagte er leise: „Lord Alan Pevensy. Er schwimmt im Geld und finanziert gern Filme, Sie sollten ihn also anhimmeln."

Ich nickte. Und dann stand ich mit meinen hohen Absätzen plötzlich vor einem grauhaarigen Herrn mit hellen, braunen Augen, dessen Scheitel mir gerade einmal bis zur Nasenspitze reichte. Edgar machte uns bekannt, und Sir Alan sagte: „Es freut mich sehr, Sie kennenzulernen. Ich bin ein großer Fan der Filme Ihrer Großtante. Sie war eine strahlende Augenweide, und das sind Sie auch, wie ich sehe. Sie sind eindeutig nach ihr geschlagen. Haben Sie schon einmal an eine Karriere beim Film gedacht, Liebes?"

Im Flirten hatte er eindeutig Routine, aber sympathisch war er mir auch. Eine Viertelsekunde lang stellte ich mir vor, wie es wäre, sein Angebot anzunehmen und mich in die

Glamour-Welt der Schauspielerei zu stürzen. Länger nicht. Ich sagte: „In Wirklichkeit habe ich ein Strickwarengeschäft."

Er hob die Brauen. „Ein Strickwarengeschäft. Wie bezaubernd." Seltsamerweise klang er nicht herablassend. „Sicher sehen Sie deswegen so gesund auch. Und so frisch. Im Grunde führt eine professionelle Schauspielerin nicht immer ein glückliches Leben. Sie sind besser dran, wo Sie sind."

Ich stimmte von Herzen zu. Wenn ich noch viele solcher Abende absolvieren müsste, würde ich nicht nur vor Langeweile umkommen, sondern die Absätze würden mich zum Krüppel machen und die BH-Bügel meine Lunge dauerhaft schädigen.

Lord Pevensy stellte mich seiner Frau, Lady Pevensy, vor, die etwa so groß und so alt war wie ich. Sie war ganz nett, auch wenn sie sagte: „Al, kannst du mir nicht auch mal so alten Cartier-Schmuck kaufen?" Und sie fuhr mit dem Finger über die Juwelen an meinem Hals.

Ihr Mann lachte herzhaft. „Das könnte ich mir nicht leisten, Schatz. Es sei denn, du willst auf die Privatschule für unsere Kinder verzichten", und er zwinkerte mir zu.

Natürlich ging sie ihm auf den Leim. Sie drehte sich zu ihm um. „Im Ernst, Alan. Du bist so reich, dass du dir doch beides leisten könntest."

„Nicht bei der Art, wie du Geld ausgibst, mein Schatz."

Edgar zog leicht an meinem Arm, und ich war sehr froh, dem zärtlich zankenden Paar entkommen zu können. Auch wenn es wie ein Routinestreit aussah, wollte ich nicht dabei sein. Außerdem war es meine Aufgabe, mich zu zeigen.

Und die Brillis glitzern zu lassen.

KAPITEL 6

Zu meiner Überraschung stellte mir Edgar als Nächstes jemanden vor, den ich kannte. Es war eine Kundin von mir, Patricia Beeton. „Patricia ist unsere Kostümbildnerin", sagte er mir. „Sie hofft sehnlichst, dass Sie vielleicht ein paar unveröffentlichte Bilder von Sylvia haben. Alles, was aus Sylvias privaten Fotoalben stammt, wäre eine Hilfe."

Patricia Beeton trug ein wunderschönes, langes Deko-Kleid. Mir fiel daran besonders auf, dass es handgestrickt war. Ich erkannte zwar die Wolle, hatte sie ihr aber nicht selbst verkauft und wusste daher nicht, dass sie heute Abend hier sein würde und sogar an dem Film beteiligt war. Das Kleid war schwarz mit silbernen geometrischen Mustern auf der Vorderseite.

„Lucy! Ich bin so froh, etwas tragen zu können, das ich aus der Wolle aus Ihrem Laden gestrickt habe."

„Wirklich kaum zu glauben, wie schön das geworden ist", sagte ich und trat zurück, um den Gesamtanblick auf mich wirken zu lassen. Sie hatte sich die Haare zu einer Bobfrisur gestylt und trug ein Stirnband aus Samt mit einer Feder daran.

Über mein Kompliment schien sie sich sehr zu freuen. „Nur wenige Menschen verstehen, wie viel Glamour man mit der richtigen Wolle beim Stricken erreichen kann."

Ich wusste sehr gut, dass wesentlich mehr dazugehörte. Insbesondere das Talent der Strickerin. Und Patricia Beeton konnte es in Sachen Geschicklichkeit mit jedem meiner Vampire aufnehmen. Sie schüttelte den Kopf. „Sie sollten auch ein Strickkleid tragen, Lucy. Das wäre doch eine wunderbare Werbung fürs Geschäft."

Ich schlug mir an die Stirn, als wäre es eine großartige Idee, auf die ich nie gekommen wäre. Tatsächlich hätte Sylvia mir nie erlaubt, etwas zu tragen, das den Blick vom Cartier-Set ablenkte. Mein Kleid und ich waren nur hier, um die Juwelen von ihrer besten Seite zu zeigen. Oder von ihrer zweitbesten, wie Sylvia zweifellos meinte.

Patricia winkte einen der Fotografen herbei. „Machen wir zusammen ein Foto. Ich werde Ihnen ein Exemplar zukommen lassen, damit Sie es in Ihrem Newsletter veröffentlichen können."

Ich sagte, das sei eine großartige Idee, und wir posierten gemeinsam für das Foto.

Als dies erledigt war, drehte sie sich zu mir. „Ich möchte dem Originalfilm so nahe wie möglich kommen. Wir werden nicht genau die gleichen Kostüme verwenden, aber ich möchte Sylvia Strand huldigen, die nicht nur eine großartige Schauspielerin, sondern zu ihrer Zeit auch modisch ein Idol war."

Ich musste daran denken, ihr dieses Kompliment weiterzugeben.

„Jedes Foto, das Sie von ihr finden könnten, wäre hilfreich. Für die Kostüme möchte ich ihrem Look so gut wie möglich gerecht werden."

Ich hatte den leisen Verdacht, dass Sylvia wahrscheinlich eine Menge Fotos und persönliche Erinnerungsstücke besaß. Völlig ehrlich sagte ich: „Es gibt so viele Sachen von Sylvia, die ich mir noch gar nicht angeschaut habe. Auf jeden Fall werde ich sie für Sie durchgehen. Ich weiß, dass Sylvia begeistert wäre, wenn sie sehen könnte, wie viel Mühe Sie sich geben, authentisch zu sein."

Ein Kellner, der wie ein Statist aus *Der große Gatsby* aussah, bot uns Champagner, Sprudelwasser, Rot- oder Weißwein auf einem Silbertablett an. Natürlich nahm ich Champagner. Also, Sylvia hatte mir gesagt, ich solle den Champagner nehmen, da er am besten zum Outfit passen würde. Sie hatte mir sogar beigebracht, wie ich das Glas halten musste, damit mein Handgelenk so ausgerichtet war, dass das Armband an meinem Handgelenk am besten zur Geltung kam. Ich sah, wie es das Licht reflektierte und glitzerte. Es war wirklich ein wunderschönes Set. Ich begann, mich zu entspannen und mich zu amüsieren. Es war wie Verkleiden spielen, nur dass ich statt des seidenen Morgenmantels und des Modeschmucks meiner Mutter echte, unbezahlbare Juwelen zu einem echten Designerkleid trug, mit Wahnsinnsstöckelschuhen, wie sie nur ein Mann hatte designen können.

Behutsam entführte mich Annabel von Patricia Beeton und brachte mich zu einer bedeutenden Feuilletonreporterin. Wie Sylvia befohlen hatte, nippte ich kaum an dem Champagner. Ich hielt das Glas nur als Requisite, während mir Fragen gestellt wurden wie: „Was macht das mit Ihnen, dass *Die Frau des Professors* neu verfilmt wird?"

Natürlich konnte ich ihr nicht sagen, dass ich das Original erst vor kurzem zum ersten Mal gesehen hatte. „Ich freue mich unheimlich. Ich weiß, dass Sylvia sich sehr geehrt fühlen würde, wenn sie sehen könnte, mit welcher Hingabe und Detailtreue die Produktionsfirma die Neuverfilmung sowohl authentisch als auch aktuell gestaltet."

Sie nickte. Zweifellos hatte sie die gleichen Worte in einer Pressemitteilung gelesen. „Und wie fühlen Sie sich? Mit diesem Schmuck, der von Jacques Cartier selbst entworfen wurde? Er hat ja für Elizabeth Taylor und Wallis Simpson Schmuck entworfen, um nur zwei zu nennen."

Ausnahmsweise wich ich von dem Skript ab, das Sylvia mir vorgegeben hatte. Ich entschied mich für die Wahrheit. „Ganz ehrlich? Es macht mich fertig. Er ist so exquisit und so schön und so teuer."

Plötzlich lächelte sie, ein viel natürlicheres Lächeln, und beugte sich vor. Jetzt waren wir nur noch zwei Mädchen, die sich unterhielten. Obwohl mir die ganze Zeit über klar war, dass sie das Gespräch aufnahm. „Ich weiß. Es würde mich auch fertig machen. Darf ich mal anfassen?"

Ich lachte. „Aber natürlich." Ich streckte die Hand aus, die nicht den Champagner hielt, und sie bewegte das Armband an meinem Handgelenk so, dass es im Licht funkelte. Auch der Ring wollte nicht übersehen werden und blitzte auf.

„Sie sind wunderschön", sagte sie und berührte die kühlen Steine.

„Das finde ich auch."

Sie stellte mir noch ein paar Standardfragen und ließ sich

dann mit mir fotografieren. Aus dem Augenwinkel bemerkte ich den kontrollierenden Blick des Buchhalters, Bryce Teddington. Er wirkte hier auch nicht selbstbewusster oder souveräner als im Büro. Er war dünn, gebeugt und nervös. Er kaute an den Nägeln und beobachtete mich so, wie ein hungriger Welpe sein Herrchen beim Kochen beobachtet.

Ich lächelte ihm aufmunternd zu, und er trat einen Schritt vor. Für die Feuilletonistin war das das Signal weiterzuziehen. Sie sagte: „Ich gehe jetzt besser. Ich will den Text heute Abend vor Redaktionsschluss abgeben."

Bryce blickte nervös nach links und rechts. Vielleicht hatte man ihm gesagt, er solle die Frau, die für die Presse ihren Schmuck zur Schau stellt, nicht vereinnahmen. Er murmelte etwas, war aber noch so weit weg, dass ihn kaum jemand hören konnte. Ich höre außerordentlich gut. Ob das Teil meiner magischen Kräfte oder einfach angeboren ist, war mir noch nie ganz klar. „Wo ist der Regisseur? Wo sind die Stars?", murmelte er. Armer kleiner Mann. War er in der Hoffnung hergekommen, Prominente zu treffen?

Dann kam er auf mich zu. „Ich bin mir nicht sicher, ob Sie den Vertrag richtig verstanden haben", sagte er leise und klang nervös.

Ich war ein wenig besorgt. „Was meinen Sie damit?" Sollte er nicht auf der Seite der Firma stehen?

„Die Bilanz stimmt nicht. Soll stimmt nicht mit Haben überein. Sehen Sie?" Seine Augen waren vergrößert wie die eines riesigen Insekts, und das machte es mir schwer, mich auf seine Worte zu konzentrieren.

„Ich konnte noch nie besonders gut mit Zahlen umgehen. Ich kann Ihnen nicht ganz folgen." Und hier waren sicher noch andere Leute, mit denen ich mich hätte unterhalten sollen. Anstatt mit dem Buchhalter des Unternehmens.

„Bilanz. Ein eleganter Begriff. Es bedeutet Waage oder Gleichgewicht. Aber wenn etwas aus dem Gleichgewicht gerät, dann kippt die Waage, verstehen Sie?"

Ich wusste, dass ich weiterziehen sollte, aber er schien sehr entschlossen, mir etwas begreiflich zu machen. „Ich glaube, Sie müssen mir das so erklären, dass ich es verstehen kann." Vielleicht, indem er wie ein normaler Mensch sprach statt Bilanzlatein.

Er schaute an mir vorbei und zuckte wie ein verängstigtes, in die Enge getriebenes Kaninchen. „Nicht hier."

„Aber mein Anwalt hat die ganze Sache überprüft. Ich verstehe nicht, wo das Problem liegt."

Wieder sagte er mit dieser tiefen, nervösen Stimme: „Nicht hier. Treffen wir uns ..." Und dann war er still. Es war ziemlich klar, dass er noch keine Ahnung hatte, wo ich ihn treffen sollte. Der arme Mann. Er war so nervös. Er schaute sich um und sagte schließlich: „Gehen Sie zur Damentoilette."

Ich zog die Brauen hoch. „Sie wollen sich mit mir auf der Damentoilette treffen?" Wenn das mal kein Aufsehen erregen würde.

Er schüttelte vehement den Kopf. „Hinter der Damentoilette befindet sich ein kleiner Warteraum. Den kennt keiner. In fünfzehn Minuten. Kommen Sie dorthin. Ich muss Ihnen etwas sagen. Diskrepanz. Wichtig."

Wenn ein Buchhalter von Diskrepanzen sprach, musste ich annehmen, dass die Bücher nicht in Ordnung waren. Ich hatte Mitleid mit ihm, aber Sylvia und ich hatten nichts mit der Finanzierung des Films zu tun. Sie – bzw. ihr Nachlass – erhielt ein Honorar für die Rechte an ihren Bildern und die Nutzung der Juwelen, aber Sylvia ging es nicht ums Geld. Für Sylvia war dies ein Ego-Trip in die Vergangenheit.

Er kam mir ein bisschen spinnert vor, aber er war eindeutig besorgt. Ich sollte ihn wenigstens anhören. Sich an der Toilette zu treffen war seltsam, aber er war offensichtlich harmlos, und außerdem würde ich in einer Viertelstunde wahrscheinlich sowieso zur Toilette müssen, um meine BH-Bügel zurechtzurücken.

Ich nickte. „In Ordnung." Und bevor ich ein weiteres Wort sagen konnte, war er verschwunden. Einfach weg.

Annabel kam mit einem Mann an, den ich erkannte. Es war ein Filmstar. Einer dieser berühmten Briten, die immer in romantischen Komödien vorkommen. Er sah gut aus, grinste breit und das Haar fiel ihm in die Stirn. Bevor er mir vorgestellt wurde, nahm er meine Hand und sagte: „Ich hatte gehofft, dass Sie meine Filmpartnerin wären. Sie sind wunderschön. Es könnte Liebesszenen geben, wissen Sie. Sind Sie sicher, dass Sie es nicht mal probieren wollen?"

Ich kicherte nervös, und Annabel sagte: „Ach, hör auf, Adrian. Lucy hat Besseres zu tun, als mit dir zu flirten."

Es kam mir allerdings nichts Besseres in den Sinn. Schließlich wurde frau nicht jeden Tag von einem Filmstar angemacht. Zumindest ich nicht.

„Wir haben Adrian überredet, in *Die Frau des Professors* die Hauptrolle zu spielen", sagte Annabel.

Oh ja, Sylvia würde das sicher gefallen. „Das ist ja großartig." Ich sah mich um. „Aber wer spielt die Frau?" Es hätte Sylvia viel mehr interessiert zu erfahren, wer ihre Rolle spielte. Immerhin wäre sie der Star des Films.

Wie eine Geheimagentin tippte sie sich an die Nase. „Das wird unsere nächste große Enthüllung sein."

Sie entschuldigte sich und ging weg. Adrian beugte sich vor und senkte die Stimme: „Das heißt, dass sie noch niemanden haben."

„Sie haben doch Sie."

Er zuckte die Achseln. „Ich koste nicht viel, weil ich gerade aus der Entziehungskur komme. Wir alle wissen, dass es die weibliche Hauptfigur sein wird, auf die es bei diesem Film ankommt."

Ich musste immer noch verdauen, dass er so ehrlich über seinen Entzug gesprochen hatte. Hier schien er der einzige Hauptdarsteller zu sein, und er gab selbst zu, nicht viel zu kosten. Ich fragte mich, ob Bryce Teddington mit seinen nervösen Fragen auf einer richtigen Spur war. „Wer führt denn bei dem Film Regie?", fragte ich Adrian.

Er neigte seinen wunderschönen Kopf zur Seite und sagte dann: „Ich glaube nicht, dass bereits jemand für das Projekt verpflichtet wurde."

Dann schaute er an mir vorbei und sagte: „Oh, entschuldigen Sie bitte, ich muss Lord Pevensy begrüßen."

Es war klar, dass er hier seine eigenen Ziele verfolgte, zweifellos um sich bei den Mächtigen einzuschleimen. Das konnte ich ihm nicht zum Vorwurf machen. Ich wünschte ihm alles Gute, und bevor er ging, fragte ich ihn nach der Uhrzeit. Natürlich trug ich keine Uhr, und Sylvia hatte mir nicht erlaubt, mein Handy mitzunehmen. Er sagte mir die Uhrzeit. Seit ich diese seltsame Aufforderung von Bryce erhalten hatte, waren fast fünfzehn Minuten vergangen,

Langsam stolzierte ich zur Damentoilette. Zwei- oder dreimal wurde ich wegen eines Fotos oder einer anerkennenden Bemerkung über den fabelhaften Schmuck aufgehalten.

Dann bog ich in den Korridor ab. Es war so still, dass ich die Seide meines Kleides rascheln und meine Schuhe auf den Steinboden klopfen hören konnte. Die Beleuchtung war diskret. Auch das Wort „Damen" bestand aus geschmackvoll dezenten Messingbuchstaben. Ich war sehr froh, dass Edgar mich bei meiner Ankunft darauf hingewiesen hatte, sonst hätte ich es nie gefunden. Ich ging an einer Nische vorbei, in der ein antiker Tisch mit einer Lampe stand, und dann kam links in einer weiteren Nische die Tür zur Damentoilette. Als ich näherkam, öffnete sich die Tür, und eine flotte junge Frau im Stil der Zwanziger kam heraus. Ich tat, als müsste ich zur Toilette, bis sie außer Sichtweite war, und setzte dann meinen Weg fort.

Allerdings hörte gleich hinter der Toilette das elegante Ambiente auf. Das hier sah aus, wie der Teil des Colleges, wo gearbeitet wurde. An der Wand stand ein mit schmutziger Bettwäsche beladener Wäschewagen.

Ich warf einen kurzen Blick hinter mich und hatte das Gefühl, etwas Heimliches zu tun, aber dann ging ich weiter. Der Buchhalter hatte recht gehabt. Hier hinten war niemand.

Ich fragte mich, woher er überhaupt von diesem kleinen Umkleideraum oder was immer es auch war, wusste. Aber auf der rechten Seite sah ich dann einen kleinen Aufenthalts-raum: zwei Sofas, Beistelltische mit Lampen. Niemand war dort. Entweder war ich als Erste gekommen, oder er hatte mich vergessen oder mir einen dummen Streich gespielt.

Ich konnte nicht hier hinten auf ihn warten, wo ich doch eigens auf dieser Veranstaltung war, um Sylvias Cartier-Schmuck vorzuführen. Ich hätte ihm gerne ein paar Minuten gegönnt, um herauszufinden, was ihn so sehr beunruhigte, aber ich konnte nicht länger bleiben.

Da hörte ich etwas. Und spürte etwas. Was, wusste ich nicht. Ich drehte mich um und sah hinter mich, als mich etwas am Hinterkopf traf. Und zwar hart.

Blitze zuckten in meinem Blickfeld, und dann wurde alles dunkel.

KAPITEL 7

*I*ch öffnete die Augen, zuckte zusammen und schloss sie sofort wieder. Mein Kopf war wie gespalten und das Licht schmerzte.

„Versuche nicht, dich zu bewegen. Es ist alles in Ordnung mit dir." Die befehlende Stimme beruhigte mich sofort.

„Rafe", sagte ich schwach. Noch nie war ich so glücklich, seine Stimme zu hören. Seine kühlen, fähigen Hände berührten sanft meinen Kopf.

„Autsch", schrie ich, als er eine besonders wunde Stelle an meinem Kopf berührte.

Ich wusste nicht, wo ich war. Warum ich auf dem Boden lag. Oder warum so viele Menschen um mich herum waren. Mir war schlecht und ich war desorientiert. Ich wollte einfach nur ruhig im Dunkeln liegen.

Eine Stimme, die ich vage erkannte, sagte: „Geht es ihr gut? Lebt sie noch?"

Es war eine Frauenstimme, die ich vor Kurzem gehört hatte. Wie war ihr Name?

„Annabel", sagte ich und freute mich, dass mein Gehirn so gut funktionierte.

Sie musste wohl gedacht haben, ich hätte nach ihr gerufen, denn die Filmproduzentin kniete neben mir nieder. „Lucy. Ich kann gar nicht glauben, dass Sie überfallen wurden. Hier bei unserer schönen Party. Geht es Ihnen gut?"

Was glaubte sie wohl? Ich lag auf dem Boden und hatte Schmerzen. Natürlich ging es mir nicht gut. Bevor mir die Worte einfielen, um sie loszuwerden, übernahm Rafe die Kontrolle. „Lucy ist verletzt. Sie kann im Moment mit niemandem sprechen."

Alles kam wieder zurück, und ich hielt mir sofort die Hand an die Kehle. Ich spürte, dass meine Haut klamm war und mein Puls raste. Aber wo war das Collier?

Ich grub mir fast die Fingernägel in den Hals, um das Ding zu finden. Ich sah auf mein Handgelenk. Nichts. Sogar der Ring war weg.

Ich versuchte, meinen Kopf zu heben, aber Rafe legte mir sanft die Hand auf die Stirn und sagte: „Bleib ruhig liegen. Es kommt ein Arzt."

„Die Juwelen", sagte ich. „Hast du sie?" Es war eine schwache Hoffnung.

Er sagte: „Lucy, die Juwelen sind gestohlen worden."

Eine Nanosekunde lang wünschte ich mir, mein Angreifer hätte fester zugeschlagen, damit ich Sylvia nicht gegenübertreten müsste.

Kurz darauf beugte sich ein Arzt über mich. Und dann durfte ich aufstehen. Ich war froh darüber, denn es hat etwas sehr Demütigendes, auf dem Boden zu liegen, wenn sich Leute über einen beugen und einen anstarren. Rafe half mir auf die Beine und legte einen Arm um mich, damit ich nicht wieder zu Boden sank.

Jemand trat auf mich zu. „Die Polizei ist hier."

Er schüttelte den Kopf. „Später. Lucy braucht medizinische Hilfe. Sie können morgen mit ihr sprechen."

„Sag es ihnen", sagte ich zu Rafe. „Sag ihnen, dass sie die Juwelen finden müssen. Sylvias Juwelen."

„Das werde ich", sagte er beschwichtigend. „Mach dir keine Sorgen. Deine einzige Aufgabe ist es, gesund zu werden."

Der Arzt gab ihm mit leiser Stimme einige Anweisungen, und dann machten wir ein paar torkelnde Schritte vorwärts. Leise fluchend beugte er sich hinunter, legte seinen Arm unter meine Knie und hob mich hoch. An einem normalen Tag hätte ich mich gefreut, wie Scarlett O'Hara herumgetragen zu werden, aber mir war übel, nicht nur von dem Schlag auf den Kopf, sondern auch vor Entsetzen.

Sylvias wertvolle Juwelen waren verschwunden.

Und ich war dafür verantwortlich.

ICH WURDE AUF DRAMATISCHE WEISE DURCH DIE GALAVERANSTALTUNG GETRAGEN, und als wir die Tür erreichten, fuhr ein Krankenwagen vor. Es kamen Sanitäter mit einer Trage. Und mir dämmerte langsam, dass sie wegen mir hier sein mussten. Ich versuchte, den Kopf zu schütteln, aber es tat zu sehr weh.

„Nein. Ich will nicht ins Krankenhaus. Es geht mir gut."

„Es geht Ihnen nicht gut", sagte der Arzt. „Ich möchte Sie ordentlich durchchecken. Sie haben da eine ganz schöne

Beule am Hinterkopf. Sie könnten eine Schädelfraktur haben."

Ich hoffte fast, die hätte ich, dann wäre Sylvia vielleicht nicht ganz so wütend auf mich.

Es war eine schwache Hoffnung.

Zwei Sanitäter hoben mich vorsichtig auf die Bahre und deckten mich mit etwas zu, das sich wie eine Decke anfühlte. Ich schloss meine Augen, denn das Licht tat weh. Rafe hatte seine Hand in meine gelegt, und wir machten uns auf den Weg. Ich hörte jemanden mit wütender Stimme sagen: „Aber ich muss weg. Man kann mich hier nicht wegen eines kleinen Diebstahls als Geisel halten."

Es war Lady Pevensy. Ich erkannte ihre Stimme. Und Edgar sagte beruhigend: „Es tut mir leid. Ich weiß, es ist ärgerlich, aber Sie müssen verstehen, dass etwas Unbezahlbares verloren gegangen ist. Die Polizei wurde gerufen. Bevor sie kommt, darf keiner gehen."

Lord Pevensy ergriff nun das Wort. „Ich bin nicht irgendjemand, wissen Sie, junger Mann."

„Das weiß ich, Eure Lordschaft. Es tut mir sehr, sehr leid. Bitte, haben Sie Geduld."

In dem Moment mussten sie mich gesehen haben, denn Lord Pevensy gab einen verzweifelten Laut von sich. „Oh, das arme Mädchen. Ist sie tot?"

Vielen Dank! „Nein, nein. Aber schwer verletzt."

„Sie schien so eine nette junge Frau zu sein. Was ist aus dieser Welt geworden, wenn Diebe und Gewalttäter den Weg zu einer Gala in meinem alten College in Oxford finden können? Das hätte es zu meiner Zeit nicht gegeben."

Dann schloss ich die Augen und schlief ein.

Als ich sie wieder öffnete, war ich im Krankenhaus. Ich

wurde erst zu einer CT und dann in ein Zimmer gebracht, wo ich die Ergebnisse abwarten sollte. Rafe war dort. Granny saß auf der anderen Seite des Bettes, und ich konnte sehen, dass sie schon eine ganze Weile dort saß. Sorgenfalten zeichneten ihr Gesicht.

„Lucy. Mein armes Schätzchen. Wie geht es dir?"

Ich sah mich um. Sylvia war nicht im Zimmer. „Schlecht."

„Soll ich eine Krankenschwester rufen? Musst du dich übergeben?"

Ich schüttelte den Kopf und verzog dann das Gesicht. „Nein. Ich fühle mich schlecht, weil die Juwelen verschwunden sind. Ich weiß nicht, was passiert ist."

„Mach dir darüber keine Sorgen, meine Liebe. Was zählt, bist du."

„Ist Sylvia sehr wütend?"

Ich konnte die Blicke sehen, die sie wechselten. Das sagte mir alles, was ich wissen musste. Nach einer kurzen peinlichen Pause sagte Granny: „Natürlich ist sie wegen der Juwelen verärgert. Aber sie ist genauso froh wie ich, dass du nicht schlimmer verletzt wurdest."

„Ich glaube, ich bin in eine Falle getappt. Das wollte ich nicht. Ich dachte, ich würde das Richtige tun. Aber der Buchhalter sagte, er habe mir etwas Wichtiges zu sagen. Ich bin nur den Gang hinuntergegangen, gleich hinter der Damentoilette. Es war ja nicht etwa ein Treffen in einer dunklen Gasse oder so. Ich hätte gedacht, dass meine Magie mich schützen würde. Aber das hat sie nicht."

„Nein, Liebes. Das hat sie nicht."

„Wir müssen sie finden."

Mein Kopf tat fürchterlich weh, aber noch schlimmer war das schreckliche Gefühl in meinem Bauch, dass ich etwas

Unverzeihliches getan hatte. Ich legte die Hand an meinen Hals, so als ob Sylvias unschätzbare und unersetzliche Juwelen plötzlich unter meinen Fingerspitzen hätten auftauchen können. Aber das taten sie natürlich nicht. Es war mir sogar egal, dass sich mein Kopf wie ein angeknackstes Ei anfühlte. Wahrscheinlich lief gerade mein Hirn aus. Aber lieber würde ich die Hälfte meines Gehirns verlieren, als Sylvia sagen zu müssen, dass ich das Cartier-Set verloren hatte.

Ein Arzt kam herein und stellte mir einen Haufen dummer Fragen. Wie ich hieß, welches Datum wir hatten, wer Premierminister war. Ich fühlte mich reizbar und widerspenstig, daher sagte ich: „Ich bin Amerikanerin. Wir haben einen Präsidenten."

Aber wahrscheinlich werden Patienten mit Gehirnerschütterung so behandelt und der Arzt verhielt sich dementsprechend. Er nickte sehr ernst.

„Und wissen Sie, wer jetzt Präsident ist?"

Ich musste tatsächlich eine Zeitlang überlegen. Aber letztendlich kam ich sowohl auf den Namen des Präsidenten als auch auf den des Premierministers.

Er nickte und sah weder erfreut noch verärgert aus.

„Kann ich nach Hause gehen?"

„Ja. Der CT-Befund war sauber. Aber ich möchte, dass Sie es sehr ruhig angehen. Wenn Sie irgendetwas doppelt sehen, sich an etwas nicht mehr erinnern können oder die Kopfschmerzen schlimmer werden, müssen Sie wiederkommen. Ist das klar?"

„Ja." Ich war genauso ernst wie er.

„Und ich möchte Sie in einer Woche in meiner Praxis sehen."

Ich nickte und bereute es sofort, denn es tat weh. Aber ich zuckte nicht zusammen. Das Letzte, was ich wollte, war, hier noch länger festzusitzen. Ich musste von hier weg. Ich musste den Schmuck finden, bevor Sylvia ihrer Wut, die sie ganz bestimmt empfand, freien Lauf ließ.

Ich mochte gar nicht mehr zur Strickrunde der Vampire gehen.

Wie ich Sylvia kannte, würde sie mich nicht einmal in einen Vampir verwandeln. Sie würde etwas noch Schlimmeres tun.

Nein, den Schmuck musste ich unbedingt finden.

KAPITEL 8

Rafe half mir ins Auto und legte mir sogar den Sicherheitsgurt an. Granny sagte, sie würde zu Hause gebraucht, und ich vermutete, dass ihre Aufgabe darin bestehen würde, Sylvia in Schach zu halten. Um diese Aufgabe beneidete ich sie nicht.

Während Rafe den geräuschlos dahingleitenden Wagen aus dem Krankenhaus fuhr, lehnte ich mich mit geschlossenen Augen zurück. Nach einiger Zeit öffnete ich sie wieder. Sollte ich nicht schon längst zu Hause sein? Und dann sah ich das Blätterdach der Baumkronen über mir, den Mond und die Sterne weit oben, und mir wurde klar, dass wir nicht zu meiner Wohnung zurückkehren würden. Er wollte mich zu seinem Herrenhaus bringen.

Ich überlegte, ob ich mich wehren sollte, aber eigentlich war es wunderbar, mich in das weiche Bett zu legen und zu wissen, dass William, Rafes tüchtiger Butler und ausgezeichneter Koch, da war, um sich um mich zu kümmern. Noch besser: Wenn Sylvia zu mir wollte, musste sie erst an Rafe vorbei. Sie konnte wütend sein, und ich wusste, dass sie es sein würde, aber ich würde bei jedem Kampf auf Rafe setzen, sei es gegen Lebende oder Untote.

„Ist Sylvia sehr wütend?", fragte ich Rafe, als wir vor seinem Herrenhaus hielten.

Es gab eine kleine Pause, und auch ohne, dass er ein Wort sagte, konnte ich seinen kalten Zorn spüren. „Sylvia überlasse mal mir", sagte er schroff.

Oh, Mann, sie musste wirklich sauer sein.

Und das mit Recht. Ich legte die Hand an meinen schmerzenden Kopf. „Kaum zu glauben, dass ich so dumm gewesen bin. Er schien so harmlos zu sein, dieser kleine Mann. Der Buchhalter. Er bat mich, ihn in einem ruhigen Raum zu treffen. Weit weg von der Menge, den Sicherheitskräften und allen anderen. Was habe ich mir nur dabei gedacht?"

Er schaute zu mir herüber, sagte aber nichts.

Ich antwortete trotzdem auf die Frage, die er nicht gestellt hatte. „Er sagte, er hätte Bedenken. Irgendetwas an der Produktion störte ihn und er wollte nicht vor allen anderen darüber sprechen." Ich rieb mir den Kopf. „Wie leichtgläubig von mir! Das ist wohl der älteste Trick, den es gibt. Und ich Idiot bin hingegangen."

„Und was ist dann passiert?", fragte Rafe ruhig und gar nicht vorwurfsvoll. Das machte es mir leichter, mich zu erinnern.

„Er war nicht da."

„Versuch mal, dich genau zu erinnern, was passiert ist. Alles, woran du dich erinnern kannst. Ein Geräusch, einen Anblick, einen Geruch."

„Ich erinnere mich, dass ich auf den Kopf geschlagen wurde." Nun, das war nicht ganz richtig. Ich erinnerte mich an den schrecklichen, explosionsartigen Schmerz und das Gefühl zu fallen. Ich konnte mich nicht einmal daran erinnern, auf dem Boden aufgeschlagen zu sein.

„Ich spürte etwas oder jemanden hinter mir. Ich wollte meinen Kopf drehen, und da hat er zugeschlagen."

„Ich hätte da sein sollen." Er klang wütend, und mir wurde klar, dass er nicht auf mich, sondern auf sich selbst wütend war. „Es war gefährlich für dich, mit einem Vermögen an unversicherten Juwelen dorthin zu gehen. Es war ein großer Fehler von Sylvia, dich wie eine Schaufensterpuppe zu behandeln. Wir hätten es alle besser wissen müssen."

Ich war ihm dankbar für seinen Beistand, aber wie hätte einer von uns das wissen können? Es schien völlig sicher zu sein. Und das wäre es auch gewesen, wenn ich mich nicht aus der Menge hinausgeschlichen hätte, um mich mit jemandem zu treffen, den ich nicht einmal kannte.

Wenn sie gewusst hätten, wo die Juwelen waren, hätte er es mir gesagt, das wusste ich, aber ich musste trotzdem fragen.

„Gibt es irgendwelche Anhaltspunkte?"

„Keine. Ihr Buchhalter scheint sich aus dem Staub gemacht zu haben."

„Ich werde ihn finden", sagte ich. „Ich will nicht sagen: ‚Auch wenn es das Letzte wäre, was ich tue', denn mit Sylvia hier könnte es das vielleicht sein. Aber was wird er mit dem Schmuck machen? Es ist ja nicht so, als hätte er bei einem normalen Juwelier etwas geklaut. Einen Massenartikel, den man auf eBay verkaufen kann."

„Nein. Sylvia sagt, jeder Juwelier oder Sammler würde das Schmuckset sofort erkennen."

„Du hast mit Sylvia gesprochen?" Meine Stimme klang sehr begierig und verzweifelt.

„Das habe ich."

„Hat sie irgendwelche Ideen?"

„Hat sie nicht."

„Ich muss sie anrufen."

„Das würde ich dir nicht raten. Zumindest, solange sie sich nicht beruhigt hat."

Erfreulicherweise öffneten sich in dem Moment, in dem wir anhielten, die großen Türen des Anwesens und William kam herausgeeilt. Er öffnete mir die Autotür, noch bevor Rafe es tun konnte, und gemeinsam halfen sie mir hinaus. Ich lachte und bereute es gleich wieder, weil es so wehtat.

„Ich kann laufen, wisst ihr."

William sah uns beide an. „Oh, lassen Sie Rafe ruhig den Macho spielen. Das wird er sowieso tun."

Und dann wurde ich wieder hochgehoben und an Rafes Brust gedrückt. Ich fühlte mich jetzt noch mehr wie Scarlett O'Hara, als ich in diese wunderschöne Villa getragen wurde. Und diese Treppe hinauf.

Er trug mich in das Zimmer, das mittlerweile als meines galt. Zum Glück hatte ich noch ein paar zusätzliche Kleidungsstücke, Unterwäsche und Toilettenartikel hier. Viel länger würde ich nicht im Abendkleid herumlaufen können.

Ich lehnte die Hilfsangebote der beiden ab, zog mich aus und meinen Schlafanzug an. Es war fast drei Uhr morgens. Im Bad untersuchte ich mich und stellte fest, dass mein Gesicht blass und gezeichnet aussah.

Ich wusch mir das Gesicht, putzte mir die Zähne und kroch dann in das große Bett.

William kam mit einem Tablett herein. Es war, als ob er

meine Gedanken gelesen hätte. „Es ist ein Süppchen und etwas Kamillentee. Ich dachte, das könnte Sie beruhigen."

„Sie sind ein Heiliger."

Er ging, und dann kam Rafe herein und setzte sich auf die Bettkante.

„Du musst dir keine Sorgen machen. Schlaf dich gut aus."

„Aber die Polizei?"

„Die kommt morgen früh", sagte er beruhigend.

Ich wollte mich wehren, aber ich hatte nicht die Kraft dazu. Als ich fertig war, nahm er mir das Tablett ab und zog mir dann die Bettdecke über die Schultern.

Dann beugte er sich vor und küsste meinen schmerzenden Kopf. „Morgen früh wird alles besser aussehen", sagte er. „Das verspreche ich."

Erstaunlicherweise schlief ich die Nacht durch. Ich wachte erst nach neun Uhr am nächsten Morgen auf und fühlte mich schon viel menschlicher. Mein Kopf tat immer noch weh, aber mit ein paar Schmerztabletten reduzierte sich das von akut auf erträglich. Ich sah nicht verschwommen. Ich konnte mich an so ziemlich alles erinnern, einschließlich der Tatsache, dass eine der mächtigsten und furchterregendsten Vampirinnen der Welt zweifellos gerade meine Erzfeindin war, und die Kopfschmerzen waren zwar immer noch da, aber sie konnten durchaus von dem gestrigen Schlag auf meinen Kopf stammen.

Ich duschte sorgfältig und ließ meine Haare einfach gewähren. Der Gedanke an einen Kamm, einen Föhn oder eine Bürste war zu viel. Ich zog mir eine bequeme Jogginghose an und ging die Treppe hinunter. William war in der Küche, wo er offensichtlich auf mich gewartet hatte. Er sah mich forschend an, bevor er sprach.

„Wie fühlen Sie sich?"

„Ich habe mich schon mal besser gefühlt", sagte ich.

Er kam auf mich zu, und ich konnte sehen, wie er meine Augen musterte, um zu sehen, ob sie in Ordnung waren. Er war so süß. „Der Kaffee ist fertig, und zum Frühstück gibt es alles, was Sie wünschen."

Um ehrlich zu sein, hatte ich keinen großen Appetit, was in der Küche von William ein Jammer war. Ich sagte ihm, ich würde mit dem Kaffee anfangen, und dann lockte er mich mit Joghurt, frischem Obst und Müsli.

Als Rafe kam, war er viel taktloser als William. Er hob mein Kinn an und forderte mich auf, die Augen weit zu öffnen. Der Arzt hatte uns eine Liste mit Warnzeichen mit nach Hause gegeben, und Rafe fragte jetzt nach Dingen wie Schwäche- oder Schwindelanfällen. Gang und Gleichgewicht testete er, indem er mich in der Küche auf und ab gehen ließ. Mit dem Ergebnis schien er allerdings zufrieden zu sein.

„Ich muss zurück in die Stadt", sagte ich.

Er schüttelte den Kopf. „Violet managt den Laden. Sie ist dazu absolut in der Lage."

„Wegen Violet mache ich mir keine Sorgen. Ich muss mit Sylvia sprechen."

Er und William wechselten Blicke. „Sylvia soll sich erst abregen. Es wäre nicht gut für dich, jetzt in ihre Nähe zu kommen."

„Zumindest sollte ich mich entschuldigen. Ich wollte doch nicht ..."

„Bitte, Lucy, vertrau mir. Sie braucht Zeit, um sich abzuregen."

Zweifellos hatte er recht. „Also dann muss ich zum College. Und die Polizei wird mit mir reden wollen."

Wieder wechselten sie Blicke. „Die Polizei ist auf dem Weg hierher."

Ich riss die Augen auf. „Wirklich?"

„Sie müssen mit dir über den Juwelenraub sprechen."

Rafe warf mir einen warnenden Blick zu. „Vergiss nicht, Lucy, soweit die Öffentlichkeit weiß, gehören diese Juwelen dir. Sollen wir dir in Erinnerung rufen, wie du Sylvias Erbin geworden bist?"

„Nein. Wenn Sylvia zu etwas sehr gut fähig war, dann war es das Einstudieren meiner Rolle mit mir. Ich schaffe das schon."

Ich beendete mein Frühstück, putzte mir die Zähne und versuchte, meine Frisur zu ordnen, aber das war so hoffnungslos, dass ich aufgab. Ich ging wieder hinunter und wusste nicht, was ich mit mir anfangen sollte. Ich wanderte umher, nahm Sachen in die Hand und legte sie wieder hin. Ich nahm mir eines von Rafes Büchern, aber in Wirklichkeit konnte ich mich nicht darauf konzentrieren. Am Ende zog ich mir einen Pullover über und ging in den Garten.

Henri, ein verwöhnter Pfau, der als Haustier hier wohnte, kam herangewatschelt. Der Pfau ist einer der schönsten Vögel der Welt, aber Henri war kein Prachtexemplar. Sein Gefieder war zerzaust, und für einen Pfau musste man ihn wohl eher als fettleibig bezeichnen. Doch was ihm an Schönheit fehlte, machte er durch seine Persönlichkeit mehr als wett. Ich mochte zwar eine Gehirnerschütterung haben, aber zum Glück keinen Dachschaden. Also ließ ich mir von William ein paar Stücke Steakfleisch, Henris Lieblingsspeise, geben und der Vogel nahm mir freudig und sanft die Stücke aus der Hand.

Dann wanderte ich im Garten herum. Es war ein dunstiger Morgen und das Gelände um Rafes Herrenhaus wirkte fast wie ein Gemälde. Aber meine Tagträume waren nicht sehr erfreulich. Alles, woran ich denken konnte, war die letzte Nacht. Wie Sylvia mir ihre wertvollen Besitztümer anvertraut hatte und wie ich sie mir hatte stehlen lassen.

Der Buchhalter hatte so nervös und so aufrichtig gewirkt, dass ich mich von ihm in eine ruhige Nische hatte locken lassen. Ehrlich gesagt, wenn mein Kopf nicht schon so weh getan hätte, hätte ich mir selbst eine Ohrfeige verpasst. Wie hatte ich nur so dumm sein können?

Ich wusste, dass ich aufhören musste, mir Vorwürfe zu machen, und stattdessen meine Energie darauf verwenden sollte, herauszufinden, wo der Typ steckte. Wie Rafe gesagt hatte, waren dies keine Juwelen, die man leicht verkaufen konnte. Vielleicht bestand die Chance, sie zurückzubekommen.

Wenn nicht, war ich mir ziemlich sicher, dass ich mir ein Ticket zurück nach Amerika würde kaufen müssen. Solange Sylvia unter dem Laden wohnte und ich darüber, würde ich sonst kein Auge zu tun.

Rafes Worte gingen mir durch den Kopf. Er hatte mir gesagt, er würde nicht zulassen, dass Sylvia mir etwas antat, und ich wusste, dass das stimmte. Trotzdem wollte ich nicht zeitlebens einem großen, starken Beschützer meine Sicherheit zu verdanken haben. Nicht, dass ich etwas gegen einen großen, starken Beschützer hätte. Darüber war ich froh und fühlte mich geschmeichelt. Aber irgendwann musste ich auf eigenen Beinen stehen.

Und deswegen musste ich diese Juwelen finden.

Während ich umherging und Henri mir hoffnungsvoll auf dem Fuß folgte, kam William heraus.

„Lucy, die Polizei ist da."

Ich holte kurz Luft.

Dann wandte ich mich Henry zu. „Jetzt ist Showtime."

Henri legte den Kopf zur Seite und betrachtete mich aus seinen wachen Knopfaugen. Showtime war ihm egal. Ihn interessierte nur die Essenszeit.

Da ihm kein Steakfleisch mehr geboten wurde, machte er verärgert kehrt und watschelte davon.

Und ich ging zurück in die Villa, um mich der Polizei zu stellen.

ährend der Vernehmung stellte der Beamte mir die üblichen Fragen. Ob mir bei der Gala jemand Verdächtiges aufgefallen wäre. Nein.

Ob jemand besonders auf den teuren Schmuck geachtet hatte, den ich trug? Ja. Alle.

War der Schmuck versichert? Nein.

Hatte ich eine Ahnung, wer ihn entwendet haben könnte? Nein.

Das Gespräch dauerte noch etwa zehn Minuten, aber das Problem war, dass ich nichts Hilfreiches zu bieten hatte. Ich vermutete, dass die Vernehmung Routine war und die Punkte abgehakt werden mussten, bevor sie irgendwo in einer Akte landen würden.

Ich blieb zwei Tage lang bei Rafe und beschloss dann, wieder arbeiten zu gehen. Als ich meinen Laden öffnete, verspürte ich Nervosität in der Magengrube. Ich konnte nicht anders, als an die Vampire zu denken, die direkt unter meinen Füßen hausten. Und vor allem an eine Vampirin, die mich definitiv auf ihrer Abschussliste hatte. Auch zu guten

Zeiten hätte ich keine Vampire verärgern wollen, erst recht nicht Sylvia. Um mir sie nicht zur Feindin zu machen, hätte ich keine Mühe gescheut,

Irgendwie überstand ich den Tag, aber ich konnte fast spüren, wie Wut und Groll aus dem unterirdischen Nest aufstiegen.

Ich wartete bis zehn Uhr abends und ging in meiner Wohnung unglücklich auf und ab. Dann hielt ich es nicht mehr aus. Ich musste mit ihr reden. Rafe hatte mich gewarnt, ihr Zeit und Raum zu geben, aber ich schaffte das nicht. Ich war ein Nervenbündel.

Ich ging die Treppe hinunter, und der abgedunkelte Laden wirkte zum ersten Mal in meiner Erinnerung unheimlich und unfreundlich. Ich ging durch den hinteren Teil des Raumes, in dem ich den Strickclub leitete, und die leeren Stühle in dem abgedunkelten Raum waren wie Zeigefinger, die mir missbilligend drohten.

Als ich an der Falltür ankam, hätte ich beinahe gleich wieder kehrtgemacht. Aber ich zwang mich, sie zu öffnen. Ich stellte sie hoch und ging die grob gemeißelten Steinstufen hinunter in den Tunnel. Nie kam ich gerne hierher, noch nicht einmal in Begleitung. Und um das zu tun, was ich jetzt vorhatte? Ich musste mich wirklich zusammenreißen. Ich hörte irgendwo ein Rascheln und nahm an, es sei eine Ratte. Ich hoffte, dass es nur eine Ratte war.

So schnell ich konnte, ging ich zu der Tür, die in das Versteck der Vampire führte. Die ganze Zeit musste ich gegen die Warnrufe meines Selbsterhaltungstriebes ankämpfen, der mir befahl, mich umzudrehen und wegzulaufen.

Ich holte tief Luft und klopfte dann an die Tür.

Jetzt gibt es kein Zurück mehr, sagte ich mir.

Es dauerte nicht lange, bis die Tür geöffnet wurde und meine Großmutter vor mir stand. Normalerweise freute sie sich sehr, mich zu sehen. Ich erwartete, dass ihr Gesicht von einem strahlenden Lächeln erfüllt würde und sie mich in ihre Arme schlösse. Aber dieses Mal schien sie nicht froh, mich zu sehen. Sogar verängstigt. Anstatt mich hereinzubitten, trat sie heraus und zog die Tür hinter sich zu.

„Lucy", flüsterte sie. „Was machst du denn hier?"

„Ich muss sie sehen. Ich muss es erklären."

Sie blickte hinter sich und dann wieder zu mir. „Das ist keine gute Idee."

Jetzt war ich nicht mehr die Einzige, die mir sagte, ich solle unverzüglich kehrtmachen und wegrennen. Vielleicht sollte ich das wirklich. Dann rief eine Stimme, die ich sowohl kannte als auch fürchtete, nach Granny.

„Ist sie das?"

Na super, sie sprach nicht einmal meinen Namen aus. Ich war jetzt *sie*. Sylvias Tonfall war nicht einladend.

Ich konnte sehen, wie Granny sich den Kopf zerbrach, aber was hätte sie sagen sollen? Dass ein Pizzabote versehentlich an eine Tür geklopft hatte, die fast unmöglich zu finden war, wenn man nicht wusste, dass es sie gab? Während sie zögerte, nahm ich noch einmal allen Mut zusammen und ging an Granny vorbei in die Höhle der Vampire.

„Sylvia", sagte ich. „Ich möchte mir dir sprechen."

Jede Faser ihres Körpers bebte vor Wut und Abscheu, als sie mich ansah. Nein. Nicht ansah. Sie war zu wütend, um mir ins Gesicht zu sehen. Ihr Blick ging über meinen Kopf hinweg, als ob sie mich buchstäblich nicht wahrnehmen würde. „Und was kannst du wohl zu deiner Verteidigung sagen wollen?"

Ich musste daran denken, dass sie in der Stummfilmzeit Schauspielerin gewesen war, also war sie es gewohnt, Emotionen darzustellen. Mannomann, was konnte die Frau emotional sein! Ihr Blick war eisig. Und ihr Gesicht schien in Stein gemeißelt.

Ich musste schlucken, bevor ich überhaupt sprechen konnte. „Es tut mir leid. Das ist alles, was ich dir sagen wollte. Es tut mir schrecklich leid."

Ich glaubte, ihr Kopf wolle explodieren. „Leid?", kreischte sie. „Ich habe dir eine unbezahlbare Juwelenparüre in die Hände gelegt. Alles, was du tun musstest, war, sie ein paar Stunden lang in einem überfüllten und überwachten Raum zu tragen. Wie um alles in der Welt hast du es geschafft, das zu vermasseln? Etwas, das so einfach war, dass Mabel es hätte erledigen können."

„Kein Grund, mich zu beleidigen", sagte Mabel von hinten.

„Ehrlich gesagt, ich weiß nicht, was passiert ist." Meine Stimme klang schwach und zittrig. Ich spürte, wie sich Granny als stille, schützende Präsenz neben mich stellte.

Sie sagte: „Es hat sie viel Mut gekostet, hierher zu kommen, Sylvia."

Theatralisch schaute Sylvia an die Decke. „Langweilig", sagte sie mit einem einzigen, kalten Wort, das sie so dehnte, dass ich die Eiszapfen in mir spürte.

Granny hatte recht. Es hatte mich all meinen Mut gekostet, und viel mehr hatte ich nicht auf Lager. „Ja, es tut mir wirklich leid. Ich hätte niemals gewollt, dass so etwas passiert. Ich tue alles, was ich kann, um sie zu finden."

Jetzt durchbohrte sie mich wieder mit ihrem kalten Blick. „Alles? Was machst du dann hier unten?" Sie beugte sich vor, direkt in mein Gesicht, und ich wich einen Schritt zurück. „Alles? Alles besteht darin, dass man jeden Moment seiner Zeit damit verbringt, mit allen zu sprechen, die dort waren. Die Polizei muss mehr Personal für diese Aufgabe bereitstellen. Komm mir nicht mit einem weinerlichen, erbärmlichen ‚Es tut mir leid.‘ Zeig mir, dass es dir leidtut, indem du meine Juwelen findest."

„Das ist leichter gesagt als getan. Wie soll ich die Polizei dazu bringen, dieser Sache mehr Priorität einzuräumen? Sie behandeln den Angriff auf mich als Körperverletzung." Ich verschwieg, dass ihnen dieser Teil viel wichtiger war als der Diebstahl von ein paar Juwelen. *Es war ja nicht einmal ein Mord.*"

Sie sah mich an, und ich konnte die Worte in ihrem Blick lesen, als hätte sie sie tatsächlich ausgesprochen. Wäre ich umgebracht worden, würde die Polizei die Sache ernster nehmen.

Theodore kam aus seinem Zimmer und sah sehr elegant aus, offensichtlich ausgehfertig. Er schien überrascht, mich dort zu sehen. „Lucy. Wie geht es dir?"

Ich war ihm so dankbar. Er war der Einzige, der mich nach dem schrecklichen Angriff fragte, wie es mir ging.

Ich wandte mich von Sylvia ab und sagte: „Ich habe immer noch Kopfschmerzen, aber es geht mir schon viel besser. Danke der Nachfrage."

„Du solltest oben sein und dich ausruhen", sagte er höflich.

„Ausruhen?", kreischte Sylvia erneut. Dann stupste sie mich mit einem langen, knochigen Finger an. „Du ruhst nicht. Nicht eine Sekunde, bis du meine Juwelen gefunden hast."

Theodore sah sie an. „Ist es dir eigentlich in den Sinn gekommen, Sylvia, dass du Lucy auch helfen könntest, die Juwelen zu finden, anstatt dich so aufzuführen?"

„Ich? Was hat das mit mir zu tun?"

Theodore war ein guter Privatdetektiv. Und er dachte wie einer. Er schaute von ihr zu mir und wieder zurück. „Ich habe mich schon gefragt, warum."

„Warum was?"

„Warum hat sich diese Produktionsfirma wegen deiner Juwelen an dich gewendet?"

Diese Frage schien sie zu verwirren. Ich war auch verwirrt, aber ich ahnte, worauf er hinauswollte.

„Zu wem hätten sie sonst gehen können?", fragte sie. Sie war so voller Wut, Bitterkeit und Trauer, dass sie keinen klaren Gedanken fassen konnte. Vielleicht war in ihrem Kopf kein Raum mehr dafür.

Theodore sagte: „Überleg doch mal. Einen Film drehen zu wollen, ist das Eine. Aber wie ist es abgelaufen, als man dich wegen der Juwelen kontaktiert hat? Du stehst schon seit einiger Zeit nicht mehr in der Öffentlichkeit. Das gilt auch für die Juwelen von Cartier. Wer wusste überhaupt, dass du sie hattest?"

Zum ersten Mal sah ich, wie ihre Wut ein wenig nachließ, als sie nachzudenken begann. Mit schmalen Augen blickte sie auf Theodores Gesicht. „Was willst du damit sagen?"

„Ich frage mich, ob der Diebstahl doch kein plötzliches, zufälliges Ereignis war. Vielleicht war er von langer Hand geplant?"

„Unsinn. Wenn die Produzenten recherchiert haben, müssen sie etwas über die Juwelen gefunden haben. Ich war sehr berühmt. Und auch die Brüder Cartier. Jacques war mein besonderer Freund. Wir beide zusammen waren etwas Unbezahlbares und Unersetzliches."

Die Art, wie sie „unbezahlbar" und „unersetzlich" sagte und mich dabei anstarrte, war wie ein Stich ins Herz. Ein zweifacher Stich.

Theodore schien den Messerstich nicht zu bemerken. Vor allem, weil er nicht ihm galt. Er fragte: „Wer hat dich zuerst kontaktiert?"

Sie zuckte mit ihren eleganten Schultern, als ob es unter ihrer Würde wäre, sich über so etwas Gedanken zu machen. „Mein Anwalt. Ich habe mich nicht um die Einzelheiten gekümmert."

„Könntest du diese herausfinden?"

Sie stieß einen tiefen Seufzer aus, als ob das alles eine schreckliche Unannehmlichkeit wäre. „Ich bin sicher, dass du dich irrst."

„Dann kann ich dieser Fährte nachgehen und das abklären", sagte er in seiner sanften Art. „Darum geht es bei einer Ermittlung, weißt du. Ich folge Spuren, stelle Vermutungen an und spreche mit Leuten, und je mehr Antworten ich bekomme, desto besser kann ich die Spur eingrenzen. Am Ende führt sie mich zum Ziel."

„Du meinst, du wirst meine Juwelen finden?"

„Du weißt, dass wir alle unser Bestes geben, Sylvia. Es ist an der Zeit, dass du deine Wut beiseiteschiebst und anfängst, aktiv mitzuhelfen."

Ich trat einen weiteren Schritt zurück. Unglaublich, dass er so dreist war, der wütenden Schauspielerin so etwas zu sagen. Doch zu meiner Überraschung stürzte sie sich nicht auf ihn, sondern holte tief Luft. „Nichts wird mich von meiner Wut abbringen, bis diese Juwelen gefunden sind.

Aber ich werde meinen Anwalt fragen, wer sich wann an ihn gewandt hat."

„Und ich habe einige Kontakte in der Unterwelt. Ich werde nachsehen, ob jemand versucht hat, die Juwelen zu verkaufen."

Granny sagte: „Sie sind so auffällig. Es ist doch wahrscheinlich, dass sie einzeln angeboten werden, oder?"

Sobald Granny ausgeredet hatte, sah ich, dass sie sich am liebsten die Zunge abgebissen hätte. Ich wünschte auch, sie hätte sich ihre Worte besser überlegt. Wir hatten wohl alle an diese Möglichkeit gedacht, außer der armen Sylvia. Ich glaubte wirklich nicht, dass sie es überhaupt in Betracht gezogen hatte. Sie drehte sich um und starrte Granny an.

„Einzeln?"

Granny trat den Rückzug an. „Bestimmt haben sie das nicht getan. Es ist so ein wunderbares Schmuckset. Natürlich würde es jeder so lassen wollen, wie es ist. Ich weiß nicht, was ich mir dabei gedacht habe. Ich bin eine törichte, alte Frau. Hör nicht auf mich."

Aber natürlich war es das Wahrscheinlichste, was mit den Juwelen geschehen war. Theodore schritt erneut ein. „Wir sollten keine voreiligen Schlüsse ziehen. Ich werde alles herausfinden, was ich kann. Mach dir keine Sorgen."

KAPITEL 10

*A*m nächsten Morgen betrat Patricia Beeton mit besorgter Miene das Strickgeschäft Cardinal Woolsey's. Sie sah gar nicht mehr so mondän aus, da sie jetzt normale Kleidung trug: Jeans und einen dicken, grünen Pullover, dazu einen bunten Schal. Sie trug eine große Tasche.

„Lucy", sagte sie, „wie geht es Ihnen? Um nichts in der Welt hätte ich gewollt, dass so etwas passiert!" Mir lief ein Schauer über den Rücken, als ich Patricia Beeton ansah und mich an die angenehme Unterhaltung erinnerte, die wir geführt hatten, als Sylvias unbezahlbare Juwelen mir noch Ohrläppchen, Handgelenke, Hals und Ringfinger schmückten.

„Mein Kopf schmerzt immer noch ein wenig, aber das Schlimmste ist der Verlust dieses unbezahlbaren Schmucks."

Sie zögerte. „Ich war mir nicht sicher, ob es das Richtige ist, aber ich habe hier das Foto, das ich dir versprochen habe." Aus ihrer Tasche zog sie eine Fotomappe, und darin befand sich ein acht mal zehn Zoll großes Hochglanzfoto von uns beiden auf der Gala.

Lachend standen wir aneinander gelehnt. Wäre nicht alles so furchtbar schiefgelaufen, hätte ich dieses Foto gern gehabt und es auch Sylvia gern gezeigt. Jetzt hingegen bekam ich bei seinem Anblick Magenkrämpfe. Ich rang mir ein schwaches Lächeln ab und dankte ihr. Besorgt blickte sie mich an. „Lucy, ich hätte so etwas um nichts in der Welt gewollt. Niemand hätte das gewollt. Immer wieder zerbreche ich mir den Kopf darüber, ob vielleicht jemand dabei war, der nicht hätte dort sein sollen? Natürlich waren Schauspieler engagiert worden, um Getränke und Essen zu servieren und ähnliches. Jeder von denen hätte ein Langfinger sein können."

Das alles war mir bewusst. „Gelingt es denn, all diese Leute aufzuspüren?"

Sie zog ein Gesicht. „Die Agentur tut ihr Bestes. Aber bis jetzt nichts. Ich vermute, dass viele von ihnen lieber nicht mit der Polizei sprechen möchten. Es sind eben mittellose Schauspieler. Die meisten haben sich mal etwas zuschulden kommen lassen. Schon mal Bankrott gegangen, einen Studienkredit nicht zurückgezahlt, ein bisschen Drogenbesitz oder Ruhestörung." Sie zuckte die Achseln. „Schauspieler halt."

Wir unterhielten uns noch einige Augenblicke, dann nahm das Gespräch eine unerwartete Wendung. Fröhlich sagte sie, dass sie ein neues Strickprojekt in Angriff nehmen wolle. Sie schaute nach oben, und dort, an der Rückwand, hingen diese schönen Pullover im Diamantmuster, die Granny und Hester gestrickt hatten. Sie stieß einen Freudenschrei aus. „Perfekt. Ich habe mich schon gefragt, was ich meiner Familie zu Weihnachten schenken soll. Von dem hier könnte ich in jeder Farbe einen stricken."

Da sie vier Personen auf ihrer engeren Geschenkeliste

hatte, machte ich mich daran, die entsprechenden Garne herauszusuchen.

Dabei fragte ich mich, ob sie wohl deswegen plötzlich so viel Zeit zum Stricken hatte, weil der Juwelenraub den Zeitplan des Films durcheinandergebracht hatte. Da so viele Journalisten dort gewesen waren, hatte es die Gala definitiv in die Nachrichten geschafft, wobei es nicht hauptsächlich um die aufregende Neuinszenierung eines alten Klassikers ging, sondern um den geraubten Schmuck.

„Hat es Folgen für Ihren Vertrag gegeben?", fragte ich sie, während ich die blauen Wollknäuel zählte.

„Was? Der Angriff während der Gala? Ich weiß nicht. Ich hatte nie einen unterschriebenen Vertrag."

Prompt verzählte ich mich und starrte sie an. „Sie hatten keinen unterschriebenen Vertrag?"

„Nein. Annabel hatte mich wegen des Projekts angerufen, und wir haben ein paar Details besprochen, aber ich war noch nicht offiziell eingestellt worden."

„Ist das normal?"

Sie lachte kurz auf. „Was ist in der Unterhaltungsbranche schon normal?" Dann wurde sie ernst. „Annabel hat mir den Job versprochen, also habe ich mir keine Sorgen gemacht."

„Und jetzt?"

Sie zuckte die Achseln. „Ich habe noch nichts von ihr gehört. Aber ich glaube, sie hat gerade andere Dinge im Kopf."

Ich hatte die Garne für drei Pullover herausgeholt, aber von dem roten hatte ich nicht genug. „Das hier ist der Favorit. Aber ich habe schon mehr von der roten Wolle nachbestellt. Sie sollte in ein paar Tagen hier sein."

„Mit so einer Menge werde ich erst einmal beschäftigt

sein. Geben Sie mir Bescheid, wenn sie ankommt. Haben Sie meine Handynummer? So erreichen Sie mich am besten."

Ich rief ihre Akte auf dem Computer auf und überprüfte, ob ich ihre Nummer hatte.

Sie ging mit einer viel größeren Tasche als der, mit der sie gekommen war und mit dem aufrichtigen, aber nicht sehr hilfreichen Versprechen, alles in ihrer Macht Stehende zu tun, um Sylvias Juwelen zu finden.

Die Fotomappe ließ ich auf dem Tresen liegen. Normalerweise hätte ich das Bild an meine Pinnwand gepinnt, wo ich gerne die Kreationen meiner Kunden präsentiere. Aber wenn ich dieses Foto immer als erstes sehen müsste, wäre ich nicht imstande, jeden Tag in den Laden zu kommen. Falls – nein, sobald die Juwelen gefunden würden, bekäme das Bild einen Ehrenplatz.

Kaum war sie gegangen, kamen Granny und Sylvia aus dem Hinterzimmer. Zweifelsohne waren sie durch die Falltür gekommen und hatten vorgehabt, durch die Vorderseite meines Ladens ins Freie zu gehen, aber eine der Eigenschaften von Vampiren ist ihr besonders scharfes Gehör. Ohne Zweifel hatten sie jedes Wort gehört.

In Sylvias Miene mischten sich Eiseskälte und Zorn. Kein attraktiver Look, bei niemandem. Und ein sehr gefährlicher bei einer mächtigen Vampirin. Sie pirschte sich an mich heran, und ich wich instinktiv einen Schritt zurück. Aber sie griff nicht nach mir. Sie griff nach der Fotomappe, die immer noch unschuldig auf meinem Schreibtisch lag. Ich wollte sie aufhalten, aber mein Mund war zu trocken, ich brachte kein Wort heraus. Eine quälend lange Minute lang starrte sie das Foto an. Granny schaute nervös über ihre Schulter und sagte in künstlich fröhlichem Ton: „Du bekommst sie zurück, Liebes. Das weiß ich."

Als Antwort nahm Sylvia das Foto in die Hand und zerriss es in zwei Teile. Das Geräusch des reißenden Papiers fühlte sich an, als würde etwas Scharfes an meiner Wirbelsäule entlang kratzen.

Sie blickte mich kalt an, ließ die Papierfetzen auf den Tresen fallen, machte auf dem Absatz kehrt und stolzierte zur Tür.

Granny sah nervös zu mir auf. „Mach dir keine Sorgen, Schatz. Ich bin sicher, wir werden sie finden. Ganz sicher werden wir das."

Ich wusste nur eines. Wenn wir sie nicht fänden, müsste ich mir eine neue Bleibe suchen. Und zwar so weit von Oxford entfernt, wie es geografisch möglich war.

Als sich die Tür hinter ihnen schloss, hob ich die beiden Teile des Fotos auf. Sylvia hatte es geschafft, es so durchzureißen, dass sowohl ich als auch ihr Schmuck in zwei Hälften zerrissen waren. Vielleicht drückte sie damit nur ihre Wut aus, aber für mich fühlte es sich wie eine Drohung an. Ich wollte alles gerade in den Müll werfen, als mir etwas ins Auge fiel.

Im Hintergrund, hinter der Stelle, an der wir gestanden hatten, waren zwei Personen intensiv ins Gespräch vertieft. Wenn das Bild unversehrt gewesen wäre, wäre das nicht aufgefallen, weil der Fotograf so gut war. Der Schmuck war so spektakulär und unser Lächeln so strahlend, dass der Blick automatisch dorthin gelenkt wurde. Aber auf den beiden Hälften des zerrissenen Fotos wurde der Hintergrund besser sichtbar. Bryce Teddington unterhielt sich angeregt mit einer blassen jungen Frau, die ich noch nie gesehen hatte.

Ich fragte mich, wer sie wohl war. Ich erinnerte mich daran, wie dringlich er mit mir gesprochen hatte. Worüber hatte er, so kurz bevor das Unglück über uns alle hereinbrach, mit dieser jungen Frau gesprochen? Könnte sie eine Komplizin gewesen sein?

Wenn wir die geheimnisvolle Frau fänden, würden wir dann vielleicht auch Bryce Teddington und Sylvias Juwelen finden?

Sofort kontaktierte ich Theodore. Ich glaube, ich holte ihn aus dem Bett, aber er versprach, so schnell wie möglich bei mir zu sein. Ich starrte noch eine Minute länger auf das Bild und rief dann Rafe an und erzählte ihm, was ich entdeckt hatte.

Ich haderte erst mit mir, erzählte ihm aber dann von dem Vorfall mit Sylvia. „Sie hat mich in zwei Hälften gerissen. Muss ich mir Sorgen machen? Du kennst doch den Spruch: ‚Wenn Blicke töten könnten'? Jedes Mal, wenn Sylvia mich ansieht, wird mein Blut ein bisschen kälter."

In leisem, wütendem Unterton sagte er: „Wenn sie dir auch nur ein Haar krümmt ..." Die Drohung wirkte noch stärker, da er den Satz nicht beendete. Ich begann zu glauben, dass ich vielleicht weniger in Gefahr war als die glamouröse Vampirin.

Noch bevor ich ihm von dem Foto erzählen konnte, sagte er: „Ich komme vorbei."

Er musste bereits in Oxford zu tun gehabt haben, denn er kam nach etwa zehn Minuten im Laden an. Noch nie war ich so froh gewesen, jemanden zu sehen. Ich musste daran denken, dass Vampire, so sehr sie auch meine Freunde und gut zu mir waren, wie Sylvia es gewesen war, sich nicht unbedingt an die gleichen Spielregeln hielten wie Sterbliche. Falls Sylvia völlig den Kopf verlieren und mich umbringen würde, welche Folgen hätte das?

Rafe würde ihr wahrscheinlich den Garaus machen. Und meine arme Granny würde dann sowohl ihre Enkelin als auch ihre beste Freundin verlieren. Das konnte ich nicht zulassen. Die einzige Möglichkeit, Sylvia wieder dazu zu bringen, mich ohne Hass und Blutrausch im Blick anzusehen, war, diese Diamanten zu finden. Und zwar schnell. Entweder das oder ich musste Oxford tatsächlich verlassen. So gut ich mich hier auch eingelebt hatte, so sehr ich meine Granny liebte und starke, wenn auch komplizierte, Gefühle für Rafe hegte, ich konnte nicht weitermachen. Nicht so.

Rafe kam an, und das fröhliche Läuten der Türglocke stand im Gegensatz zu seinem kalten, harten Gesichtsausdruck. „Wo ist sie?"

„Sie ist nicht da", sagte ich und hatte keinen Zweifel, wen er damit meinte.

Er gab ein Geräusch von sich, das für meinen Geschmack zu sehr einem Knurren ähnelte. Er sagte: „Du bleibst nicht mehr allein in diesem Laden. Nicht, solange sie dir gefährlich werden kann."

Das hatte ich mir auch schon überlegt. „Ich kann Polly und Scarlett bitten, im Laden zu helfen, wenn Violet nicht da ist."

Er schüttelte vehement den Kopf. „Keine Sterblichen. Und nicht eine selbstverliebte Hexe. Die einzigen, die stark genug sind, um Sylvia aufzuhalten, sind ihre eigenen Leute."

Ich sah ihn an. „Wen schlägst du vor? Mabel und Clara?"

„Du solltest sie nicht unterschätzen. Sie sind mächtiger als sie aussehen."

„So mächtig wie Sylvia?"

Er tippte mit den Fingern auf die Arbeitsplatte. „Wahrscheinlich nicht. Es ist besser, wenn du gar nicht erst in den Laden kommst. Lass deine faule Cousine zur Abwechslung mal ein bisschen arbeiten. Sie sollte sich das großzügige Gehalt verdienen, das du ihr zahlst.

Da er keine Ahnung hatte, wie viel ich Violet bezahlte, wusste ich, dass er nur Dampf ablassen musste. „Du kommst wieder zu mir. Geh deine Tasche packen."

„Rafe ..." Weiter kam ich nicht. Er nahm mich bei der Hand. Seine Augen bohrten sich in meine und ich sah, nicht zum ersten Mal, wie sehr er sich sorgte.

„Wenn dir etwas zustieße ..." Er brauchte den Satz nicht zu beenden. Ich wusste nur eines. Solange ich mich in Rafes Obhut befand, war ich völlig sicher.

Aber ich war auch kein scheues Mauerblümchen. Ich wollte nicht verhätschelt und in Watte gepackt werden. Das würde mich verrückt machen. Also bedachte ich ihn mit meinem „Ich-bin-unschlagbar"-Blick. Nun ja, so gut wie ich diesen unschlagbaren Blick eben hinbekam, und das war nicht besonders bemerkenswert. „Unter einer Bedingung. Wir tun alles, was wir können, um diese Juwelen zu finden. Und du lässt mich nicht außen vor. Ansonsten bleibe ich hier und gehe das Risiko ein."

Ein Anflug von Humor erhellte diese frostigen Augen ein wenig. „Immer musst du verhandeln. Immer so amerikanisch."

Das war seine Art, Ja zu sagen.

Rafe ging zur Tür und drehte das Schild auf „geschlossen". Mein Puls ging schneller. „Was machst du da?"

Er ging zurück. „Eigentlich ist hier nicht der Ort, an dem ich dieses Gespräch führen wollte, aber da wäre auch noch diese Kleinigkeit mit dem Heiratsantrag."

Mein Puls flatterte plötzlich. „Rafe, das ist nicht gerade der beste Zeitpunkt."

„Heirate mich. Wenigstens hätte ich dich dann unter meinem Dach. Und könnte für deine Sicherheit sorgen."

Ich fühlte mich so elendig unentschlossen. Nicht, dass ich nicht über seinen Antrag nachgedacht hätte. Wenn mich nicht gerade die Panik packte, wegen Sylvias verschwundener Juwelen, dachte ich an kaum etwas anderes. „Aber du würdest mich verlieren. Ich werde wie eine normale, menschliche Frau altern. Ich werde alt, faltig und schlaff."

Humorvoll leuchteten seine Augen auf. „Das macht mir nichts aus."

Ich wusste, dass das stimmte. Er hatte das schon einmal mit seiner ersten Frau durchgemacht. Aber das war vor einem halben Jahrtausend gewesen. „Rafe? Du hast fünfhundert Jahre gebraucht, um über die letzte Sterbliche hinwegzukommen, die du geliebt hast. Bist du sicher, dass du das noch einmal durchmachen willst?"

Seine Hand legte sich fester um mein Handgelenk. „So sicher, wie ich mir noch nie bei etwas war. Ich denke, meine Erfolgsbilanz beweist, dass ich durchaus ein treuer Ehemann bin."

Dem konnte ich nicht widersprechen. Ich kam mir dumm und unentschlossen vor, aber es war eine wichtige Entscheidung. Heiraten war im Allgemeinen eine wichtige Entscheidung. Und ich hatte bei Männern noch nie den besten

Geschmack gehabt. Oh ja, ich wusste, dass ich ihm vertrauen konnte. Ich wusste, dass er mich liebte. Ich wusste sogar, dass ich ihn liebte. Aber ich würde altern, und er nicht. Wie lange würde es dauern, bis die Leute mich anschauen würden wie eine Ü50-Nymphomanin? Irgendwann würden wir Oxford verlassen müssen. Irgendwann später würde ich bestimmt so tun müssen, als wäre ich seine alte Tante oder seine Mutter oder so etwas, während er für immer fünfunddreißig blieb, in den besten Jahren. Während ich immer älter und gebrechlicher werden und schließlich sterben würde. Das wollte ich ihm nicht zumuten. Und für mich wollte ich das auch nicht. Natürlich hatte ich noch eine andere Alternative vor Augen. Ich hätte mich ihm jederzeit anschließen können. Und mich von ihm in eine Vampirin verwandeln lassen. Aber diese Entscheidung wollte ich nicht treffen. Constance, seine erste Frau, hatte sich auch nicht dafür entschieden.

Ich sah ihn an. Die Antwort ließ meine Lippen erbeben, und dann sagte eine fröhliche Stimme: „Du hast also einen Hinweis gefunden? Gut gemacht, Lucy." Und Theodore kam aus dem Hinterzimmer herein.

KAPITEL 11

$\mathcal{R}$afe ließ mein Handgelenk los. Er wandte sich an Theodore. „Für einen Detektiv hast du ein miserables Gespür für das richtige Timing."

Oder vielleicht ein untrügliches Gespür für Timing. Ich wusste, dass ich Rafe eine Antwort schuldig blieb, aber wenigstens musste ich sie ihm nicht jetzt geben.

Ich brauchte einen Moment, um die Fassung wiederzugewinnen, dann hob ich die zerrissenen Hälften des Fotos auf und legte sie vor den beiden Vampiren auf den Tresen. Rafes Hand ballte sich sofort zur Faust, als er auf das Bild von mir herabblickte, das in zwei Hälften gerissen war. „Hat sie das getan?"

Ich erwiderte nichts. Er wusste ganz genau, wer es gewesen war.

Mit ruhiger, beschwichtigender Stimme sagte Theodore: „Hast du etwas Klebeband, Lucy?"

Ich war dankbar für seinen sachlichen Umgang mit diesem peinlichen Moment. Ich nickte und kramte in einer Schublade herum, in der ich alles aufbewahrte, von Ersatz-

kugelschreibern bis hin zu Gummiringen, Scheren, Brief-
marken und Umschlägen, und dort, ganz hinten, lag das
Klebeband. Ich zog es heraus und sagte, noch bevor ich es
ihm reichte: „Was mir aufgefallen ist, ist das hier", und ich
zeigte auf das, was der Hintergrund des Bildes gewesen wäre.
„Das ist Bryce Teddington." Ich zeigte auf die andere Person.
„Und das hier sieht nicht nach lockerem Small Talk aus."

Theodore zog eine Lupe aus der Tasche. Während er die
beiden betrachtete, sah er aus wie ein pausbäckiger Engel,
der Sherlock Holmes spielte. „Weißt du vielleicht, wer das
ist?"

„Keine Ahnung. Aber ich denke, es könnte sich lohnen,
das herauszufinden. Das ist kein Cocktailparty-Plausch, den
die beiden da führen."

„Nein." Er spähte aus nächster Nähe. „Und sieh dir
das an."

Ich schaute durch die Lupe und sah, was er meinte. Man
sah ein Stück Papier, das überreicht wurde. Ob die Unbekannte das Blatt an Bryce Teddington übergab oder umge-
kehrt, konnte man in der Momentaufnahme unmöglich
erkennen. Wie auch immer, ich hatte den Verdacht, dass die
unbekannte Frau in diesem Fall von Interesse sein würde.

„Ich habe eine Idee", sagte ich. Ich stellte meine Kamera
auf maximale Vergrößerung und fotografierte dann die
beiden Personen auf dem Bild. Glücklicherweise war der
Profi-Fotograf so gut gewesen, dass die Menschen im Hintergrund noch erkennbar waren. Dann schickte ich das Bild per
SMS an Patricia Beeton und fragte sie, ob sie wisse, wer die
Frau war.

Anstatt mir zurückzuschreiben, rief sie mich an. Ich war
aufgeregt, als ich sah, wer anrief, und hoffte, dass sie mir

sagen konnte, wer die geheimnisvolle Frau war. Aber sie sagte: „Ich erinnere mich an diese Frau. Ich war überrascht, dass sie auf der Party war, weil sie nicht zur Produktionsfirma gehörte. Sie war offensichtlich keine der Kellnerinnen."

„Könnte sie die Begleiterin von Bryce Teddington gewesen sein?" Sie hatten eindeutig ein vertrauliches Gespräch geführt.

„Nein. Wir durften keine Begleitpersonen mitbringen. Das heißt, nur Lord Pevensy konnte natürlich seine Frau mitbringen. Aber zu der Veranstaltung waren nur die wichtigsten Mitarbeiter der Produktionsfirma eingeladen, so viele Unterhaltungsjournalisten, wie wir bekommen konnten, und wichtige Leute aus der Filmbranche. Allerdings waren auch einige Mitarbeiter der Hochschule dort."

„Danke, Patricia. Sie waren mir eine große Hilfe."

„Aber gern, was immer ich tun kann. Es tut uns allen schrecklich leid."

„Das kann ich mir vorstellen. Ich schätze, das hat der Produktion einen ordentlichen Strich durch die Rechnung gemacht." Aber es hieß ja, dass es so etwas wie schlechte Publicity nicht gab. Dass der Raub dieser berühmten Juwelen bekannt wurde, würde wahrscheinlich den Kartenverkauf an den Kinokassen steigern.

Sie gab einen seltsamen Laut von sich. Irgendetwas zwischen Lachen und Stöhnen. „Die eigentliche Frage ist, ob der Film überhaupt gedreht wird."

Ich spürte, wie sich meine Augen weiteten. „Was?"

Wenn wir das alles durchgemacht und Sylvias Juwelen verloren hätten und sie nicht einmal ihren Film neu verfilmt bekäme? Dann könnte ich mir auch gleich ein Ticket in die Antarktis kaufen.

„Annabel hat mich vor einer halben Stunde angerufen. Sie sagte, Simon Dent habe Zweifel bekommen. Wie sich herausstellt, ist er sehr abergläubisch und hält den Juwelendiebstahl für ein schlechtes Omen. Annabel befürchtet, dass er nichts mit Rune Films zu tun haben will, da anscheinend deren Buchhalter das Cartier-Set gestohlen hat. Sie sagte, die Polizei sei ins Büro gekommen und habe jeden befragt, der auf der Gala gewesen sei. Und sie hätten das Büro von Bryce Teddington durchsucht.“

„Wurden Sie auch befragt?“

„Nein, aber wir wurden alle durchsucht, bevor wir gehen konnten, wissen Sie. Und jeder von uns war gefragt worden, ob wir etwas Verdächtiges bemerkt hätten. Ich auf jeden Fall nicht. Ich habe mich gut amüsiert, bis ich gesehen habe, dass man Sie mit dem Krankenwagen weggebracht hat.“

„Kein schöner Abschluss des Abends“, stimmte ich zu. Dann beendeten wir das Gespräch. Ich dachte nicht, dass dieser Tag noch schlimmer werden könnte.

Wie so oft, wenn ich dachte, dass ein Tag nicht mehr schlimmer werden könnte, irrte ich mich.

Ich gab die Informationen an Rafe und Theodore weiter. Dann sah ich mir das Foto noch einmal an, zog es ganz nah an mein Gesicht heran und betrachtete eingehend die Gesichter durch die Lupe. Und es war, als stünde Bryce Teddington wieder vor mir. Ich ließ das intensive Gespräch, das wir geführt hatten, noch einmal in meinem Kopf Revue passieren. „Ich kann nicht glauben, dass er die Juwelen gestohlen hat. Er schien so nett zu sein. Und so sanftmütig. Ich dachte, er wollte mich vor etwas warnen.“

„So hat er dich aus dem Hauptraum in eine ruhige Nische gelockt, wo er dir eins über den Schädel ziehen konnte, ohne dass es jemand mitbekam", sagte Rafe in unnötig sarkastischem Ton.

Ich zuckte innerlich zusammen. Damit hatte er natürlich recht. Ich war so leichtgläubig gewesen.

„Nun, Patricia Beeton kennt jeden in der Produktionsfirma. Sie hat die Frau nicht erkannt. Sie denkt, sie arbeitet für das College."

Rafe und Theodore sahen sich gegenseitig an und dann mich. „Dann sollten wir uns wohl besser auf den Weg zum College machen."

„Aber was ist mit meinem Laden? Ich kann nicht einfach weggehen. Es ist drei Uhr nachmittags. Es ist schon schlimm genug, dass du das Schild auf *Geschlossen* gedreht hast. Was wäre, wenn tatsächlich Kunden kämen?"

Rafe wandte sich an Theodore. „Geh und weck Mabel, ja? Oder Clara. Beide wären froh, ein paar Stunden im Laden verbringen zu können. Du weißt doch, dass sie unbedingt hinter dem Tresen arbeiten wollen, Lucy."

Das stimmte. Ich zögerte noch. Nicht weil sie untot waren, sondern wegen ihres schrecklichen Geschmacks. Besonders Mabel. Aber darüber durfte ich mir jetzt keine Gedanken machen. Wenn ich Sylvias Schmuck nicht wiederfinden würde, hätte ich überhaupt kein Geschäft mehr.

Rafe rief im College an, während Theodore hinunterging, um eine der untoten Strickerinnen zu wecken.

Innerhalb kürzester Zeit tauchten sowohl Mabel als auch Clara auf. Sie sahen ein wenig schläfrig aus, aber sehr zufrieden mit sich selbst. Mabel trug das Kleidungsstück, das sie in der letzten Nacht zu stricken begonnen hatte. Es sah aus, als trüge sie eine Badematte mit Ärmeln.

Ich sagte ihnen, dass es nur ein paar Stunden dauern würde, und bedankte mich herzlich für ihre Hilfe.

„Oh, das tue ich mit Vergnügen, Liebes. Und falls du bis fünf Uhr nicht zurück bist, können wir den Laden allein zumachen."

Ich nickte und war ihnen wirklich dankbar, wobei ich meinen Blick von dem Badematten-Pullover abwandte. Und dann verließen wir drei den Laden.

Wir schnurrten in Rafes schwarzem Tesla durch die Straßen. Das College hätten wir in etwa zwanzig Minuten zu Fuß erreichen können, aber so war es eindeutig schneller.

St. Peter's war eines der ältesten und berühmtesten Colleges in ganz Oxford. Es war im Jahr 1200 auf den Ruinen eines ehemaligen Colleges erbaut worden und war bereits in zahlreichen Filmen und Fernsehsendungen zu sehen gewesen, darunter auch in einigen Außenszenen des Originals *Die Frau des Professors,* weshalb die Gala schließlich am Ende auch dort stattgefunden hatte.

Als ich mich daran erinnerte, wie begeistert ich bei meinem letzten Besuch auf dem Campus gewesen war, hätte der Kontrast zu meinen jetzigen Gefühlen nicht größer sein können. Ich hatte unbezahlbare Juwelen getragen, einer Vampirin, die mir sehr wichtig war, einen großen Gefallen getan und war fotografiert worden, als wäre ich eine erfolgreiche Schauspielerin. Jetzt schlich ich mit einer Bürde von Schuldgefühlen umher, die viel schwerer wog als das Gewicht der Juwelen.

Als wir zur Tür hereinkamen, konnte ich nicht umhin, mich daran zu erinnern, wie großartig es gewesen war, als ich den roten Teppich betreten hatte und alles so hell und aufregend erschienen war. Jetzt schlich ich mich hinein wie eine

Schülerin mit schlechten Noten. Als ob Rafe meine Gedanken lesen könnte, legte er einen Arm um meine Schultern und beugte sich vor.

„Es ist nicht deine Schuld. Wir alle wissen, dass Sylvia dich dazu gedrängt hat, ihr Cartier-Set vorzuführen. Die Verantwortung liegt bei ihr, und wenn sie sich beruhigt hat, wird sie sich dessen bewusst werden."

„Danke", sagte ich.

Rafe war der Typ Mann, bei dem die Leute aufsprangen, wenn er anrief. Er war ein angesehener Experte für antiquarische Bücher und Manuskripte, aber er war auch sehr gut vernetzt. Wir wurden von einem korpulenten Mann in Tweed empfangen, der Rafe offensichtlich kannte.

Rafe stellte ihn als Piers Gimlet vor, den Leiter der Sicherheitsabteilung. Er schüttelte den Kopf. „Schreckliche Sache. Das ist natürlich die denkbar schlechteste Werbung für uns. Wir hatten Eltern am Telefon, die sich Sorgen machten, dass es nicht sicher sei, ihre Kinder hierher zu schicken"

Also nicht das, worüber ich mir gerade Sorgen machte. Wir gingen hinein und Rafe zeigte ihm das Bild und fragte ihn, ob er die junge Frau kenne, die neben Bryce Teddington stand. Er studierte das Foto aufmerksam und ich schöpfte Hoffnung, bis er den Kopf schüttelte.

„Ich kenne natürlich nicht jeden an der Hochschule, aber diese Frau habe ich noch nie gesehen."

Ich bemerkte eine vorbeigehende Reisegruppe und hörte, wie der Reiseleiter, der wie ein älterer Student aussah, alle aufforderte, sich die jakobinische Decke anzusehen. Die Gruppe starrte in verzücktem Staunen nach oben.

„Sieh dir das an, Jackie", sagte ein Mann mit einem Akzent aus New Jersey. Ich hatte mich so sehr daran gewöhnt, den harten britischen Akzent zu hören, dass ich mich zu diesem Mann hingezogen fühlte, der seine Begeisterung mit lauter Stimme zum Ausdruck brachte. Er war klein, untersetzt und kahlköpfig, und auf seinem Bauch ruhte eine große Kamera.

„Wenn Sie jetzt bitte hier entlangkommen, führe ich Sie in die Galerie im Hauptgeschoss."

Ich weiß nicht, welcher Instinkt mich dazu trieb, aber während Rafe und Theodore sich intensiv mit Piers Gimlet unterhielten, mischte ich mich unauffällig unter die Reisegruppe. Ich wollte in den Raum zurückkehren, in dem die Gala stattgefunden hatte, und ihn noch einmal mit neuen Augen und nicht unter der Aufsicht ihres Sicherheitschefs betrachten. Der junge Reiseleiter erzählte begeistert von den berühmten Persönlichkeiten, die dort studiert hatten, und von einigen Traditionen des Colleges. Und dann sagte er mit einem Augenzwinkern: „Ich sollte Ihnen das wahrscheinlich nicht sagen, weil es Sie zutiefst schockieren wird, aber dieser Raum birgt ein großes Geheimnis."

Ich wette, dieser Typ hat an Amateurtheateraufführungen teilgenommen. Er sprach die Worte mit einer solchen Dramatik aus, dass alle, sogar mein Freund aus New Jersey, bei jedem Wort an seinen Lippen hingen. Er sagte: „Früher durften Frauen natürlich nicht aufs College. Dieser Raum wurde oft für kleinere Mahlzeiten genutzt. Die Herren lehnten sich mit ihrem Portwein zurück und besprachen die Angelegenheiten des Tages. Es wurde als sehr unhöflich angesehen, den Raum aus irgendeinem Grund zu verlassen." Er warf uns allen einen humorvollen Blick zu und fuhr fort: „Wenn man eine große Menge Portwein getrunken hatte, können Sie sich vorstellen, dass der Ruf der Natur manchmal ziemlich hartnäckig war. Und zu diesem Zweck gibt es eine geheime Tür." Er wies mit der Hand auf eine Stelle tief unten an der Wand. Er beugte sich hinunter, tat etwas – vielleicht zog er auch nur an der Ecke von etwas, das wie ein Stein aussah, und eine Tür schwang auf. „Sie ist praktisch nicht zu sehen, wenn man nicht weiß, dass sie da ist", sagte er.

Alle versammelten sich, um einen Blick hineinzuwerfen. Darin befand sich ein kleines Schränkchen mit einem Nacht-topf. Die Gruppe lachte und flüsterte, aber ich starrte nur auf die Stelle, und mein ganzer Körper kribbelte. Und ich wartete auf den Rest der Geschichte. „Nachdem er sich erleichtert hatte, stellte der Gast den vollen Nachttopf zurück in die Nische und schloss die Tür. Auf der anderen Seite der Nische öffnete ein Butler die gegenüberliegende Tür, nahm den randvollen Nachttopf heraus, leerte den Inhalt aus und stelle einen sauberen an seine Stelle."

Ich konnte es nicht glauben. Ich drehte mich um und eilte aus dem Zimmer. Ich war so schnell, dass der Reiseleiter sagte: „Miss? Geht es Ihnen gut?"

Ich blieb nicht einmal stehen. Ich hob nur eine Hand und winkte ihm halb zu.

Rafe und Theodore waren immer noch in ein Gespräch mit Piers Gimlet vertieft. Sie diskutierten offensichtlich darüber, welche Maßnahmen ergriffen werden sollten. Ich wartete ungeduldig auf eine Pause und sagte: „Ich glaube, ich weiß, was sie mit den Juwelen gemacht haben, nachdem sie sie gestohlen hatten."

Das ließ alle aufhorchen. Ich sah die drei Männer an. „Alle wurden beim Verlassen der Gala durchsucht, stimmt's?"

„Ja. Das stimmt", sagte Piers Gimlet. „Jeder Gast und jeder

Mitarbeiter. Es gab ein heftiges Murren, das kann ich Ihnen sagen, aber sie haben sich alle gefügt."

„Aber was wäre, wenn die Juwelen nicht aus dem College hinausgebracht worden wären? Zumindest nicht am selben Tag?"

Theodore verengte seinen Blick auf mein Gesicht. „Worauf willst du hinaus, Lucy?"

„In der Galerie gibt es eine geheime Nische."

Der Sicherheitschef schaute mich an, als wäre ich verrückt, und dann konnte ich den Moment sehen, in dem ihm die Erkenntnis kam. „Das ist eine Kuriosität, die wir für die Touristen so belassen haben."

Rafe ignorierte ihn und starrte mich an. „Was für eine Kuriosität?"

Ich erzählte rasch die Geschichte mit dem Nachttopf. „Es ist völlig logisch. So müssen sie es gemacht haben. Sie haben die Juwelen gestohlen und in den Schrank gelegt. Während im Hauptraum die Hölle los war und beim Verlassen des Raums alle Taschen durchsucht wurden, musste Bryce Teddington nur auf die andere Seite gehen, die andere Geheimtür öffnen, die Juwelen in seine Tasche stecken und durch einen anderen Ausgang hinausgehen."

Theodore schüttelte den Kopf. „Keiner von euch darf Sylvia erzählen, dass ihre Juwelen in einem Nachttopf gelegen haben."

KAPITEL 12

„Oh, keine Sorge." Obwohl ich eigentlich annahm, dass sie so dankbar sein würde, sie zurückzubekommen, dass es ihr egal wäre.

Als wir in den Raum zurückkehrten, war die Reisegruppe bereits weitergezogen, und der Sicherheitschef ging sofort zu dem kleinen Schrank. Es war genial. Er öffnete ihn, aber natürlich war der Nachttopf leer. Das Öffnen war jedoch so leicht gewesen, dass die Juwelen meiner Überzeugung nach auf diese Weise versteckt worden waren. „Der Schwarzweißfilm lief auf einer Leinwand genau hier", sagte ich. „Diese verdeckte den Schrank."

Theodore schlug vor, meine Schritte so weit wie möglich zurückzuverfolgen. „Du hast die Juwelen hier getragen", sagte er, als er in der Mitte des Raumes stand. Ich nickte. „Und dann hat dich Bryce Teddington überredet, dich mit ihm zu treffen."

Ich spürte wieder die Schwere der Demütigung, als mir klar wurde, was für ein Dummkopf ich gewesen war. Wie konnte ich nur auf so etwas hereinfallen. Dennoch musste ich über meinen Schatten springen und versuchen, bei der Suche nach dem Schmuck zu helfen. Also führte ich die beiden auf demselben Weg den Flur entlang, den ich gegangen war.

„Hast du jemanden gesehen?"

Ich versuchte, mich zu erinnern. War da jemand gewesen? Ich zeigte nach links, zur Tür der Damentoilette. „Eine Frau im Zwanzigerjahrekostüm kam aus der Toilette. Ich nahm an, dass sie eine Kellnerin war, da sie alle historische Kostüme trugen."

„Hat sie dich angesprochen?"

„Nein."

„Hast du sie erkannt? Hattest du sie schon einmal gesehen?"

„Es waren sehr viele Leute da. Nein, habe ich nicht." Sie folgten mir durch den Flur, an der Damentoilette vorbei. Ich blieb erneut stehen. „Da stand ein voller Wäschewagen, aber ich glaube, jemand hatte ihn einfach dort abgestellt."

Wir gingen weiter in die Nische. Ich erschauderte erneut, als ich den Angriff noch einmal durchlebte. Theodore hörte zu, als ich beschrieb, was passiert war. Dann sah er sich um, ging zurück und blickte in beide Richtungen. Er sagte: „Bryce Teddington hat dir einen Schlag auf den Kopf verpasst, dir den Schmuck abgenommen und ist dann zurück zum Hauptraum gegangen und hat ihn in der geheimen Nische deponiert, damit man ihn später dort holen konnte. Nach dem, was du gesagt hast, müsste es so abgelaufen sein."

Ich blickte zu Rafe und dann wieder zu Theodore. „Vielleicht. Oder er hat mir auf den Kopf geschlagen und die Frau auf dem Foto hat die Juwelen genommen und sie in den geheimen Schrank gelegt."

Das schien ihn nicht zu überzeugen. „Wohin führt dieser Flur?", fragte er Piers Gimlet.

„Da unten ist nichts außer den Waschmaschinen und einer Tür nach draußen."

„Darf ich?", fragte Theodore. Gimlet nickte, und wir gingen alle hinter ihm her. Tatsächlich war dort eine große Flügeltür, die zur Waschküche führte, und dann eine Tür ins Freie. Theodore hielt inne und warf einen Blick in die Waschküche, ging aber weiter. Wir folgten ihm bis nach draußen. Im Freien war es kühl, und ich wünschte, ich hätte einen Mantel mitgenommen.

Wir befanden uns auf einem nicht sehr interessanten quadratischen Hof mit Rasen, einigen Bäumen und Blumenbeeten. Hier war sicher nicht immer ein Garten gewesen. Der Prachtgarten befand sich offensichtlich auf der Vorderseite des Gebäudes.

Plötzlich kam eine kühle Brise auf, und ich schlang die Arme um mich. Irgendwo schlug eine Tür zu. Ein Wartungstechniker in Uniform kam vorbei. Der Sicherheitschef sagte zu ihm: „Da knallt irgendwo eine Tür."

„Ja. Ich werde dem nachgehen. Wenn die Studenten das Schloss am Eishaus wieder aufgebrochen haben ..." Er klang sehr verärgert.

Theodore wurde hellhörig. „Es gibt ein Eishaus?"

„Ja", erwiderte der Sicherheitschef. „Es ist uralt. Aber es ist immer verschlossen und verriegelt."

Der uniformierte Sicherheitsbeamte sagte: „Nun, das sollte es sein. Bis diese verdammten Studis dort reinkommen."

Dieses Mal bat Theodore nicht um Erlaubnis. Er folgte

einfach dem Wartungstechniker. Und wir alle gingen hinterher. Das Eishaus war nichts weiter als ein aufgeschütteter Grashügel, bis man näherkam und sah, dass es dort eine Treppe gab, die zu einer dicken Tür hinunterführte. Ich konnte sehen, wo sie abgeschlossen werden sollte, aber das Schloss fehlte. Wäre der Wind nicht gewesen, hätte das niemand bemerkt. Der Mann ging hinunter, um den Schaden zu begutachten, mit Theodore direkt hinter ihm. Er murmelte wieder etwas und öffnete dann die Tür und spähte hinein. Theodore schob sich um den Mann herum und erstarrte. Rafe und ich folgten ihm, und selbst als Rafe versuchte, sich vor mich zu stellen und mir die Sicht zu versperren, spähte ich über seine Schulter.

Ich hatte gespürt, dass von der anderen Seite der Tür etwas Dunkles kam. Er auch, vermutete ich.

Das Eishaus war ein ovaler Raum, etwa zweieinhalb Meter lang und wahrscheinlich ebenso hoch. Es war aus Backsteinen gebaut und deutlich kühler als die Luft darüber. Hier unten roch es feucht und auf dem Boden lagen Reste von altem Stroh verstreut. Etwas, das wie ein Haufen alter Wäsche aussah, war an eine Wand geschoben worden. Der Hausmeister schimpfte über die Studis, während er zu dem Bettwäschebündel hinüberstapfte. Er bückte sich und zog an dem Bündel. Vor seinen Füßen sackte ein Arm auf den Boden.

„Komm schon, du, bist du betrunken?"

Er kniete nieder und zog mehr Bettzeug weg.

Bereits da hatte ich ein schlechtes Gefühl. Die Luft empfand ich als schwer und düster. So wie Rafe neben mir erstarrt war, ging es ihm genauso. Hier lag nicht nur ein betrunkener Student.

Der Wartungstechniker stieß einen Schrei aus und sprang zurück. „Der Kerl ist nicht betrunken. Er ist tot."

„Nichts anfassen", befahl Theodore. Der Wartungstechniker wich zurück und wirkte nur zu erleichtert, nicht selbst entscheiden zu müssen, was zu tun war. Theodore drehte die Leiche nur so weit um, dass das Gesicht zu sehen war. Vor Entsetzen und Trauer schrie ich auf, als ich Bryce Teddington erkannte.

KAPITEL 13

„Oh je", sagte Theodore mit einem Blick nach unten. „Jetzt ist es ein Mordfall."

Rafe sah ihn an. „Bevor die Polizei kommt, sollten wir sicherstellen, dass er die Juwelen nicht bei sich hat."

Theodore nickte, auch wenn uns allen sicherlich klar war, dass Bryce Teddington, der tot an einem so obskuren Ort lag, die Juwelen kaum bei sich haben würde.

Ich brachte es nicht über mich, hinzuschauen. Also ging ich hinaus und hörte zu, wie der Wartungstechniker den Sicherheitschef informierte, der sich über diese neueste Entdeckung nicht gerade freute. „Wir müssen die Polizei rufen. Schon wieder." Und er schaute zu mir herüber, als wäre es meine Schuld.

Rafe und Theodore kamen heraus, und angesichts meines fragenden Blicks schüttelte Rafe den Kopf. Also keine Juwelen.

„Das ändert alles", dachte ich laut.

Rafe nickte. „Du hast recht. Die Theorie, dass Bryce Teddington allein gehandelt hat und mit den Juwelen entkommen ist, stimmt offensichtlich nicht. Er muss einen Komplizen gehabt haben. Aber ich frage mich, wer das war. Und wo der- oder diejenige jetzt ist."

Ich zeigte auf Theodore, aber in Wirklichkeit zeigte ich auf das zerrissene Foto, das er immer noch in seinem Besitz hatte. Wenn es einen Komplizen gab, dann tippte ich auf die junge Frau, mit der er nur wenige Minuten vor dem Überfall auf mich ein intensives Gespräch geführt hatte.

Er nickte. „Das leuchtet ein. Es hat mich von Anfang an gewundert, dass ein einziger Mann dich niederschlagen, dir die Juwelen abnehmen und dann so schnell verschwinden konnte. Mit einem Komplizen ergibt das alles mehr Sinn."

Ich nickte. „Vielleicht hatten sie sich hier für später zum Teilen der Beute verabredet. Aber dann? Haben sie sich gestritten? Ist sie gierig geworden? Und hat Bryce es am Ende mit dem Leben bezahlt?"

Rafe überlegte einen Moment lang. „Deine Theorie ist nicht haltbar, Lucy. Warum hätten sie sich hier treffen sollen? Wer auch immer diese Juwelen hatte, hätte den Campus so schnell wie möglich verlassen wollen." Er sah auf den Erdhügel hinunter, unter dem der arme Mann in Laken gewickelt lag. Das Eishaus war zu seinem Sarg geworden.

„Denk dran, wir sind an der Waschküche vorbeigekommen." Der Wind fuhr in sein schwarzes Haar und zerzauste es wie mit zärtlichen Fingern. „Sagtest du nicht, im Flur hätte ein voller Wäschewagen gestanden?"

„Ja." Ich schluckte. „Willst du damit sagen ...?"

Er nickte. „Ich habe den Verdacht, dass jemand euch beim Verabreden belauscht hat. Bryce Teddington hat dich gebeten, dich an einem abgelegenen Ort mit ihm zu treffen. Als Bryce ankam, war der Mörder schon da. Du hast mir bereits gesagt, dass Bryce Teddington Buchhalter war und ein sehr nervöser Mensch zu sein schien. So jemand wäre früher gekommen, um sicherzugehen, dass er dich nicht verpasst. Aber der Mörder war sogar vor ihm da. Der Mörder hat Bryce erledigt, aber konnte sich nicht die Zeit nehmen, ihn ordnungsgemäß zu entsorgen, weil er wusste, dass du bald da sein würdest."

Mit wachsendem Entsetzen starrte ich ihn an. „Du meinst, der Mörder hat Bryce wie ein benutztes Handtuch in die Wäsche geworfen?"

„Ich fürchte, ja. In den Wäschewagen, an dem du vorbeigekommen bist."

„War er tot?"

„Schwer zu sagen. Die Polizei kann das hoffentlich herausfinden."

„Und dann brauchte der nur noch auf mich zu warten, mir eins über den Schädel zu ziehen und sich die Juwelen zu nehmen."

Ich fühlte mich elend und zittrig, und mein Kopf begann an der Stelle zu pochen, wo mich der harte Schlag getroffen hatte. „Vielleicht hat er das der Frau gesagt. Dass er sich mit mir treffen würde. Aber warum hat sie mich nicht umgebracht?"

„Wir wissen ja nicht, ob sie die Mörderin ist. Wir sollten keine voreiligen Schlüsse ziehen. Derjenige, der dich angegriffen hat, hatte vielleicht vor, dich umzubringen, aber ihm blieb keine Zeit."

Meine Stimme zitterte leicht, als ich sagte: „Weil du so schnell aufgetaucht bist."

„Ich hatte es dir gesagt. Du hättest nur meinen Namen zu rufen brauchen und ich wäre zu dir gekommen."

„Habe ich dich denn gerufen?" Noch nicht einmal daran konnte ich mich erinnern. Ich erinnerte mich an den furchtbaren Schmerz, an das aufblitzende Licht vor meinen Augen und dann an die Dunkelheit. Hatte ich im Fallen Rafes Namen geschrien?

„Ich habe dich rufen gehört."

Okay, ich konnte es drehen und wenden wie ich wollte, aber sein Name hätte wirklich das letzte Wort sein können, das ich bei meinem Sturz in die Dunkelheit ausgesprochen hatte.

DER WARTUNGSTECHNIKER SOLLTE DAS EISHAUS BEWACHEN, bis die Polizei eintraf. Wir anderen gingen zurück ins College.

Der Sicherheitschef rief die Polizei, und da nicht wir die Leiche gefunden hatten, hielten wir es für vernünftig zu gehen. Detective Inspector Chisholm und ich waren uns schon zu oft bei Leichen begegnet. Und er und Rafe waren nicht gerade die besten Freunde. Meiner Ansicht nach war es für mich, Rafe und Theodore, das Beste, uns in dieser Sache zurückzuhalten.

Wir stiegen wieder in Rafes Auto, und Theodore holte das zerrissene Foto heraus und betrachtete es erneut. Er schüttelte den Kopf. „Ich kann mich des Gefühls nicht erwehren, sie von irgendwoher zu kennen."

Das war nicht überraschend. Vampire lebten so lange und begegneten so vielen Menschen, dass sie durchaus einmal jemanden sehen konnten, der vage jemandem ähnelte, den sie vor ein paar hundert Jahren gekannt hatten. Aber auch wenn die Bekanntschaft noch nicht so lange zurücklag, waren eine Menge Daten in ihrem Gesichtergedächtnis abgespeichert, die zu sortieren waren. Da ich dies wusste, wartete ich geduldig. Er blinzelte und holte wieder die Lupe hervor. „Ich glaube, ihr Haar war anders." Das Schöne an einem Privatdetektiv war, dass er normalerweise auf vieles achtete. „Aber ich kann sie nicht einordnen."

Da sie auf einer Filmveranstaltung anwesend gewesen war, fragte ich mich, ob sie wohl eine Schauspielerin war, die man als Kellnerin engagiert hatte und die stattdessen beschlossen hatte, einen Juwelendiebstahl zu begehen. „Vielleicht hast du sie mal im Fernsehen oder im Kino gesehen", warf ich ein.

„Das könnte wohl sein. Ich muss darüber nachdenken. Ich werde den Fotografen anrufen. Und sehen, was er sonst noch hat. Vielleicht gibt es bessere Aufnahmen von ihr."

Diese Idee begeisterte mich. „Ich hoffe, die Polizei tut dasselbe. Ich lese immer wieder, dass das Vereinigte Königreich bei der Gesichtserkennung so weit fortgeschritten ist und dass man nirgendwo hingehen kann, ohne von einer Überwachungskamera erfasst zu werden. Ich wette, die können herausfinden, wer sie ist."

Theodore machte ein für die britischen Strafverfolgungsbehörden nicht gerade schmeichelhaftes Geräusch. „Alle moderne Technologie der Welt kann die gute, altmodische Polizeiarbeit nicht ersetzen", erklärte er mir.

Ich schenkte ihm mein schönstes Lächeln. „Und du bist der Beste."

Das machte ihn plötzlich verlegen. „Sag das nicht. Aber mit verbissener Entschlossenheit, das kannst du dir merken, Lucy, kommt man ziemlich weit."

Im Bereich altmodische Polizeiarbeit war er unglaublich,

aber mit Hester und jetzt Carlos hatten wir zwei junge Vampire, die extrem gut mit dem Computer umgehen konnten. Ich war der Meinung, dass wir sowohl die modernen als auch die altmodischen Ermittlungsmethoden gut abdeckten. Wenn diese Frau so etwas wie eine Schauspielerin war, sollte sie nicht so schwer zu finden sein.

Und wenn wir sie fänden, hoffte ich, dass die Juwelen in ihrem Besitz wären.

RAFE FUHR UNS ZURÜCK ZUR HARRINGTON STREET, wo Mabel und Clara für mich den Laden geschlossen hatten. Sie hatten wunderbare Arbeit geleistet, sodass mir klar wurde, dass ich mir wirklich eine Auszeit nehmen könnte, wenn ich das wollte.

Ich ging Nyx holen, die oben auf der Couch döste, aber mit Rafe war sie bereit, überall hinzugehen. Vor allem, wenn er sie sich über die Schulter legte.

Ich packte das Nötigste ein, und wir machten uns erneut auf den Weg zu Rafes Herrenhaus, wo William ein Abendessen mit Cioppino servierte, einer dicken italienischen Fischsuppe mit knusprigem Brot. „Ich möchte Ihre ehrliche Meinung hören, Lucy", sagte er, als er mich bediente. „Ich denke darüber nach, dies als Hauptgericht für ein kleines Mittagessen zu machen, das ich ausrichten soll."

Ich atmete den Duft von Tomaten, Knoblauch und einem Hauch von Fenchel ein. Große Fischstücke sowie Garnelen, Miesmuscheln und Muscheln, die noch in ihren Schalen steckten, waren darin. „Ich bin schon ganz begeistert, dabei habe ich noch nicht einmal probiert", sagte ich und nahm meinen Löffel in die Hand.

Er stand neben mir und wartete ängstlich, während ich probierte und genoss. Grinsend blickte ich zu ihm auf. „Ich hoffe, Sie haben einen sehr großen Topf davon gemacht."

Er legte mir eine Hand auf die Schulter. „Das habe ich."

Dann verließ er den Raum, und Rafe saß da und sah mir beim Essen zu. Früher hatte mich das gestört, aber ich hatte mich daran gewöhnt. Noch während ich das Brot in die schmackhafte Suppe tauchte, dachte ich angestrengt nach. „Armer Bryce. Glaubst du, er war sofort tot?" Ich hoffte es.

„Der Bericht der Gerichtsmedizin wird uns viel sagen." Und dank seiner Verbindungen würden wir diesen genauso schnell erhalten wie die Polizisten. Möglicherweise schon früher. „Ich würde Mr Teddington nicht zu sehr bemitleiden. Es könnte gut sein, dass er an einem Komplott zum Diebstahl dieser Juwelen beteiligt war."

„Mag sein. Aber er schien so nett zu sein."

William hielt Wort, und kaum hatte ich meinen ersten Teller Suppe in ungehörigem Tempo geleert, füllte er ihn erneut.

Diesen aß ich langsamer, genoss jeden Bissen und auch das wunderbare Brot, das William frisch gebacken hatte. Nach dem Essen brachte William mir Kaffee ins Wohnzimmer, und wir ließen uns dort nieder. Dort war es bequem und nach dem Schock, Bryce Teddingtons Leiche entdeckt zu haben, war es schön, sich sicher zu fühlen. Wenn ich in meiner Wohnung geblieben wäre, hätte ich doch nur gegrübelt. Selbst Nyx schien zufrieden zu sein, an meiner Seite zu dösen.

Es dauerte nicht lange, bis Theodore auftauchte.

Es war ihm gelungen, die Unterlagen des Fotografen vom Gala-Abend zu beschaffen. Er brachte sie auf einem USB-Stick mit, und wir drei setzten uns vor einen von Rafes großen Computern in seinem Büro. Ich hatte als Einzige tatsächlich an der Gala teilgenommen, aber sie hielten nach Dingen im Hintergrund Ausschau, nach allem, was ungewöhnlich oder verdächtig erschien. Eigentlich hofften wir wohl alle, doch noch einen Blick auf Juwelen werfen zu können, wie sie von Hand zu Hand weitergereicht oder irgendwo versteckt wurden. Es war eine schwache Hoffnung, aber wir lebten im Moment fast ausschließlich von schwachen Hoffnungen. Der Mord an Bryce Teddington machte aus einem potentiellen Gelegenheitsverbrechen etwas viel Ernsteres. Sicher, die Juwelen waren verdammt viel Geld wert, aber ich hätte vermutet, dass Bryce Teddington sein Leben mehr wert war. Außerdem bestand zwischen Diebstahl und Mord ein enormer Unterschied im Strafmaß. Ich machte mir jetzt schreckliche Vorwürfe, dass ich Bryce Teddington überhaupt für den Diebstahl verantwortlich gemacht hatte. Ich hätte auf meinen Instinkt vertrauen sollen. Ich hatte ihn für einen guten Menschen gehalten. Neurotisch und nervös, aber ich hatte geglaubt, man könne ihm vertrauen. Es war schrecklich, zu erfahren, dass man richtig lag, indem man eine Leiche fand. Und wie Theodore gesagt hatte, bewies das ja auch nicht unbedingt, dass er nicht an der Verschwörung zum Juwelenraub beteiligt gewesen war, sondern nur, dass er, nachdem er seine Rolle gespielt hatte, für immer aus dem Spiel war.

Theodore hatte auch die Videos. Es war schon seltsam, mich nicht in einem kurzen Handyvideo oder in einem dieser alten Camcorder-Filmchen zu sehen, mit denen mich meine Mutter als Kind immer in Verlegenheit brachte, sondern in einem echten Film, wie ein Filmstar. Als ich mich im Fernsehen sah, wusste ich, dass ich in meinem ganzen Leben noch nie so mondän ausgesehen hatte. Und zweifellos auch nie wieder aussehen würde. Ich sah mich aus dem Bentley aussteigen. Ich konnte praktisch sehen, wie ich im Geiste bis drei gezählt hatte, bevor ich langsam und erhaben über den roten Teppich zum Haupteingang des Colleges schritt. Ich sah so glücklich aus. Eine Frau ohne auch nur den Hauch eines Verdachts, dass sie nicht einen roten Teppich betrat, sondern das schlimmste Minenfeld ihres Lebens. Und eine dieser Minen drohte zu explodieren, während sie darauf trat.

Während wir uns alle den Film ansahen, beschrieb ich, was ablief. „Das ist der eine geschäftsführende Produzent, Peter. Hier bringt er mich zu Annabel, die herauskommt, um mich zu begrüßen. Und hier bringt sie mich zum anderen geschäftsführenden Produzenten, Lord Pevensy. Er ist der Mann mit dem Geld."

„Lord Pevensy", sagte Rafe. „Den kenne ich. Und seine Frau."

Etwas trocken sagte Theodore: „Ich nehme an, sie hat ihn nicht wegen seines Aussehens geheiratet."

„Es heißt, sie gibt sein Geld schneller aus, als er es verdienen kann." Sogar im Video konnte man sehen, wie begehrlich die Frau auf die Juwelen starrte. Ich wollte keine voreiligen Schlüsse ziehen oder jemandem drohen, über den ich nur wenig wusste, aber Theodore suchte nach möglichen Tatmotiven. „Die Cartier-Kollektion hätte wohl jeder gern als Schmuck", sagte er.

Ich erzählte ihm, wie sehr sie den Schmuck bewundert

hatte, dass sie sogar die Diamanten an meinem Hals hatte berühren wollen, und welche Bemerkungen sie ihrem Mann gegenüber gemacht hatte.

„Interessant", sagte Theodore und vermerkte etwas in seinem stets präsenten Notizbuch.

Rafe sagte: „Aber würde sie so viel Mühe für Schmuck auf sich nehmen, den sie niemals tragen könnte und den man nie sehen würde?"

Er schaute mich an, als ob ich die Antwort wüsste, obwohl ich der Frau nur ein paar Minuten lang begegnet war. Allerdings musste ich ihm zustimmen. Sie wirkte wie eine, die ihre Klunker tragen wollte, um gesehen und beneidet zu werden.

Theodore sagte: „Trotzdem kann es nichts schaden, sich die Leute näher anzusehen."

Er hatte recht. Sie sah vielleicht aus wie ein ehemaliges Mannequin und eine Vorzeigefrau, aber sie hätte genauso gut eine internationale Juwelendiebin sein können. Je länger ich lebte, desto mehr überraschten mich die Menschen.

Die unbearbeiteten Videoaufnahmen dauerten nicht viel länger. Danach sahen wir uns die Fotoaufnahmen an. Davon gab es einige hundert, und für jede einzelne nahmen wir uns Zeit. Ich wurde es langsam leid, mein eigenes Gesicht zu sehen. Mehr noch hatte ich es langsam satt, immer wieder auf die Halskette, die funkelnden Ohrringe an meinen Ohrläppchen, die Armbänder und den Ring zu starren. Der Schmuck schien keinem anderen Zweck zu dienen, als mich daran zu erinnern, wie sehr ich Sylvia enttäuscht hatte.

Ich war mir sicher, dass sie mir niemals verzeihen würde. Und ich war mir nicht sicher, ob ich mir jemals selbst verzeihen könnte. Hätte sie den Schmuck getragen, dann hätte sie sich niemals dazu überreden lassen, mit einem ihr unbekannten Mann in einen privaten Flur zu gehen. Ich konnte nicht aufhören, mir für meine Dummheit Vorwürfe zu machen.

Dennoch war es faszinierend, diese Fotos zu betrachten. Die Menschen, die bewusst fotografiert wurden, also die, denen die Aufnahme galt, lächelten, lachten und posierten miteinander, aber wirklich interessant waren diejenigen, die gar nicht wussten, dass sie abgelichtet wurden. Da sie es nicht bemerkten, wirkten sie gelangweilt. Ich war mir sicher, neidische Blicke zu sehen, und auf jeden Fall galten viele Blicke meinem Halsbereich mit dem spektakulären Collier. Was ich sah, war die pure Missgunst.

Ich konnte mir vorstellen, wie sich eine unterbezahlte Assistentin fühlen musste, die zu dieser Gala eingeladen wurde und dann sah, wie eine, die kein Filmstar, sondern nur eine gewöhnliche Strickladeninhaberin war, zum Star erhoben wurde und vor Juwelen nur so triefte. Dazu noch Juwelen von so unschätzbarem Wert, dass man sie nicht versichern konnte.

Sylvia hatte mir einen Katalog von Christie's gezeigt, in dem einige andere frühe Werke von Jacques Cartier abgebildet waren, und die erzielten Preise ließen einem buchstäblich die Augen übergehen. Also, für das, was Leute für ein paar Glitzersteine zu zahlen bereit waren, hätte man ein kleines Land erwerben können. Klar, diese Glitzersteine waren von einigen der größten Talente der 1920er entworfen und zu Schmuck verarbeitet worden. Sie hatte im Laufe der Jahre Kataloge gesammelt. Wie ich Sylvia kannte, war sie wahrscheinlich sogar auf einigen Auktionen gewesen und kannte die Verkaufspreise. Jedes Mal, wenn wir beim Durchblättern auf Schmuckstücke stießen, sagte sie: „Und natürlich war das nicht annähernd so schön wie meins." Oder: „Sehr minderwertige Rubine." „Schau mal die Einschlüsse in diesem Diamanten. Die sieht man ja mit bloßem Auge." Sie mit der Supersehkraft einer Vampirin sah das vielleicht, aber für eine Normalsterbliche wie mich sahen sie ziemlich protzig aus. Und wer auch immer mehrere Millionen Schweizer Franken, US-Dollar, Hongkong-Dollar, Euro oder britische Pfund gezahlt hatte, hatte offensichtlich dasselbe empfunden.

„Warte", sagte ich, und bevor Theodore zum nächsten Foto übergehen konnte, zeigte ich auf die linke obere Ecke. „Das ist Patricia Beeton, die Modedesignerin. Und auch wenn er nicht im Bild ist, bin ich mir sicher, dass sie mit Bryce Teddington spricht. Ich erinnere mich, dass er Sprudelwasser mit Zitrone trank. Und das sieht aus wie seine Uhr. Die erkenne ich nur, weil er darauf geschaut hat, als wir die Uhrzeit für das Treffen vereinbart haben."

„Ausgezeichnete Arbeit, Lucy."

„Theodore, lass uns sehen, ob wir noch ein anderes Foto finden, das die beiden zusammen zeigt", sagte Rafe.

„Natürlich könnte es völlig harmlos sein. Sie könnten durchaus miteinander bekannt sein. Da wäre es ganz normal, dass sie ein paar Worte miteinander wechseln", sagte ich, denn ich wollte Patricia genauso wenig in Verdacht bringen, wie ich hatte glauben wollen, dass Bryce Teddington in der Lage gewesen wäre, mir eins überzuziehen und mir den Schmuck zu stehlen. In beiden Fällen könnte ich mich irren, aber ich würde auch nicht wollen, dass Theodore viel Zeit damit vergeudete, einer aussichtslosen Spur zu folgen.

Dann hatte ich eine Idee. „Patricia Beeton hat einige

Wollpullover bei mir gekauft. Ich musste die zusätzliche Wolle bestellen. Wenn sie eintrifft, soll ich sie anrufen, und sie kommt sie abholen."

„Wie lange wird das dauern?", fragte Rafe.

Ich wippte mit dem Kopf hin und her. „Normalerweise sind es drei Wochen. Aber wenn ich diese Wolle in einem anderen Geschäft finden könnte ..."

Noch bevor ich den Gedanken zu Ende gedacht hatte, nickte Theodore. „Ich könnte mit dem Bentley hinfahren. In einem Tag könntest du sie bekommen."

„Fabelhaft. Und dann, während wir über Wolle plaudern, fange ich ganz beiläufig ein Gespräch über den armen Bryce an und ob sie ihn gut kannte."

„Ich bereite eine Liste mit Fragen für dich vor. Dinge, die dir vielleicht nicht einfallen würden, aber die du hoffentlich ganz natürlich in ein Gespräch einbauen kannst", sagte Theodore.

„Und ich werde auf jeden Fall in der Nähe sein", sagte Rafe. „Wie ich glaube, dir schon oft gesagt zu haben, Lucy: Wenn du jemanden befragst, der ein Mörder sein könnte, musst du mit Gefahr rechnen."

KAPITEL 14

ch nickte. Vielleicht hatte ich ihn früher einmal für überfürsorglich gehalten, aber das hatte sich geändert.

Ich gähnte. Ich hatte aus offensichtlichen Gründen nicht gut geschlafen, und es wurde langsam spät. Rafe blickte zu mir auf und sagte dann zu Theodore: „Lass uns die restlichen Fotos rasch durchsehen, damit Lucy ins Bett kann. Dann gehen wir zwei alle Aufnahmen noch einmal einzeln durch und sehen, ob wir herausfinden können, mit wem Bryce Teddington, Patricia Beeton und die geheimnisvolle junge Frau, die scheinbar gar nicht dorthin gehörte, sonst noch gesprochen haben."

Wir stimmten beide zu – Theodore, weil er normalerweise mit Rafe einer Meinung war, und ich, weil ich dringend ins Bett musste. Bei der Durchsicht der letzten etwa fünfzig Fotos stellten wir nichts besonders Auffälliges fest, außer dass die junge Frau, die auf dem ersten Foto im Gespräch mit Bryce zu sehen war, noch mehrere Male auftauchte. Dreimal war sie im Bildhintergrund im Gespräch mit Bryce

Teddington zu erkennen. Auf einem Bild erschien sie direkt hinter der rechten Schulter von Patricia Beeton. Waren sie gerade nach einem intensiven Gespräch auseinandergegangen? Oder war es reiner Zufall? Sie hatte mit Lord Pevensy gesprochen, und es gab ein Foto, auf dem Annabel sich mit irritiertem Gesichtsausdruck von ihr abwandte. Ich fragte mich, worum es dabei wohl gegangen war. Vielleicht hatte sie entdeckt, dass die Frau dort nichts zu suchen hatte und wollte sie hinauswerfen.

Sie schien sich dort nicht zu amüsieren. Nie sah ich sie mit einem Getränk in der Hand. Ihr Verhalten war tatsächlich in jeder Hinsicht verdächtig. Zweimal sagte Theodore: „Ich wünschte, ich könnte sie einordnen. Ich weiß, dass ich sie schon einmal irgendwo gesehen habe."

Ich sagte: „Wir brauchen jemanden, der viel fernsieht und sie vielleicht wiedererkennt."

Die beiden sahen sich an. „Hester", sagten sie wie aus einem Munde.

Sie waren sich einig, dass Hester als Nächste den Film und die Fotos zu sehen bekäme, aber ich ermahnte sie, dass Sylvia dabei nicht in der Nähe sein durfte. „Hester sollte besser hierherkommen. Wenn Sylvia reinkäme und einen Film sähe, in dem ich diese Juwelen trage und so elegant aussehe ... Da würde ich lieber mit zehn Mördern reden, als die Konsequenzen zu tragen."

Ich ging ins Bett. Ich war so müde, dass ich dachte, ich würde gleich einschlafen, aber meine Gedanken rasten. Es war, als hätte ich all diese Fotos noch einmal vor Augen. Hauptsächlich sah ich die von allen Seiten fotografierten Juwelen, die eindeutig der Star der Veranstaltung waren.

Granny hatte taktlos erwähnt, dass sie getrennt werden

könnten, und auch ich vermutete, dass genau das passieren würde, aber dann dachte ich daran, wie Sylvia Schmuckstücke von ihrem Lieblingsdesigner auf all diesen Auktionen ohne Kaufabsicht gesucht, oder – wer weiß – vielleicht auch ersteigert hatte. Die Auktionskataloge hatte sie aufbewahrt. Unter anderem deshalb, weil sie gern die Werke ihres Lieblingsdesigners sammelte.

Ich setzte mich im Bett auf. Und wenn der Dieb ein Sammler wäre? Wenn es sich um einen dieser besessenen Fans handelte, der so viel Geld besaß, dass er sich etwas kaufen konnte, das niemand je außerhalb seiner eigenen vier Wände zu sehen bekäme?

Rasch zog ich mich wieder an und lief zurück ins Büro. Theodore und Rafe starrten immer noch wie gebannt auf den Bildschirm. Und ich dachte in diesem Moment, wenn je ein Mensch oder anderes Wesen dieses Rätsel lösen könnte, dann sie. Sie waren völlig konzentriert und zielgerichtet. Und zwar nicht nur vor Jagdfieber. Ich wusste, dass sie sich aufrichtig um Sylvia sorgten und wollten, dass sie ihr Eigentum zurückbekam. Außerdem sorgten sie sich aufrichtig um mich und wollten nicht, dass mir der Kopf abgerissen oder die Kehle aufgerissen würde oder was auch immer Sylvia in ihrem schlimmsten Zorn würde anrichten können. Ich wusste, dass sie sich meist von den altherkömmlichen Arten der Nahrungsaufnahme fernhielten, aber ich hatte nicht vergessen, dass es Sylvia gewesen war, die meine Großmutter in einen Vampir verwandelt hatte. Mir war klar, dass sie es in bester Absicht getan hatte, aber das bedeutete auch, dass sie durchaus bereit war, im Bedarfsfall auf die alten Sitten zurückzugreifen. Ich ahnte, dass sie im Zorn Dinge tun könnte, die sie später bereuen würde.

Natürlich hörten sie mich kommen, und beide schauten fragend auf. Ich erzählte ihnen, dass Sylvia all diese Auktionskataloge aufbewahrte, und Theodore sah mich sofort an, als hätte ich ihm einen Blumenstrauß gebracht. „Natürlich, Lucy. Warum habe ich nicht gleich daran gedacht? Ich werde mir alle Käufe der letzten fünfzig Jahre ansehen. Und nachschauen, ob mir dabei jemand ins Auge sticht."

Rafe nickte. „Und wo befinden sich all diese Schmuckstücke? Es könnte ja jeder einen Makler beauftragen, sie für ihn zu kaufen. Es wäre interessant zu wissen, wo sie sind."

Theodore machte sich noch eine weitere Notiz in seinem kleinen Buch, und als ich mich abwandte, sagte Rafe: „Sag William, er soll dir etwas Milch warm machen."

Ich schüttelte den Kopf. „Schon gut. Ich habe selbst einige Kräutertees eingepackt. Davon mache ich mir einen."

Seine Gesichtszüge wurden weich, fast lächelte er. „Und ich wünsche dir eine zauberhafte Nacht."

Genau.

AM NÄCHSTEN TAG FÜHLTE ICH MICH ETWAS STÄRKER. Theodore und Hester kamen vorbei, und wir saßen in Rafes prächtiger Bibliothek.

Die beiden waren beschäftigt gewesen. Dank Theodores guter, altmodischer Detektivarbeit und Hesters Computerkenntnissen verfügten sie über eine ganze Reihe von Informationen darüber, was mit den von Jacques Cartier entworfenen Juwelen geschehen war.

Theodore erklärte: „Es gab drei Brüder Cartier. Jacques war der, der nach London zog. Berühmt wurde er durch seine

Zusammenarbeit mit dem britischen Hochadel und Film-stars. Er entwarf Schmuck für Merle Oberon und Elizabeth Taylor sowie einen Großteil der Kollektion von Wallis Simpson." Er sah mich an. „Wallis Simpson, Lucy, war die Frau von Edward VIII Also, er hätte Edward VIII werden sollen, dankte aber vorher ab, um die geschiedene Amerika-nerin zu heiraten."

Das war mir schon bekannt, und auch der Skandal, der daraus erwuchs.

„Wallis mochte die feineren Dinge. Nach ihrem Tod wurde der Großteil ihres Schmucks verkauft, das war 1987. Vieles davon ist nie wieder gesehen worden. Das ist das Problem mit diesen weltberühmten Juwelen: Sie werden oft von Sammlern gekauft, die sich sehr bedeckt halten", sagte Theodore.

Ich nickte. Da ich aus erster Hand erfahren hatte, wie gefährlich es war, die Stücke in der Öffentlichkeit zur Schau zu stellen, hatte ich vollstes Verständnis dafür. „Man kann sie ja nicht zum Einkaufen oder im Kino tragen." Ich hielt inne und hatte das Gefühl, dass mir ein Schraubstock die Rippen zusammendrückte. „Man kann sie nicht einmal zu einer Galaveranstaltung tragen, ohne dass Gefahr, Mord und Dieb-stahl drohen."

„Du musst aufhören, dir Vorwürfe zu machen, Lucy", sagte Hester. Es war so untypisch für Hester, jemandem etwas Nettes zu sagen, dass mir fast die Kinnlade herunterfiel. Wir sahen sie alle an, und sie zuckte die Achseln. „Stimmt doch. Jeder macht Fehler. Der Fehler bei Lucy war nur ein bisschen teurer als bei den meisten anderen."

Damit hatte sie recht.

„Diese Sammler", sagte Rafe, „habt ihr irgendeine Möglichkeit herauszufinden, wer sie sind?"

Theodore und Hester tauschten einen kurzen Blick. „Die meisten Auktionen finden heutzutage natürlich online statt, aber selbst in den letzten Jahrzehnten war es üblich, dass bedeutende Persönlichkeiten entweder einen Agenten schickten, um an ihrer statt zu bieten, oder per Telefon mitboten. Elizabeth Taylor hat bekanntlich ein Stück von Cartier am Telefon gekauft, während sie an ihrem Pool in Beverly Hills saß", so Theodore.

So etwas hätte ich mir auch von Sylvia vorstellen können.

„Apropos Elizabeth Taylor: Nach ihrem Tod wurden ihre Juwelen versteigert. Im Jahr 2011 rechneten die Auktionatoren mit einem Erlös von dreißig Millionen Dollar, aber die Gesamtsumme an dem Abend betrug mehr als einhundertfünfzehn Millionen Dollar", fügte Hester hinzu. Es war offensichtlich, dass es ihr Spaß machte, bei den Recherchen zu helfen.

„Das ist eine Menge Geld", sagte ich leise.

„Ein Cartier-Schmuckset, das dem von Sylvia nicht unähnlich ist, allerdings mit Rubinen statt Smaragden, wurde für fünfeinhalb Millionen verkauft", so Hester weiter.

„2011."

„Ja."

„Was glaubst du, was Sylvias Set heute einbringen würde?"

Theodore sah mich bedauernd an. „Weit mehr als zehn Millionen."

Oje.

„Besteht irgendeine Möglichkeit, dass das Schmuckset versteigert wird?" Ich wusste, dass es nur eine schwache Hoffnung war, aber neuerdings griff ich nach jedem rettenden Strohhalm.

Drei Gesichter sahen mich ungläubig an. Theodore sagte schließlich: „Ein seriöses Aktionshaus wie Christie's oder Sotheby's würde diese Dinge nicht anfassen. Es ist ja bekannt, dass sie gestohlen wurden."

„Sylvia hat aus den letzten fünfzig oder mehr Jahren Auktionskataloge von Cartier-Schmuckstücken, auf die sie ein Auge geworfen hatte. Zweifellos hatte sie einige davon gekauft. Warum fragt ihr sie nicht danach?"

Er und Rafe schauten mich beide mit demselben *Willst-du-mich-verarschen?*-Blick an.

„Ok. Wir sollten Sylvia nicht daran erinnern, was sie verloren hat. Aber es gibt einen Grund dafür, dass Sylvia an genau diesen Auktionen teilgenommen hat und nicht an denen von anderen Schmuckdesignern. Cartier war ihre Leidenschaft. Vielleicht haben andere Sammler ähnliche Leidenschaften. Ich denke, ihr solltet herausfinden, wer diese Sachen gekauft hat. Gibt es einen Namen, der immer wieder auftaucht?"

Theodore nickte. „Ich werde ein bisschen recherchieren."

„War es ein Diebstahl auf Bestellung?", fragte Rafe.

Ich fühlte mich so, als hätte ich soeben entdeckt, dass ich einen Stalker hatte. Da war jemand, der mir wegen dieser Juwelen gefolgt war. Die Vorstellung ließ mich erschaudern. „Aber wenn das stimmt, dann hätte man das in ziemlich kurzer Zeit auf die Beine stellen müssen. Die Gala wurde erst vor ein paar Wochen angekündigt. Wann war überhaupt bekannt geworden, dass ich die Juwelen tragen würde?"

Hester führte schnell eine Google-Suche durch und schüttelte dann den Kopf. „Das wird zum ersten Mal nach dem Diebstahl öffentlich erwähnt. Von vor der Gala finde ich keine Erwähnung."

Theodore sagte: „Das würde der gängigen Praxis entsprechen. Nur ein Narr würde öffentlich bekannt machen, dass so teurer Schmuck für jeden Dieb erreichbar ist, der sein Glück versuchen will."

„Und überall gab es Sicherheitskräfte."

„Es war ein gewagter Raubüberfall, das muss man ihnen lassen", sagte Theodore in einem Ton, der fast bewundernd klang.

„Und was bedeutet das für uns?", fragte ich und war von Minute zu Minute frustrierter.

„Das schränkt das Feld der möglichen Diebe ziemlich ein", sagte Rafe. Wollte er mich beruhigen? Aber das war nicht sein Stil. Wenn Rafe etwas sagte, glaubte er in der Regel wirklich, dass es stimmte. Er sagte: „Es muss jemand gewesen sein, der von der Gala wusste oder von jemandem aus der Produktionsfirma davon gehört hatte. Wer wusste, dass die Juwelen an dem Abend dort sein würden?"

Theodore machte sich eine Notiz. „Leute in der Produktionsfirma, sicherlich, wichtige Leute in der Sicherheitsfirma ..." Er hielt inne und dachte nach. „Ich werde es herausfinden."

„Bryce Teddington muss es gewusst haben", sagte ich.

Rafe nickte. „Sobald der Dieb, wer auch immer es war, wusste, dass die Juwelen an dem Abend dort sein würden, hatte diese Person Zeit, einen Plan zu schmieden."

Er warf einen Blick auf Theodore, der nickte. „Aber die Ausführung war so einfach, dass sie im Handumdrehen hätte durchgeführt werden können."

Damit waren wir keinen Schritt weiter.

KAPITEL 15

Detective Inspector Ian Chisholm bat mich, ins St. Peter's College zu kommen. Das hätte mich nicht überraschen sollen. Ich wusste, dass er sich um die Ermittlungen im Mordfall kümmern würde, aber irgendwie hatte ich gehofft, mich da raushalten zu können. Das war natürlich nicht möglich. Ich fand es seltsam, dass er sich im College mit mir treffen wollte, aber ich wollte auch nicht, dass er mir durch seine Anwesenheit im Laden die Kunden vergraulte, also stimmte ich zu.

Ich arbeitete im Moment sowieso nicht viel im Laden. Da Violet und die Vampire da waren, war ich irgendwie ziellos. Ich fand es ja toll, dass sie alle versuchten, mich vor Sylvias Zorn zu schützen, aber der Laden war meine Aufgabe, mein Alltag. Ohne ihn fühlte ich mich irgendwie richtungslos und hatte viel zu viel Zeit, herumzusitzen und mir gleichzeitig Vorwürfe zu machen und mich zu bemitleiden.

Nyx war da keine Hilfe. Meine schwarze Hauskatze starrte mich aus grünen Augen an. Ich war mir sicher, dass ihr Blick vorwurfsvoll war. So, als wollte sie sagen: *Wenn du eine bessere Hexe wärst, hättest du die Sache schon längst durchschaut.*

Ich wusste, dass ich jetzt, da ich freie Zeit hatte, alle möglichen Dinge tun sollte, für die mir normalerweise keine Zeit blieb. Ich hätte zum Beispiel kochen und meine Gefriertruhe mit nahrhaften Mahlzeiten füllen können, für die Zeit, wenn ich zu viel zu tun hatte. Ich hätte meine Strickerei in Angriff nehmen können. Angesichts der Tatsache, dass ich ein Strickgeschäft führte, wäre das ein extrem nützlicher Zeitvertreib gewesen. Es war ja nicht so, dass ich nicht besser würde. Das schon, aber es ging mir nicht leicht von der Hand.

Ich hatte noch eine andere Aufgabe, für die ich meine freie Zeit hätte nutzen sollen, nämlich, mich mit meinem Athame vertraut zu machen und diesen Zeremoniendolch richtig zu benutzen. Seit ich ihn mit nach Hause gebracht hatte, hatte ich ihn kaum angerührt.

Ich überlegte mir alle Optionen, und ein Treffen mit Ian im College, um einen Mordfall zu besprechen, schien mir tatsächlich eine gute Möglichkeit, meine Zeit zu nutzen.

Ich beschloss, zu Fuß dorthin zu gehen. Dafür würde ich etwa zwanzig Minuten brauchen, und das könnte ich wenigstens als Trainingseinheit verbuchen. Es war bewölkt und kühl, also zog ich mir einen moosgrünen Pullover, Jeans und bequeme Wildlederschuhe an. Mein langes, blondes Haar band ich zu einem Pferdeschwanz und machte mich auf den Weg. Ich liebte Oxford. Besonders gern spazierte ich durch die Altstadt, wo die alten Collegegebäude oft auf noch älteren Collegegebäuden errichtet worden waren. So vieles war hier passiert. Die Tunnelgänge, die die Vampire durchstreiften, gehörten im Grunde zu einer Stadt unter der Stadt. Die Zeit häufte immer mehr auf, solange, bis eine Zivilisation begraben war und eine andere auf ihren Überresten einfach weiter existierte. Ein bisschen wie das Eishaus, in dem Bryce Teddington gefunden worden war.

Ich versuchte, diese düsteren Gedanken zu verdrängen, während ich durch die Stadt ging, vorbei an Studenten und Reisegruppen, Radfahrern und Anwohnern.

Als ich am College ankam, ließ mich der Pförtner hinein. Mittlerweile kannte er mein Gesicht. Er sagte: „Die Kripo wartet auf Sie", als müsste er mich warnen. Als würde ich als freie Frau hereingelassen und in Handschellen abgeführt. Was ich vielleicht auch verdient hätte.

Ich fand Detective Inspector Chisholm, während er gerade die offene Tür des geheimen Schranks inspizierte, in dem noch immer der alte Nachttopf stand, und sein Kollege ihn von der anderen Seite der Nische aus beobachtete.

Der Sicherheitsdirektor stand hinter ihnen, als wüsste er nicht recht, was er tun sollte. Als er mich sah, wirkte er sehr erleichtert. „Lucy. Es tut mir so leid, dass Sie noch einmal hierher zurückkommen mussten."

Mir ging es genauso. Aber ich versuchte, ihn zu beruhigen und ihm zu sagen, dass es mir keine Umstände machte. Als er meine Stimme hörte, schloss Ian den Schrank und erhob sich.

Er nickte. „Lucy. Ich frage mich, ob du uns die Ereignisse des letzten Abends eines nach dem anderen schildern könntest. Alles, an das du dich erinnern kannst."

Ich nickte. Schließlich hatte ich den Abend ja unablässig immer wieder Revue passieren lassen. Zweifellos hatte er auch Kopien des Kurzfilms und aller Fotos, die an diesem Abend gemacht worden waren. Ich ging jeden meiner

Schritte und jede Person, der ich begegnet war, noch einmal durch. Und dann erzählte ich ihm von Bryce Teddington und seinen unverständlichen Bemerkungen. „Er fragte, wo der Regisseur sei, und sagte etwas über die Bilanz, und er schien besorgt wegen der Filmstars. Ich war mir nicht ganz sicher, worauf er hinauswollte, aber er sagte immer wieder, es gäbe kein Gleichgewicht. Etwas müsste im Gleichgewicht sein. Und dann wurde er richtig aufgeregt und bat mich, mich in einer ruhigen Nische mit ihm zu treffen. Er hätte mir etwas Wichtiges zu sagen."

Ian versuchte, seine teilnahmslose Polizistenmiene beizubehalten, aber ich kannte ihn sehr gut. Er sah mich an, als könne er nicht glauben, dass ich so etwas Dummes getan hatte, wie mich mit Schmuck im Wert von Millionen von Dollar am Leib in einem Korridor mit einem praktisch wildfremden Menschen zu treffen. Natürlich ist es im Nachhinein immer leicht zu erkennen, dass man eine Dummheit begangen hat, aber zu dem Zeitpunkt war mir Bryce Teddington aufrichtig und nervös erschienen, wie einer, der einfach nur das Richtige tun wollte.

Und in jenem Moment hatte ich wohl vergessen, dass ich ein Vermögen an Juwelen umhängen hatte. Ich hatte nur sichergehen wollen, dass Sylvia nicht in etwas hineingezogen würde, das für sie ein schlechtes Ende nähme. Die Mühe, ihm das alles zu erklären, machte ich mir gar nicht erst. Das hätte mich nur noch dümmer erscheinen lassen, als ich mich ohnehin schon fühlte.

„Du hast seine Aufforderung zu dem Treffen angenommen."

„Ja. Ich habe mich bereiterklärt, mich mit ihm in einem

ruhigen Korridor in der Nähe der Damentoilette zu treffen. Oder ich habe es zumindest versucht."

Er nickte. „Erzähl mir genau, was passiert ist."

Ich begann, es ihm zu beschreiben. „Neben der Damentoilette stand ein Wagen, an dem ein riesiger Wäschebehälter hing. Jemand hatte ihn dort an die Wand geschoben. In dem Moment schenkte ich ihm keine besondere Beachtung."

„Aber du bist sicher, dass er dort stand?"

„Ja." Ich erinnerte mich, die Wäsche gesehen zu haben, weil ich um sie herumgehen musste. Wie bei so vielen Dingen hatte ich sie damals nicht wirklich bemerkt, aber im Rückblick hatte ich sie wieder vor mir gesehen.

„Hast du jemanden gesehen, der ihn schob oder danebenstand?"

Ich schüttelte den Kopf. Ich hatte mir schon das Hirn zermartert, um mich zu erinnern, ob ich irgendjemanden oder irgendetwas Ungewöhnliches bemerkt hatte, aber ich hatte wirklich nichts bemerkt. „Eine Frau ist aus der Damentoilette gekommen, aber ich glaube, sie war eine Kellnerin."

Sein Blick wurde daraufhin schärfer. „Würdest du sie wiedererkennen?"

„Vielleicht."

„Wenn du ein Foto sehen würdest?"

„Ich habe sie nur kurz gesehen. Ich erinnere mich an das Kleid im Stil der Zwanziger Jahre. Ich weiß gar nicht, ob ich ihr Gesicht wirklich bemerkt habe." Ich hatte sie auf keinem der Fotos des Abends gesehen.

Und dann ging ich noch einmal durch, wie ich zu meiner Verabredung mit Bryce Teddington gekommen war und er nicht da war, wie man mir eins übergezogen hatte und alles Weitere, bis zu dem Zeitpunkt, als wir Bryce gefunden hatten.

Während ich von dieser Tortur berichtete, hatte er mich die ganze Zeit über aufmerksam beobachtet. „Hattest du vermutet, Bryce Teddington hätte die Juwelen gestohlen?"

Dies zu bejahen, wäre zu einfach gewesen. Und es zu verneinen, erst recht. Ich war hin- und hergerissen. Dann sagte ich: „Ich glaubte, er versuchte wirklich, das Richtige zu tun. Ob ich ihn für übertrieben nervös gehalten habe? Ja. Aber für einen Gauner, der einen Diebstahl plante? Nein."

„Und als seine Leiche entdeckt wurde?"

„Wahrscheinlich war die einfachste Erklärung, dass er Teil eines Diebesrings war und man ihn loswerden wollte, nachdem er seinen Teil erledigt hatte."

„Das klingt nicht so, als würden du es wirklich glauben."

Wieder schüttelte ich den Kopf. „Ich glaube, er wurde hinters Licht geführt. Wenn mein Instinkt richtig ist, war er ein guter Kerl. Irgendjemand hat zufällig mitbekommen, dass wir uns verabredet haben, und hat die Gelegenheit genutzt, mir eins über den Kopf zu ziehen und die Juwelen zu stehlen."

Danach musste ich ihm den Tag schildern, an dem wir Bryce gefunden hatten, und er stellte mir die Frage, die ich mir seit diesem Vorfall ständig stellte: „Hast du eine Ahnung, wer eventuell die Absicht gehabt haben könnte, diese Juwelen zu stehlen?"

Ich war so frustriert, dass ich hätte losschreien können. „Nein. Das ist nicht wie ein Raubüberfall auf den örtlichen Juwelierladen. Dieser Schmuck hat großen Symbolwert. Ich mache mir Sorgen, dass das Schmuckset zerteilt und in Einzelstücken verkauft wird und dass Silvia ..." Angestrengt überlegte ich, wie ich den Satz umformulieren konnte und sagte schließlich: „...dass Sylvias Andenken beschädigt wird.

Die Menschen werden sich nicht an sie als die großartige Schauspielerin erinnern, die sie war, sondern an die, der die berühmtesten Juwelen gestohlen wurden. Und zwar direkt vor meiner Nase", schloss ich verbittert.

Er nickte. „Und es hat sich niemand bei dir gemeldet? Und angeboten, sie zurückzuverkaufen? Ist nichts Ungewöhnliches passiert?"

Zum dritten Mal schüttelte ich den Kopf. „Ich wünschte, es würde sich jemand bei mir melden. Ich würde diesen Schmuck zu gerne zurückbekommen."

Sein Gesicht verhärtete sich. „Mach keine Dummheiten, Lucy. Derjenige, der dir auf den Kopf geschlagen hat, hat höchstwahrscheinlich Bryce Teddington getötet. Wenn irgendetwas Verdächtiges passiert, egal was, dann ruf mich an."

„Natürlich, das werde ich tun." *Natürlich würde ich das nicht tun.* Ich würde Rafe und Theodore anrufen. Aber nachdem ich sie angerufen hätte, würde ich sicherlich die Polizei von Oxford einschalten.

„Vielen Dank. Fürs Erste wäre das alles."

Ich machte mich auf den Rückweg durch das College, und als ich aus dem Haupteingang kam, ging eine Studentin vorbei.

Aber irgendetwas brachte mich dazu, noch einmal genauer hinzusehen. Sie war die Frau, die auf den Fotos im Hintergrund im Gespräch mit Bryce Teddington zu sehen war. Ihre Frisur war anders, und sie sah aus wie eine Studentin, mit Rucksack, Kapuzenpulli und Jeans. Aber ich war mir sicher, dass sie es war. Was machte sie hier? War sie Studentin? Und wenn ja, warum hatte sie dann mit Bryce Teddington gesprochen?

Sie schaute mich an, als hätte sie meinen Blick auf sich gespürt, und schaute dann schnell wieder weg und drehte den Kopf zur Seite. Verflixt! Egal. Ich ging zu ihr hinüber. „Entschuldigen Sie. Ich habe das Gefühl, dass ich Sie von irgendwoher kenne."

Sie war sichtlich erschrocken, als sie so angegangen wurde. Sie trat einen Schritt zurück und sah mich völlig ausdruckslos an. „Nein. Das glaube ich nicht." Ihre Stimme war wie sie selbst, unauffällig, von irgendwo aus England ohne klar erkennbaren Akzent. Sie hatte ein Allerweltsgesicht. In einer Menschenmenge könnte sie an mir vorbeigehen, ohne dass ich genauer hinsehen würde. Und wenn ich mir die Frau auf den Bildern nicht so genau angeschaut hätte, wäre ich an ihr vorbeigegangen, ohne einen zweiten Blick auf sie zu werfen.

Ich hätte mich trotzdem irren können, aber das glaubte ich nicht. „Ich bin mir sicher, Sie neulich abends hier gesehen zu haben. Bei einer Gala."

Ihr wegwerfendes Lachen schien mir unecht. „Ich habe so ein Gesicht. Alle meinen, mich zu kennen. Ich fürchte, ich bin einfach der Typ Mädchen von nebenan." Sie machte Anstalten, weiterzugehen.

Ich stellte mich vor sie und versperrte ihr den Weg. „Ich glaube keineswegs, dass Sie ein Mädchen von nebenan sind. Hinter dieser Tür ist gerade ein Polizeibeamter. Sollen wir ihn holen gehen?"

Mein Herz schlug ein wenig zu schnell. Nach allem, was ich wusste, war diese Frau eine internationale Juwelendiebin und Mörderin. Aber ich fühlte mich ziemlich mutig, da es mitten am Tag war und zwei Beamte der Kripo Oxford in Rufweite waren.

Ich konnte fast sehen, wie sie krampfhaft versuchte, sich etwas einfallen zu lassen. „Hören Sie, ich bin bloß Studentin."

„Ach ja? Was studieren Sie denn? Und wo ist Ihr Zimmer? Wer sind Ihre Professoren?" Sie öffnete den Mund, und ich schnitte ihr erneut das Wort ab. „Versuchen Sie nicht, mich anzulügen. Sie waren an jenem Abend da. Und Sie wissen etwas. Was wissen Sie?"

Ich ging einen Schritt näher und sah ihr direkt ins Gesicht. So fertig war ich. Ich benahm mich schon wie so ein Klugscheißer in einem Mafia-Film. Das war nicht ich. Aber ich hatte nun einmal Angst davor, was Sylvia tun würde, wenn ich die Juwelen nicht zurückbekäme. Diese Frau hatte keine Ahnung, wie verzweifelt ich war. Ich vermutete jedoch, dass sie etwas ahnte, da sie sich rasch umsah, als wollte sie die Flucht ergreifen.

Als klar war, dass sie keinen Ausweg hatte, wenn sie nicht tatsächlich die Studentin war, für die sie sich ausgab, senkte sie die Stimme und sagte: „Okay. Ich bin Filmstudentin. Ich bin reingekommen, indem ich so getan habe, als wäre ich eine der Kellnerinnen, dann habe ich mein Kostüm abgelegt und an der Party teilgenommen."

„Warum haben Sie mit Bryce Teddington gesprochen?"

Sie wirkte geschockt, dass ich sie zusammen gesehen hatte, dann erholte sie sich. „Ich habe ein Drehbuch. Ich versuche, es an das Studio zu verkaufen. Ich habe ihn gefragt, mit wem ich reden kann, und er sagte, ich solle mich bei Lord Pevensy einschmeicheln."

Das ergab tatsächlich einen Sinn, zumal es ein Foto von ihr und seiner Lordschaft gab, das später aufgenommen wurde, als Lord Pevensy verärgert aussah.

„Was stand auf dem Zettel, den er Ihnen gegeben hat?"

„Lord Pevensy?"

Nein, der Weihnachtsmann ... „Bryce Teddington."

Sie leckte sich über die Lippen. „Es war die Durchwahl einer gewissen Annabel. Sie ist die Kreativdirektorin, und er sagte, wenn ich entweder sie oder Lord Pevensy dazu bringen könnte, mein Drehbuch zu lesen, hätte ich eine Chance, dass mein Film gedreht wird."

Eine Gruppe Studenten ging vorbei, und sie ließ mich stehen. „Tut mir leid, ich komme zu spät zum Unterricht."

Bevor ich sie aufhalten konnte, hatte sie sich unter die Studenten gemischt.

KAPITEL 16

*D*er Vampir-Strickclub traf sich an diesem Abend, und ich wollte nicht hingehen. Granny erzählte mir, dass sie Sylvia zur Teilnahme überredet hatte, als ob das ein beruhigender Gedanke wäre. Selbst die Gewissheit, dass ich von etwa einem Dutzend starker Vampire umgeben sein würde, die meine Freunde waren, ließ mir in Sylvias Nähe nicht wohler werden. Wenn jemand nachtragend sein konnte, dann diese Vampirin.

„Du musst kommen, Liebes", sagte Granny mit besorgtem Blick. „Wir müssen diese Sache hinter uns bringen. Ich kann diesen ganzen Unfrieden nicht ertragen."

„Ich glaube nicht, dass wir den Unfrieden hinter uns haben, wenn ein Vampir einen mit buchstäblichem Blutrausch in den Augen ansieht."

Sie öffnete den Mund, als wolle sie mir widersprechen oder mir vorwerfen, ich sei zu dramatisch, um ihn dann wortlos wieder zu schließen. Wenn überhaupt, hatte ich die Lage höchstens zu harmlos dargestellt. Sylvia sah mich ja nicht einmal an. So, als wäre ich nicht nur verachtenswert, sondern gar nicht vorhanden. Ich hatte einen verängstigten Blick auf ihr Gesicht geworfen und wäre bereit gewesen, mit meinem letzten Atemzug – der sicher bald kommen würde – zu schwören, dass ihre Augen blutrot geworden waren. *Blutrot.*

Ich wollte keine dieser schwachen Frauen sein, die sich auf den Schutz eines Mannes verließen, aber in diesem Fall beschloss ich, an diesem Abend nicht zu dem Clubtreffen zu gehen, wenn Rafe nicht auch käme. Ich wusste, dass ich mich auf ihn verlassen konnte. Ich rief ihn an und fragte ihn um Rat.

„Soll ich gehen oder nicht?"

Es folgte eine lange Pause. Ich konnte mir vorstellen, wie er das Für und Wider abwog. Schließlich sagte er: „Irgendwann werdet ihr beide einmal einen Strickkreis gemeinsam überstehen müssen. Ich bin mir nicht sicher, ob dies der beste Zeitpunkt ist, aber andererseits kann Sylvia uns vielleicht bei unseren Ermittlungen helfen. Ich denke, du solltest vielleicht hingehen. Ich werde auf der einen Seite neben dir sitzen und deine Großmutter auf der anderen ..."

„Granny?", fragte ich. Ich liebte Granny von ganzem Herzen, aber gegen jemanden, der grausam und gewalttätig war, schien meine liebe Großmutter, die ihr Leben lang ein Strickwarengeschäft geführt hatte, nicht die beste Beschützerin zu sein.

Aus Rafes Kehl drang ein leises Glucksen. „Die Liebe, die diese Frau für dich empfindet, ist außergewöhnlich. Wenn ich in all der Zeit, die ich auf der Erde verbracht habe, etwas gelernt habe, dann, dass die Liebe die stärkste Kraft ist, die es gibt. Deine Großmutter würde Sylvia in Stücke reißen, bevor sie zulassen würde, dass sie dir etwas antut."

Den letzten Teil des Satzes ließ er weg, aber ich konnte die unausgesprochenen Worte hören. *„Und ich ebenfalls."*

Und so ging ich an diesem Abend um zehn Uhr, während das Herz in meiner Brust vor Angst Saltos schlug, hinunter in den Laden. Ich hatte in den letzten Tagen wegen des erwähnten Blutrausches nicht mehr dort gearbeitet, und so war es ein seltsames Gefühl, ihn zu betreten. So, als würde ich aus dem Urlaub zurückkommen. Ich sah mich kurz im Laden um, um mich zu vergewissern, dass alles in Ordnung war. Wenn überhaupt, dann war er in einem besseren Zustand. als wenn ich ihn selbst führte. Alle Regale waren bis auf den letzten Zentimeter aufgeräumt.

Wolle ist nicht gerade das einfachste Material, wenn man es perfekt ausrichten will. Aber gemeinsam hatten Clara und Mabel es geschafft. Ich bemerkte, dass sie meine Kollektion fertig gestrickter Pullover so umgehängt hatten, dass ihre eigenen Kreationen im Geschäft weiter vorn ausgestellt waren. Dieses bisschen Eitelkeit brachte mich zum Lächeln. Und obwohl sie eher unscheinbar als schön waren, veränderte ich nichts an der Ordnung.

Die Pullover im Diamantmuster sahen toll aus an der Rückwand. Ich würde die beiden Frauen, die den Laden derzeit betrieben, fragen müssen, wie sie sich verkauften. Mir fiel ein, dass wir einige der extralangen Strümpfe dazu hängen konnten, die bei unserem Weihnachtsstand im letzten Winter so gut eingeschlagen hatten.

Rafe kam zur Vordertür herein und sah fast ärgerlich aus, als er mich sah. „Lucy. Du hättest oben auf mich warten sollen. Was machst du hier im Laden, ganz allein?"

„Ich habe auf dich gewartet." Ich konnte mich nicht beschweren, er sei zu spät gekommen, denn ich war etwa zehn Minuten zu früh dran. „Ich wollte den Laden sehen und mich vergewissern, dass er in Ordnung ist."

Er kam ganz nah an mich heran. „Bis Sylvia sich beruhigt hat, oder besser noch, bis wir ihre Juwelen gefunden haben, darfst du nicht allein sein. Hast du mich verstanden?"

Obwohl er mich von oben herab herumkommandierte, verstand ich ihn natürlich. Ich nickte. „Ich wusste, dass du in der Nähe warst. Und Sylvia wohnt nicht als einzige Vampirin da unten. Es gibt dort eine ganze Reihe Vampire, die mich verteidigen würden." Ich schluckte. „Hoffe ich."

„Bleib heute Abend nah bei mir und deiner Großmutter."

Wir gingen ins Hinterzimmer und da wir die Ersten waren, half er mir, die Stühle in unserem üblichen Kreis aufzustellen. Granny kam als Erste von unten herauf. Es war so seltsam, sie allein kommen zu sehen, wo sie doch immer und überall fast alles mit ihrer besten Freundin Sylvia unternahm. Aber Granny setzte ihre Grenzen und das fand ich wirklich gut. Mehr als mit Worten brachte sie mit Taten zum Ausdruck, dass sie auf meiner Seite stand, falls etwas schieflief.

Fast so, als hätten sie es vorher abgesprochen, was vielleicht auch der Fall war, nahm Granny den Platz neben mir ein. Sie holte ihren Gobelinstrickbeutel heraus und zeigte mir, woran sie gerade arbeitete. Da Granny nun einmal Granny war, hat sie das einfache Diamantstrickmuster genommen und aufgepeppt, indem sie es mit Stickereien und Stiftperlen verziert hatte. Auf den grünen Strickuntergrund hatte sie ein rotes Band mit Weihnachtskugeln gestickt. „Ich stricke gerade ein paar sehr schöne Pullis. Ich dachte, ich mache ein paar Kindersachen, mit Schneemännern und

Elfen und so weiter, und schließlich mache ich zum Spaß ein paar sehr hässliche Weihnachtspullis."

„Wir werden ausverkauft sein", sagte ich und griff ihre Begeisterung auf.

Sie sagte: „Ich dachte, es wäre vielleicht ganz lustig, deiner Ausstellungswand ein paar aufwändigere Pullover hinzuzufügen. Wer will, könnte sie fertig kaufen, oder du könntest ein komplettes Strickset zusammenstellen, inklusive der zusätzlichen Strickanleitung."

Das hielt ich für eine großartige Idee und sagte es ihr auch. Die Sets waren nicht nur praktisch für die Kunden, sondern brachten auch einen kleinen Zusatzgewinn für die fleißige Inhaberin eines Strickladens. Sie machte sich ans Stricken und ich holte meine derzeitige Strickarbeit heraus. Man kann nicht fast zwei Jahre lang ein Strickwarengeschäft führen und von einigen der größten Strickexperten der Weltgeschichte Unterricht erhalten, ohne ein oder zwei Dinge zu lernen. Ich würde niemals eine Leidenschaft für das Stricken entwickeln, aber ich wurde langsam besser. Nun hatte ich beschlossen, dass ich gut genug geworden war, um Pullover für meine Eltern zu stricken. Sie schafften es nur selten, zu Weihnachten zu kommen, und ich schaffte es nur selten zu der archäologischen Ausgrabungsstätte, an der sie arbeiteten, also hatten wir hauptsächlich über soziale Medien und das Telefon Kontakt. Einen Pulli im Diamantmuster würde ich nicht hinbekommen. Das war viel zu kompliziert für meine Grundkenntnisse, aber mit ein wenig freundschaftlicher Hilfe von meiner Großmutter strickte ich meiner Mutter eine Schoßdecke und meinem Vater einen bunten Schal. Ich holte mein Strickzeug heraus und versuchte, mich an die Arbeit zu machen, aber ich war so nervös, dass meine Hände zitterten und die Nadeln zusammenklackten.

Jedes Mal, wenn sich die Falltür öffnete, blickte ich ängstlich auf. Theodore und Dr. Christopher Weaver kamen gemeinsam. Als Nächstes kamen Hester und Carlos. Carlos sah enttäuscht aus, als er Granny neben mir sitzen sah. Normalerweise nahm er diesen Platz ein, denn wir waren so etwas wie die Förderklasse, und saßen in der Regel zusammen, um uns Gesellschaft zu leisten und uns gegenseitig Mut zu machen. Hester war jedoch nur zu froh, ihn für sich allein zu haben, und so nahmen die beiden jungen Vampire nicht weit von mir entfernt Platz.

Clara und Mabel kamen gemeinsam herein und plauderten, und dann kam Alfred herauf, der in Tweedjacke und Krawatte äußerst elegant aussah. Ein Platz war noch frei. Würde sie kommen?

Ich konnte mich nicht konzentrieren. Ich betrachtete die Wolle auf meinem Schoß und versuchte mich zu erinnern, was daraus werden sollte. Und was ich als Nächstes tun sollte.

Schließlich öffnete sich die Falltür ein weiteres Mal. Ich blickte verstohlen auf und Sylvia stieg auf wie eine Eiskönigin. Sie trat heraus und stand einen Moment lang da, als würde sie gleich die Bühne betreten und einen großen Auftritt haben. Und das tat sie wirklich. Jedes Paar Stricknadeln hielt inne. Jedes Paar Augen waren auf sie gerichtet. Es herrschte absolute Stille.

Es hätte ewig dauern können, wäre da nicht ein Miauen gewesen, und Nyx plötzlich aus dem Laden ins Hinterzimmer getappt. Das brach die Stille, als würde ein Glas zerbrechen. Und plötzlich waren alle wieder bei der Arbeit, strickten und unterhielten sich leise. Obwohl alle Augen Sylvia am Rand ihres Blickfeldes hatten, dessen war ich mir sicher.

Sie war ganz in Schwarz gekleidet, so als wolle sie zu einer Beerdigung. Es fehlte nur noch der schwarze Hut mit dem Trauerschleier über ihrem Gesicht. Das Theater lag Sylvia im Blut, und sie hatte es nie besser bewiesen als in diesem Moment. Wäre ich nicht schon von Schuldgefühlen geplagt gewesen, was ich war, hätte ich gespürt, wie sich die kalte Klinge ihrer Verzweiflung in mein Herz bohrte.

Nyx sah sich um, und als ihr grün-goldener Blick auf Sylvia landete, krümmte sich ihr Rücken. Sie öffnete ihren Mund zu einem lautlosen Zischen. Dann sprang sie auf meinen Schoß, und anstatt sich zum Schlafen zusammenzurollen, blieb sie dort sitzen wie ein Wachsoldat. Ich hatte solche Statuen im Britischen Museum gesehen. Die Katze sitzt aufrecht und bewacht Denkmäler und Gräber. So sah sie aus. Kein niedliches Kätzchen mehr, sondern eine Kraft, mit der man rechnen muss. Mit Rafe auf der einen Seite, meiner Großmutter auf der anderen und einer knallharten, entschlossenen Vertrauten auf meinem Schoß fühlte ich mich so sicher, wie es nur ging.

Sylvia sagte kein Wort. Sie schritt zu dem leeren Stuhl zwischen Carlos auf der einen und Alfred auf der anderen Seite und setzte sich. Sie zog ihr Strickzeug heraus, es war ein schwarzer Mantel. Ehrlich gesagt sah sie mit ihrem blassen Gesicht und der schwarzen Kleidung langsam so aus wie Hester in ihrer schlimmsten Gothic-Phase.

Unser sonst so fröhlicher und fleißiger Strickkreis schien in seiner Mitte ein schwarzes Loch zu haben, das alle gute Laune und den guten Willen in sich einsaugte. Es herrschte eine peinliche Stille, und dann sagte Clara: „Okay allerseits. Beginnen wir mit unserer Präsentation"

Ich fand es süß, dass Clara die Rolle der Moderatorin übernommen hatte. Ich stellte mir vor, dass sie sich dazu berechtigt fühlte, weil sie den Laden führte. Was auch immer der Grund war, war ich ihr dankbar, dass sie angefangen hatte. Und ich konnte ihre Anspannung spüren, denn ihre Stimme war höher als sonst und sie sprach viel lauter als nötig.

Sie drehte sich um und sagte: „Hester, fangen wir mit dir an."

Hester holte den Pullover im Diamantmuster hervor, an dem sie gerade arbeitete und der für den Laden gedacht war. Granny hatte sie offensichtlich dazu überredet, auch einen der hübschen verzierten Pullover zu machen, und sie bemühte sich, zu erklären, wie ihre Entwürfe auf Pullover appliziert werden konnten. Statt weihnachtlicher Motive hatte sie sich für eine Doppelhelix auf grünem Hintergrund und eine schwarze Musiknote auf weißem Hintergrund entschieden. „Ich dachte, das wäre ein gutes Geschenk für Studenten, die Naturwissenschaften oder Musik studieren. Ich habe Ideen für viele verschiedene Motive." Sie schien ihre Idee verteidigen zu wollen, also fürchtete sie wohl, diese würde uns nicht gefallen.

Aber mir gefielen ihre Pullover sehr und das sagte ich ihr auch.

„Ist einer davon für mich?", fragte Carlos mit schelmischem Blick.

„Nein!" Ihre Antwort schleuderte sie ihm fast entgegen. Niemand erwähnte den Fluch des Liebespullovers, aber er schwebte in der Luft über uns. Schließlich sagte Carlos:

„Gut" und brachte damit Hester fast dazu, über dem Boden zu schweben.

Die Vorträge in unserer Präsentationsrunde waren alle sehr kurz. Dies würde kein normales Treffen werden, und das wussten wir alle. Als Sylvia an die Reihe kam, zeigte sie uns das schwarze Tuch und sagte mit Grabesstimme: „Ich arbeite an meinem Leichentuch."

Fast hätte ich kichern müssen. Wirklich. So ein nervöses, entsetztes, unangebrachtes Kichern, wie es einen vor lauter Anspannung mitten in einer feierlichen Beerdigung überkommt. Und sie trug wirklich dick auf. Wann würde Sylvia jemals ein Leichentuch brauchen? Sie hatte in den letzten hundert Jahren keines gebraucht, und sie schien durchaus noch ein paar Jahrhunderte durchhalten zu können.

Niemand sagte etwas, und wir wandten uns dann glücklicherweise Alfred zu, der nur zu gerne seine Häkeldecke vorführte.

„Wird dir leicht kalt?", fragte ihn Clara.

Er blickte über seine sehr lange Nase hinab. „Nein. Sie ist für einen guten Zweck."

Gott sei Dank kam ich gar nicht mehr an die Reihe. Sylvia stand plötzlich auf und sagte: „Ja, ja, aber ich bin nicht hergekommen, um mir einen Haufen schlecht gestrickter, scheußlich zusammengestellter, laienhafter Entwürfe anzusehen. Was habt ihr über meine Juwelen herausgefunden?"

Die Stille, die auf ihren Ausbruch folgte, war gelinde gesagt angespannt.

Es lag eine Energie im Raum, als hätte ein einzelner Mensch versucht, ein Rudel hungriger und wütender Wölfe anzugreifen. Ich spürte, wie sehr sich alle zügeln mussten, um ihre Wut zu dämpfen.

Theodore ergriff das Wort. „Also, wenn keiner etwas dagegen hat, können wir zur Besprechung des bedauerlichen Diebstahls von Sylvias Cartier-Schmuck übergehen."

Sie gab einen sehr unhöflichen Laut von sich. „Bedauerlich, das kann man wohl sagen."

Ich blickte nicht einmal von meinem Strickzeug auf, denn ich spürte, wie sie mich zum ersten Mal seit dem Vorfall direkt anstarrte. Und ich wollte nicht noch einmal diese blutroten Augen sehen. Von so etwas bekam man Albträume.

Theodore legte dar, was wir bisher wussten: die Entdeckung von Bryce Teddingtons Leiche und die geheimnisvolle Frau, mit der er gesprochen hatte und die heute wieder am College aufgetaucht war.

„Also habt ihr nichts", sagte sie wütend.

Theodore sagte: „Ich bin immer noch neugierig, warum das Studio dich gerade jetzt kontaktiert hat. Warum wollten sie so kurz vor Beginn des Projekts unbedingt die Juwelen bekommen und eine Gala veranstalten?"

Sylvia wirkte gereizt angesichts dieser Befragung. „Es ist offensichtlich ein genialer Film, eine Ikone. Meine Leistung war legendär. Ich bin überrascht, dass es so lange gedauert hat."

„Das sollte nicht respektlos klingen", sagte Theodore hastig. „Aber dein Anwalt wurde praktisch aus heiterem Himmel von Rune Films kontaktiert. Ist es normal, eine Gala für einen Film zu veranstalten, bevor jemand Bedeutendes an dem Projekt beteiligt ist? Vom männlichen Hauptdarsteller wissen wir, dass er gerade erst aus der Reha gekommen ist und jede Chance ergriffen hätte. Aber sie hatten weder Regisseur noch Drehbuchautor noch die Besetzung für die weibliche Hauptrolle. Noch nicht einmal die

Kostümbildnerin hatte einen Vertrag. Bryce Teddington hat Lucy gesagt, da sei etwas aus dem Gleichgewicht geraten. Meinst du, er könnte recht gehabt haben?"

„Diesen Namen will ich nicht mehr hören!"

Er sah uns alle an, sein Engelsgesicht war ein Meisterwerk der Geduld. „Ich frage mich, wie wir herausfinden können, warum so auf diese Gala gedrängt wurde."

„Zweifellos war das ein Werbegag, um die Finanzierung zu fördern", sagte Sylvia.

Da ergriff ich das Wort. „Ich könnte dort anrufen, wenn ihr wollt. Ich kenne da ja einige Leute."

Sylvia gab einen erstickten Laut von sich.

Ich starrte sie wütend an. Langsam war ich es leid, mich so behandeln zu lassen. Es reichte. „Ich kann dort anrufen und mich für den schönen Blumenstrauß bedanken, den sie mir geschickt haben, nachdem ich fast umgebracht worden wäre, während ich mit deinen Juwelen herumstolziert bin."

Ich konnte meine eigene Tapferkeit kaum fassen. Sowohl Rafe als auch Gran lehnten sich näher an mich heran, als ob sie jeden Moment einen Angriff erwarteten. Sogar Nyx streckte ihren Rücken und starrte die elegante Vampirin genauso wütend an wie ich.

Die Spannung löste sich, als Sylvia plötzlich ihr Strickzeug zurück in die Tasche steckte und sagte: „Gut. Dann schau mal, was du herausfinden kannst."

„Das werde ich tun. Vielen Dank."

KAPITEL 17

Am nächsten Tag rief ich bei Rune Films an. Ich fragte nach Annabel, der Kreativdirektorin. Als ich meinen Namen nannte, wurde ich in schmeichelhaftem Tempo durchgestellt. „Lucy, ich kann Ihnen nicht sagen, was für ein schlechtes Gewissen ich habe, dass unser schöner Abend in einer Katastrophe geendet ist. Wie geht es Ihrem armen Kopf?"

Es war schön, wenn jemand einen so bemitleidete und mir wurde gleich warm ums Herz. Natürlich hatte ich den Verdacht, dass sie mit den Blumen und der überschwänglichen Anteilnahme versuchen wollten, etwas abzuwehren ... Was wohl? Ein Gerichtsverfahren? Sie hatten getan, was sie konnten. Sie hatten für Sicherheit gesorgt. Und wir hatten nicht einmal von ihnen verlangt, die Juwelen für diese eine Nacht zu versichern, weil sie nicht versicherbar waren. Zumindest hatte Sylvia das gesagt. Ich vermutete, dass das Geld für sie keinen materiellen Wert hatte. Sie wollte ihre Juwelen, nicht deren Geldwert.

„Warum hat Rune Films beschlossen, diesen Film neu zu verfilmen?"

„*Die Frau des Professors?* Nun, er ist eine Ikone. Ich habe mich in der Filmschule damit befasst. Es schien der richtige Zeitpunkt zu sein."

„Also war es Ihre Idee, den Film neu zu verfilmen?"

„Nun, in Wirklichkeit hatte ich das immer schon tun wollen, aber man braucht natürlich die Finanzierung. Ich habe das wohl oft genug erwähnt, und als Simon Dent von Man Drake davon erfuhr, hat er sich an mich gewandt. Es ist auch einer seiner Lieblingsfilme, wissen Sie."

Das half mir nicht weiter. „Aber bei der Gala war er nicht dabei."

Sie kicherte. „Um Himmels willen, nein. Simon Dent lebt sehr zurückgezogen. Er hat eine Menge Geld. Er ist ein leidenschaftlicher Filmemacher. Aber er hat schreckliche Angst vor Keimen. Ich glaube, den hat seit Jahren keiner mehr gesehen."

„Wann haben Sie ihn zuletzt gesehen?"

„Noch nie. Ich glaube, er hatte sich aus der Öffentlichkeit zurückgezogen, bevor ich meine Karriere begann."

„Er überlässt also Ihnen die Führung. Schickt er denn nur Geld und ist gar nicht kreativ an der Produktion beteiligt?" Ich hatte keine Ahnung, wovon ich sprach. Ich versuchte nur, sie zum Reden zu bringen, in der Hoffnung, dass irgendetwas Wichtiges aufkam.

Es folgte eine kurze Pause. „Lucy, ich sage es Ihnen nur ungern, aber ich bin mir nicht sicher, ob wir mit dem Projekt weitermachen werden."

Oh, nein. Das hatte auch Patricia Beeton gesagt. Um Sylvias willen hatte ich gehofft, dass das nicht der Fall war.

„Das zu hören, tut mir sehr leid. Ist es wegen des Diebstahls?"

„Ehrlich gesagt weiß ich das nicht. Wir für unseren Teil waren bereit weiterzumachen. Aber dies ist eine Koproduktion zwischen uns, also Rune Films, und Man Drake. Sie müssen mit denen reden. Sie sind diejenigen, die sich zurückziehen. Ich werde meine Assistentin bitten, Ihnen die Kontaktdaten zu geben."

„Eine Sache noch", sagte ich, bevor sie mich an ihre Assistentin weiterreichen konnte. „Glauben Sie, dass Bryce Teddington etwas mit dem Diebstahl zu tun hatte?"

„Ich komme sofort", hörte ich sie sagen, so als hätte sie ihre Hand auf das Telefon gelegt. Und dann zu mir: „Ehrlich gesagt weiß ich das nicht. Tut mir leid."

Dann wurde ich an ihre Assistentin Emma weitergereicht, die mir die Telefonnummer von Man Drake gab. Der Anruf wurde sofort von Edgar Smith entgegengenommen, und wie Annabel erkundigte er sich sehr mitfühlend nach meinem Gesundheitszustand. „Ich habe mir große Sorgen um Sie gemacht. Ich wollte anrufen, aber ich war nicht sicher, ob Sie wieder auf den Beinen waren. Und ob Sie an das grausige Ende Ihres schönen Abends erinnert werden wollten. Wie geht es Ihnen?"

„Ich habe immer noch Kopfschmerzen", sagte ich ihm. „Aber es geht es mir schon viel besser, danke."

„Dass so etwas Schreckliches passieren konnte. Diese wunderschöne Gala, all diese Prominenz und Sie. Ich weiß, dass die Juwelen für Ihre Großtante angefertigt wurden, aber sie hätten auch für Sie angefertigt worden sein können. Sie haben umwerfend ausgesehen."

Dachte er, damit ginge es mir besser? Ich gab irgendeine

unbeholfene Antwort und sagte dann: „Ich frage mich, warum Ihr Chef diesen Film eigentlich machen wollte."

„Das ist eine interessante Frage. Und die Vergangenheitsform ‚wollte' ist richtig. Ich fürchte, er hält das alles für ein schlechtes Omen." Er senkte seine Stimme, als könnte jemand mithören. „Mr Dent ist sehr abergläubisch. Ehrlich gesagt hat er Angst vor allem, von Keimen bis hin zu einer Invasion Außerirdischer. Gewalt und Diebstahl, bevor wir überhaupt mit den Dreharbeiten begonnen hatten – das war zu viel für ihn."

Da überkam es mich. Ich ärgerte mich – für mich selbst und auch für Sylvia –, dass man diesen Film nach allem, was wir erlebt hatten, abbrechen würde. Wut kochte in mir hoch. Wenn Sylvia ein Remake ihres Films bekäme, dann wäre das vielleicht – aber nur vielleicht – etwas für sie. Wenn nicht, dann hätte sie ihre kostbaren Juwelen umsonst verloren. „Bitte sagen Sie Ihrem Chef, dass ich mich mit ihm treffen muss. Ich habe einige Fragen. Wegen ihm habe ich eine Juwelensammlung von unschätzbarem Wert verloren. Ein Treffen ist er mir schuldig."

Ich hatte keine Ahnung, ob mein dreister Versuch, einem Mann, der seit Jahren keinem Menschen mehr begegnet war, gegenüberzutreten, funktionieren würde, aber ich musste es versuchen.

Wieder Schweigen. Dann sagte Edgar Smith: „Ich kann Ihnen nichts versprechen. Aber ich verstehe Ihre Gefühle. Hoffen Sie, ihn umstimmen zu können?"

„Ja."

„Ok. Wenn Sie es so wollen. Ich werde sehen, was ich tun kann."

Er sagte, er würde mich zurückrufen, und, erstaunt über meine eigene Aufdringlichkeit, legte ich auf.

Einige Minuten später rief Theodore an. Er tat sehr geheimnisvoll und bat mich um ein Treffen im Elderflower Café, das direkt neben Cardinal Woolsey's lag. Er hatte mir zwanzig Minuten Vorlaufzeit gegeben und diese zwanzig Minuten verbrachte ich damit, mich zu fragen, warum in aller Welt ein Vampir sich mit mir in einer Teestube treffen wollte.

Ich kam pünktlich, vielleicht sogar ein paar Minuten zu früh. Die Inhaberinnen des Elderflower Cafés, Miss Florence Watt und Miss Mary Watt, freuten sich, mich zu sehen, was mir ein schlechtes Gewissen bereitete, da ich schon zwei Wochen nicht mehr dort gewesen war. Ich versuchte, mindestens einmal pro Woche auf einen Cream Tea, ein Sandwich oder sogar auf einen Kaffee und einen Plausch ins Elderflower zu gehen, aber in letzter Zeit war mir das eine oder andere dazwischengekommen.

Die Schwestern waren zwei achtzigjährige Damen, die in nächster Zeit nicht die Absicht hatten, sich zur Ruhe zu setzen. Sie waren schon so lange im Geschäft, wie ich auf der Welt war, und wahrscheinlich auch länger als meine Eltern lebten, und niemand machte bessere Scones als Mary Watt. Bevor ich mir einen Platz zuweisen ließ, schaute ich mich um und bemerkte, dass Theodore bereits da war.

Er saß mit einer Frau zusammen, die mir den Rücken zuwandte. Ich sagte den Damen, ich sei verabredet und ging zum Tisch hinüber.

Das Gesicht der Frau zu sehen, war ein Schock für mich. Es war die Frau, die auf der Gala gewesen war. Die geheimnisvolle Frau, die sich intensiv mit Bryce Teddington unterhalten hatte und die sich ziemlich rasch aus dem Staub gemacht hatte, als ich sie an der Uni angesprochen habe.

„Sie sind es!", sagte ich.

„Lucy", sagte Theodore, „ich möchte dir Penelope Grainger vorstellen."

„Dann haben Sie also einen Namen", sagte ich etwas sarkastisch. „Aber ist es auch ihr echter?"

„Setz dich", sagte Theodore, und das tat ich. Ich war nicht geneigt, dieser Frau zu vertrauen, und ich war überrascht, dass Theodore so freundlich dreinblickte. Er beugte sich näher zu mir, schaute sich um, um sicherzugehen, dass uns niemand belauschte, und sagte: „Penelope ist Privatdetektivin. Deshalb kam sie mir vage bekannt vor."

Das ließ die Dinge in einem anderen Licht erscheinen. Ich sah sie an. „Ach, wirklich?"

Sie blickte genauso sarkastisch, wie ich mich fühlte. „Möchten Sie meinen Ausweis sehen?"

Eigentlich schon, aber ich wusste auch, dass Theodore sich nicht so leicht täuschen lassen würde. Ich schüttelte den Kopf und fragte sie stattdessen, was sie an jenem Abend bei der Gala zu tun hatte.

Bevor sie etwas sagen konnte, kam Florence Watt an den Tisch, um unsere Bestellung aufzunehmen. Auch wenn ich einen Mörder fangen wollte, konnte ich natürlich nicht am Nachmittag ins Elderflower kommen, ohne einen Nachmittagstee zu bestellen. Dazu gehörte eine Auswahl an Sandwiches und Kuchen, darunter ein Scone mit Früchten und ein Scone ohne alles, und dazu von Florence und Mary selbst gekochte Himbeermarmelade und echte Clotted Cream. Sie hatten zwar ein Teekarte, aber ich nahm immer die Sorte „English Breakfast".

Penelope entschied sich für dasselbe, und Theodore bat um Wasser mit Kohlensäure. Als Penelope Grainger erstaunt die Augenbrauen hochzog, tätschelte er seinen dicken Bauch und sagte: „Ich bin auf Diät."

Sie schien das zu akzeptieren, und dann, als Florence Watt wieder gegangen war, sagte sie: „Ich war auf der Gala, weil Bryce Teddington mich darum gebeten hatte."

„Als seine Begleiterin?", fragte ich. Wie ein Pärchen hatten sie nicht ausgesehen. Außerdem war ich mir ziemlich sicher, von Patricia Beeton gehört zu haben, dass keine Begleitpersonen erlaubt waren.

Sie schüttelte den Kopf. „Beruflich."

Beruflich? Was sollte das den heißen? „Sie meinen, er hat sie angeheuert?"

Sie sah unbehaglich aus. „Nicht wirklich."

Ich schaute mich im Raum um. An einem Tisch saßen Frauen, die offensichtlich eingekauft hatten, denn ihr Tisch war von Tüten umgeben. Zwei Studenten saßen nebeneinander und besprachen eine Hausarbeit. Ein Tisch mit französischen Touristen rundete das Cafépublikum ab. Ich musste mich zwingen, nicht loszuschreien. „Hat er Sie nun angeheuert oder nicht?"

„Er hat mich um einen Gefallen gebeten. Es wurde kein Geld gezahlt. Offiziell hat er mich also nicht angeheuert."

„Aber Sie waren als Ermittlerin da."

„Richtig", bestätigte sie.

Theodore lehnte sich zurück und sah zu, und es schien ihm recht zu sein, dass ich die Führung bei der Befragung übernahm. Zweifellos hatte er bereits selbst mit ihr gesprochen. Aber da ich dort gewesen war und er nicht, gab es vielleicht Dinge, die ich fragen konnte und er nicht. Nicht, dass mir im Moment etwas einfiele. Außer dem Offensichtlichen. „Warum wollte Bryce Teddington Sie beruflich bei der Gala dabeihaben?"

Meine Fragestellung war nicht sehr subtil, aber das war auch nicht nötig. Sie war keine Verdächtige, der ich Informationen entlocken wollte. Sie war eine professionelle Ermittlerin. Angeblich. Allerdings wusste ich immer noch nicht, ob ich ihr trauen konnte. Wo war sie gewesen, als Bryce Teddington verschwand? In dieser Beziehung hatte sie nicht sehr eingehend ermittelt, oder doch?

Ich blickte auf und sah zwei Etagen Nachmittagstee auf uns zukommen. Wir unterbrachen erneut das Gespräch, während Florence die beiden Tortenständer vor mich und Penelope stellte. Mary kam mit Teekannen, Sahne und Zucker hinterher. Theodores Flasche Sprudelwasser sah im Vergleich zu unserem Festmahl ziemlich uninteressant aus, und Florence fragte ihn freundlich, ob er Eis oder Zitrone wolle. Er sagte nein, das wäre so in Ordnung, und beide gingen wieder und ließen uns allein.

Mord hin oder her, ich wollte keine Minute verlieren, bevor ich einen der noch warmen Scones anschnitt. Ich bestrich ihn großzügig mit Marmelade und Sahne und aß den ersten himmlischen Bissen. Ob mein Mund voll war, war außerdem egal. Penelope Grainger war diejenige, die eine sehr umfassende Frage zu beantworten hatte.

Ich kaute, und wartete. Anstatt in ihre Sandwiches oder Scones zu beißen, schenkte sie sich Tee ein. Es war eine blasse, blutarme Brühe. Der Tee war noch nicht durchgezogen, das hätte ich ihr gleich sagen können. Er musste immer erst ein paar Minuten ziehen.

Sie sagte: „Bryce war besorgt. Er fand, dass etwas Merkwürdiges vor sich ging, aber er wusste nicht, was es war."

Ich schluckte. „Was dachte er, was da vor sich ging?"

Sie schüttelte den Kopf. „Irgendetwas mit dem Budget. Und dem Geld. Ihm schien, dass da etwas nicht stimmte."

„Könnte er etwas veruntreut haben?" Ich wusste nicht einmal, woher die Frage aufgetaucht war, aber jemand hatte ihn getötet. Es war immer noch gut möglich, dass er es war, der das Collier gestohlen hatte. Vielleicht, weil er hoffte, es zu verkaufen und das veruntreute Geld zu ersetzen? Oder nur, um seine durch Unterschlagung gehamsterten Schätze zu mehren?

Sie schüttelte entschieden den Kopf. „Bryce Teddington war der ehrlichste Mensch, der mir je begegnet ist."

KAPITEL 18

*W*ie haben Sie ihn kennengelernt?" Es kam ja nicht jeden Tag vor, dass Buchhalter für Filmproduktionen mit Privatdetektiven zusammenarbeiteten.

Sie lächelte unmerklich. „Er war mein Lehrer."

Theodore und ich wechselten Blicke und fragten uns wohl beide, was ein nervöser Buchhalter dieser sehr selbstsicheren, wandlungsfähigen Ermittlerin noch beibringen konnte.

Während wir nachdachten, schenkte sie sich ihren Tee ein, und sagte dann: „Ich hatte bei ihm einen Grundkurs in Buchhaltung belegt. Sie kennen doch den Ausdruck ,Die Spur des Geldes'?"

Wir nickten beide.

„Ich musste schnell eine Bilanz lesen können. Um zu verstehen, wie man der Spur des Geldes folgt. Und als Bryce Teddington einen Abendkurs in Finanzwirtschaft anbot, meldete ich mich an. Als er erfuhr, was ich beruflich mache, war er fasziniert.

Ich denke, wenn er noch einmal von vorn hätte anfangen

können, wäre er vielleicht in die forensische Buchhaltung gegangen. Sehen Sie, für Bryce war eine Bilanz etwas Schönes. Er liebte dieses Wort: ‚Bilanz ... zwei Waagschalen im Gleichgewicht.' Alles hatte dort seinen Platz, und wenn sie im Gleichgewicht war, war eine Bilanz ein elegantes Gebilde. Aber sobald auch nur ein einziger Penny herausfiel, ließ ihm das keine Ruhe, wie eine juckende Stelle, die er nicht kratzen konnte, solange, bis er den verirrten Penny gefunden hatte."

Ich nickte und erinnerte mich plötzlich an seine Worte, die im Grunde seine letzten gewesen waren. Er hatte von Gleichgewicht gesprochen. Und von etwas, das aus dem Gleichgewicht geraten war. Bis jetzt konnte ich bestätigen, dass sie die Wahrheit sagte. „Aber ich verstehe nicht, was ein Gala-Abend mit einer Bilanz zu tun hat, die nicht ausgeglichen ist."

„Ich verstand es auch nicht. Er wollte mir nicht viel sagen. Er sagte, er könne sich irren. Aber für diese Gala ist viel Geld ausgegeben worden, und er war der Meinung, dass es viel zu früh war. Dort, wo er hohe Ausgaben erwartet hätte, hatte es keine gegeben. Deshalb denke ich, dass ihm der ganze Vorgang unausgewogen erschien."

Ich nickte. „Aus dem Gleichgewicht."

„Richtig."

„Und was haben Sie herausgefunden?"

Ich schenkte mir meinen Tee ein. Und weil ich ihn mehrere Minuten hatte ziehen lassen, war er von satter, rötlich-brauner Farbe. Sie sagte: „Ich habe versucht, der Spur des Geldes zu folgen. Der Mensch mit dem Geld im Raum war vor allem Lord Pevensy. Aber auch er zeigte sich wie alle anderen von seiner besten Seite. Natürlich wusste er, dass ich nicht zu Rune Productions gehörte, also gab ich vor, für das andere Unternehmen zu arbeiten. Ehrlich gesagt habe ich nicht allzu viel herausgefunden. Außer, dass Lord Pevensy ein Mann ist, der gerne feiert." Sie seufzte. „Ich glaube, alle haben sich von den schönen Juwelen blenden lassen, die Sie getragen haben."

Ich blickte unvermittelt auf. „Glauben Sie, das war der Sinn der Sache?"

„Ich weiß nicht. Möglicherweise."

„Haben Sie irgendeine Ahnung, wer sie gestohlen haben könnte?"

Sie blickte frustriert drein. „Wenn ich das bloß wüsste. Das war nicht meine bester Ermittlungsabend. Nachdem der Alarm ausgelöst wurde und mir klar wurde, dass Sie angegriffen und die Juwelen gestohlen worden waren, versuchte ich, Bryce zu finden. Er war weg."

„Dachten Sie, er hätte die Juwelen gestohlen?"

Sie zögerte. „Wie ich schon sagte, war Bryce Teddington der ehrlichste Mann, den ich kannte, aber ich bin es nicht gewöhnt, mit ehrlichen Menschen zu tun zu haben. Ob mir der Gedanke gekommen ist? Ja. Ich wäre gern länger geblieben, um nach ihm zu suchen, aber natürlich war die Polizei gerufen worden. Ich wusste, dass sie alle nach ihrem Namen und Kontaktinformationen fragen würden."

„Und Sie gehörten nicht dazu."

„Nein. Und ich wollte wirklich nicht, dass man mir eine Menge unangenehmer Fragen stellte. Ich versuchte nicht nur, mich selbst zu schützen, sondern auch Bryce."

Das klang für mich einleuchtend. Trotzdem, wenn sie als Privatdetektivin besser ermittelt hätte, dann hätte sie ihn vielleicht im Wäschebehälter gefunden. Und vielleicht wäre er zu dem Zeitpunkt noch nicht tot gewesen. Aber es hatte keinen Sinn, sie damit zu quälen. Das wusste sie genauso gut wie ich.

„Was stand auf dem Zettel, den Bryce Ihnen gegeben hat?"

„Seine Privatadresse. Ich sollte mich dort am nächsten Tag mit ihm treffen."

„Und sind Sie hingegangen?", fragte ich.

„Er war nicht da." Sie hielt inne. Dann gestand sie: „Ich bin reingegangen. Er war nicht zu Hause gewesen. Das Bett war unberührt. Seine Wohnung war aufgeräumt, sah aber nicht so aus, als hätte er nicht vorgehabt wiederzukommen. Im Kühlschrank stand frische Milch und in einer Schüssel auf der Theke lagen Äpfel."

„Und?", fragte ich. „Sie sind der Profi. Haben Sie irgendwelche Theorien?"

Sie sah zu Theodore, und er nickte, als wolle er ihr sagen, dass es in Ordnung sei, mich in ihre Theorie einzuweihen. Zweifellos hatten sie das alles schon besprochen, bevor ich kam. Sie sagte: „Ja. Alle konzentrieren sich auf die fehlenden Juwelen. Und wenn das alles nur ein Täuschungsmanöver war?"

Fast hätte ich mich an meinem Tee verschluckt. „Haben Sie eine Ahnung, was dieses Cartier-Set wert ist?"

Ein Lächeln umspielte ihre Mundwinkel. Es war mehr ein Grinsen als ein Lächeln, sehr überlegen. „Ja."

„Und Sie glauben, das war nur der Kollateralschaden?"

„Genau, ja. Überlegen Sie einmal. Wenn Bryce so besorgt war, dass er mich zu sich holte, dann mussten da irgendwelche finanziellen Ungereimtheiten vorliegen. Wie ich bereits sagte, gab er nie auf, bis seine Bilanz stimmte. Geld hatte für Bryce eine eigene Sprache, und er sprach sie fließend. Er war bestimmt kein Mann, den man bestechen konnte, um wegzuschauen. Meine Theorie ist also, dass er versucht hat, Sie zu warnen, dass etwas nicht stimmt. Er hat dort gesehen, wie Sie die Juwelen und das Image Ihrer Groß-tante zur Verfügung stellten. Ich glaube, er hat Sie als unschuldiges Opfer gesehen und wollte verhindern, dass Sie in eine unangenehme Sache mit hineingezogen werden."

Anfangs hatte ich ihre Theorie noch belächelt, aber je mehr sie redete, desto mehr fragte ich mich, ob sie auf der richtigen Spur war. „Ich denke, Sie könnten recht haben. Er wollte mir auf jeden Fall etwas sagen, das niemand sonst hören sollte."

Sie nickte. „Nehmen wir an, eine Person hätte im Unter-nehmen Geld veruntreut und gewusst, dass man ihr auf der Spur war. Dann hätte diese Person gesehen, wie Bryce einen verlassenen Korridor hinunterging und Sie später nachka-men. Sie standen im Mittelpunkt der Aufmerksamkeit. Okay, Ihr Schmuck stand im Mittelpunkt der Aufmerksamkeit. Also hat diese Person Bryce aus dem Weg geräumt, Ihnen eins übergezogen und die Juwelen gestohlen, damit das Rampenlicht nicht auf Bryce fiel, sondern auf Sie gerichtet blieb."

Alles, woran ich denken konnte, war, dass Sylvia einen Anfall bekäme, wenn sich herausstellen würde, dass jemand ihre Juwelen nicht gestohlen hatte, weil er unbedingt ein Original-Set von Cartier haben wollte, sondern um jemandem Sand in die Augen zu streuen, der eine Unter-schlagung untersuchte.

„Dann müssen wir diese Person finden."

Sie nickte, und auch Theodore nickte. Zumindest in diesem Punkt waren wir uns alle einig.

„Okay. Wo fangen wir an?", fragte ich.

„Bryces Computer", sagte Penelope.

„Bryces Computer. Wie? Wollen Sie da reingehen und ihn stehlen?"

„Nicht ich, Lucy."

Ich blickte zu Theodore auf. Er und Penelope Grainger starrten mich an, wie ich die Scones angestarrt hatte, als sie zum ersten Mal auf den Tisch kamen. Ich schüttelte den Kopf. „Oh, nein. Es ist nicht meine Aufgabe, die Computer anderer Leute zu stehlen. Schon gar nicht, wenn sie tot sind."

Ungeduldig schüttelte sie den Kopf. „Sie brauchen den Computer nicht zu stehlen. Ich brauche nur ein paar Dateien."

„Warum machen Sie es dann nicht? Sie sind doch hier die Verwandlungskünstlerin. Sie gehen rein und tun so, als wären Sie die Wartungstechnikerin für den Kopierer."

„Ich komme nicht so leicht rein wie Sie, und man traut mir nicht. Man würde mich beobachten."

Ich wandte mich zu Theodore um. „Du musst es machen."

Er sah sehr unglücklich aus. Computer waren nicht Theodores Spezialität. „Mich kennen sie auch nicht. Aber dich kennen sie."

„Was genau brauchen Sie?", fragte ich verzweifelt.

„Ich muss mich in seine Arbeitsdateien hacken", sagte Penelope und beugte sich vor. „Ich möchte das Budget für *Die Frau des Professors* sehen und die Geschäftsbücher der gesamten Firma. Was hat Bryce solche Sorgen bereitet?"

Die Scones waren so köstlich gewesen wie immer, aber das Treffen mit Penelope Grainger hinterließ einen bitteren Nachgeschmack in meinem Mund.

KAPITEL 19

$\mathcal{A}$ls ich es ihm erzählte, war Rafe natürlich sofort dagegen, dass ich noch einmal zu Rune Films fuhr, vor allem als sich herausstellte, dass ich den Computer von Bryce Teddington stehlen sollte.

„Hast du vergessen, dass Bryce Teddington ermordet wurde?", schrie er fast.

Rafe erhob so selten die Stimme, dass mir klar war, welche Sorgen er sich um mich machte, also versuchte ich, die Schreierei nicht persönlich zu nehmen. Außerdem hatte ich nicht die geringste Lust zu Rune Films zu fahren.

Ich erzählte ihm von Penelope Grainger und ihrer Theorie. Er wirkte extrem unbeeindruckt. „Vielleicht sollte Frau Grainger ihre Schnüffelei selbst erledigen", sagte er kalt.

Ich stimmte von ganzem Herzen zu, aber ich musste die Juwelen finden. Wenn jemand bei Rune Films Geld veruntreute, dann brauchte er wahrscheinlich Geld. Und selbst wenn der Diebstahl von Juwelen im Wert von Millionen nur ein Ablenkungsmanöver gewesen wäre, hätte der Täter dennoch Juwelen im Wert von Millionen eingesackt. Und irgendwo müsste er sie ja hingetan haben.

Darüber diskutierten wir gerade, als mein Telefon klingelte.

Angesichts meiner Sorge, wie der Laden ohne mich zurechtkommen würde, und der weitaus wichtigeren Frage, wie ich Sylvias Juwelen jemals wiederfinden könnte, stand meine Hexenausbildung zugegebenermaßen ziemlich weit unten auf der Liste meiner Probleme. Meine Mentorin und Vorsteherin unseres Hexenzirkels war da ganz anderer Meinung.

Margaret Twigg war am Telefon. Das an sich war schon ungewöhnlich. Ihre Stimme klang rau und eigenartig, und ich vermutete, dass Leute anrufen das Letzte war, was sie jemals tun wollte.

„Lucy", sagte sie und schrie praktisch in den Hörer. „Ich habe dich im Laden gesucht, und du warst nicht da. In deiner Wohnung warst du anscheinend auch nicht."

„Nein. Womit kann ich dir dienen?" Ich wollte ihr nicht sagen, dass ich bei Rafe übernachtete, weil ich ohne seinen Schutz riskierte, von einer Vampirin in Stücke gerissen zu werden. Das ging sie nichts an.

Sie sagte: „Du versteckst dich doch nicht vor mir, oder?"

Damit lag sie gar nicht so falsch, aber wenn ich mich im Moment vor jemandem versteckte, dann vor Sylvia. „Natürlich nicht", sagte ich. „Ich hatte nur viel zu tun."

„Mit dem Studium deines Grimoires, hoffe ich. Und dem fleißigen Üben deiner Zaubersprüche. Noch besser, ich hoffe, du hast etwas Zeit mit deinem Athame verbracht."

„Ja", erwiderte ich. „Alles das. Es ist anstrengend, eine große Hexe zu werden."

„Halte mich nicht zum Narren, Lucy. Unaufrichtigkeit passt nicht zu dir."

Es war gut, dass sie mich nicht sehen konnte, denn ich hielt das Telefon weit weg und schnitt furchtbare Grimassen. Dann hielt ich es wieder an mein Ohr. „Ich war wirklich sehr beschäftigt." Und das war die Wahrheit.

„Trotzdem, du weißt, dass morgen Nacht Vollmond ist."

Oh ja, weil ich meine ganze Freizeit damit verbrachte, die Mondzyklen zu studieren. Ich sagte nichts.

„Es ist der perfekte Abend für deine Zeremonie."

„Ach ja, das ..."

„Du musst dich vorbereiten. Verbringe den Tag so weit wie möglich allein, mit deinem Athame-Dolch. Du solltest deinen Kopf frei bekommen, damit du bereit bist."

Das hörte sich gar nicht gut an. Ich wette, das hat man auch früher, als noch Jungfrauen geopfert wurden, den Teenagern gesagt.

„Komm um halb zwölf zu den Steinen."

„Warum nicht um Mitternacht?"

Sie stieß einen gereizten Seufzer aus. Und selbst am Telefon konnte ich mir ihren Gesichtsausdruck genau vorstellen. Die stechend blauen Augen, die mich ansahen, als ob sie sich fragte, wie sie jemals an einen solchen Schwachkopf hatte geraten können, und die noch gereizter blickten, weil sie wusste, dass der Schwachkopf Kräfte hatte.

Ich nahm es ihr nicht wirklich übel. Mir tat Margaret Twigg leid. Sie ärgerte sich über meine Macht. Ich würde diese Macht wirklich gerne an jemand anderen weitergeben. Aber so schien das nicht zu funktionieren. Ich denke, wir mussten beide mit dem arbeiten, was wir hatten. Einige gnädiger als andere.

„Damit du Zeit hast, dich vorzubereiten. Die Zeremonie findet genau um Mitternacht statt."

„In Ordnung."

„Komm nicht zu spät. Und um der Göttin willen, vergiss deinen Dolch nicht."

ALS ICH AUFHÖRTE ZU TELEFONIEREN, sah ich, dass Hester und Carlos vorbeigekommen waren. Nicht einfach, um mich zu besuchen. Sie waren begeistert, Teil des Ermittlerteams zu sein.

Ich war froh, dass das jemanden begeistern konnte.

Rafe erklärte ihnen, was Theodore und seine Freundin, die Privatdetektivin, von mir wollten. Er klang nicht begeistert.

Nachdem sie ihm zugehört hatten, sagte Carlos: „Aber das könnten doch wir tun."

„Was tun?", fragte ich. Hatte er vor, Rune Films mit irgendeiner Ausrede zu besuchen? Vielleicht könnte er vorgeben, ein spanischer Filmemacher zu sein.

Noch während ich die Idee abwog, hüpfte Hester auf und ab. „Aber natürlich. Carlos und ich werden das Gebäude ungesehen betreten. Die Überwachungskameras nehmen uns nicht auf. Heute Nacht gehen wir hin."

„Und ihr klaut den Computer von Bryce Teddington?" Vorausgesetzt, er war überhaupt noch da. Vielleicht hatte ihn jetzt sein Nachfolger. Oder, falls es wirklich einen Veruntreuer gab, hatte dieser ihn vielleicht vernichtet.

Sie schüttelte den Kopf, als ob ich alt und langsam wäre. Hester hatte so eine Art, mir das Gefühl zu geben, ich sei beides. „Wir brauchen nichts mitzunehmen. Wir werden alle Dateien herunterladen."

„Genau", sagte Carlos. „Keiner wird überhaupt merken, dass wir da waren."

Ich hielt dies für eine brillante Idee, nicht zuletzt, weil ich nicht mehr versuchen musste, aus einem Büro, in dem gearbeitet wurde, einen Computer zu stehlen. „Wir machen das heute Abend", sagte Carlos.

Von mir aus. Ich beschrieb ihnen den Lageplan der Büros, wie ich sie in Erinnerung hatte. „Ich weiß allerdings nicht genau, wo Bryce saß. Oder ob er überhaupt ein eigenes Büro hatte."

Hester winkte ab, als wären meine Worte Schall und Rauch. „Wir finden das. Ihr könnt euch auf uns verlassen."

Ich war so erleichtert, dass ich ihnen anbot, sie zu fahren, aber Rafe sagte nein, das könne Theodore machen. „Es war schließlich seine Idee."

Nachdem das organisiert war, hatte ich Zeit, mein Athame-Buch zu studieren und mich auf die morgige Tortur vorzubereiten. Äh, Zeremonie.

KAPITEL 20

*E*s ist mir egal, was andere sagen, ob Hexe oder nicht
– es ist unheimlich, nachts um halb zwölf zu den
magischen Steinen zu fahren. Es war zwar Vollmond, aber
die Steine befanden sich in den Überresten eines uralten
Waldes, und die schmalen Straßen, die zu den stehenden
Steinen führten, waren auf beiden Seiten mit Bäumen
bewachsen, deren Kronen sich über dem Kopf wie ineinan-
dergreifende Finger berührten. Das silbrige Licht, das durch
die Äste und Blätter schimmerte, wirkte nicht gerade einladend. Aber ich hatte gesagt, ich würde kommen, und ich war
auf dem Weg.

Nyx saß als Wache auf dem Rücksitz meines kleinen,
roten Autos, und auf dem Sitz neben ihr lag ein Seidenbeutel
mit meinem Athame.

Ich drehte mich zu meiner Vertrauten um. „Ich weiß
nicht, worauf wir uns da einlassen. Ich hoffe, du hast so etwas
schon einmal erlebt, ich jedenfalls nicht. Und ich verlasse
mich auf dich, Nyx, dass sie mir nichts Schreckliches antut."

Nyx starrte mich mit ihren grün-goldenen Augen an. Sie

sprach nie mit mir, obwohl ich den leisen Verdacht hatte, dass sie es hätte tun können, wenn sie es gewollt hätte; sie wollte mich nur nicht zu sehr beunruhigen. Aber normalerweise verstand ich etwas. Gedanken in meinem Kopf, die nicht meine eigenen waren. Ich nahm an, dass sie von ihr stammen. In diesem Moment, als sie mich anstarrte und ich mich umdrehte, um wieder auf die Straße zu schauen, bevor ich gegen einen Baum prallte, lauteten die Worte in meinem Kopf: „Reines Herz, reiner Verstand, bleib wachsam, diese Kräfte in deiner Hand."

„Jetzt klingst du schon wie Margaret Twigg", sagte ich. Aber ich dachte, ich hätte verstanden, worauf Nyx hinauswollte. Gegen das Unvermeidliche anzukämpfen, war für mich nur eine Verschwendung meiner Zeit und meiner Kräfte. Außerdem, wenn Margaret Twigg recht hatte und sie nicht nur ein idiotisches Spiel mit mir spielte, kam eine dunkle Flut von Magie auf uns zu, und ich würde jedes bisschen meiner Kraft brauchen, um die zu schützen, die ich liebte.

Wie ich Margaret Twigg kannte, hätte es sich natürlich auch um eine ausgeklügelte Scharade handeln können, um mich zum Üben meiner Zauberkräfte zu bewegen. Zugetraut hätte ich es ihr. Aber für den Fall, dass sie recht hatte, wäre es klug, meine Lektion zu lernen.

Außerdem hatte ich heute einige Zeit mit meinem Athame verbracht. Und ich hatte wirklich versucht, meinen Geist von Unordnung zu befreien. Ich hatte gelesen, dass der Athame Macht bündelt und hilft, Wahrheit von Lüge zu unterscheiden. Ich könnte diese Kraft jetzt wirklich gut gebrauchen, nicht für irgendwelche Hexendinge, sondern um Sylvias Juwelen zurückzubekommen. Ich war nur sehr froh, dass es sich um einen Zeremoniendolch handelte und die Kanten nicht scharf waren, denn ich wollte Sylvia nicht auf dumme Gedanken bringen. Wenn sie mich auf die traditionelle Art und Weise angreifen würde, mit der Vampire immer schon auf Menschen losgegangen sind, dann wäre das klar zu erkennen, aber falls ich versehentlich auf meinen eigenen Dolch fiele? Wer würde sie schon verdächtigen? Nun, Rafe natürlich schon. Aber ich wollte ihr keine zusätzlichen Werkzeuge in die Hand geben, um mich zu vernichten. Für den Fall der Fälle.

Als ich auf den kleinen Parkplatz fuhr, stand Violets Auto bereits dort, zusammen mit einem alten Morris Minor in verblichenem Grün. Ich fragte mich, wer heute Abend eingeladen war, aber ich hatte vergessen zu fragen.

Sobald ich aus dem Auto aussteigen würde, würde ich das herausfinden, aber ich hatte es nicht eilig damit. Ich sah auf die Uhr, und es war erst dreiundzwanzig Uhr siebenundzwanzig. Drei Minuten hatte ich noch, und ich wollte jede einzelne davon nutzen. Ich holte tief Luft und atmete wieder aus. Vielleicht würde sich heute Abend alles um Magie und Zaubersprüche drehen, aber bevor ich mich dem näherte, was auf mich wartete, sprach ich einen Zauberspruch für mich selbst. Einen Schutzzauber.

Dann nahm ich den Lederbeutel mit meinem Dolch und öffnete Nyx die Tür. Sie sprang heraus und trabte neben mir den engen, gewundenen Pfad hinunter, der zu den Steinen führte.

Natürlich hatte ich diese schon bei Mondlicht gesehen, denn dann fanden die meisten unserer Rituale statt. Aber heute Abend kam mir etwas an ihnen besonders unheimlich vor. Die Steine sahen magisch aus, als hätte sie silberne Spitzen. Wo sie einst alle ungefähr in der gleichen Größe und Form stolz gestanden hatten, wirkten sie jetzt, nach vielen Jahren der Verwitterung und der Plünderung durch die Einheimischen (bevor dieser Praktik ein Riegel vorgeschoben wurde), wie ein Ring von stämmigen Kindern oder Zwergen.

Der Hauptstein stand immer noch groß und ziemlich gerade da, und als ich ihn betrachtete, hatte ich den Eindruck, dass er wie die Klinge meines Dolches war. Seine Kanten mochten stumpf sein, aber während sein Gesicht in das Mondlicht ragte, spürte ich seine Kraft. Als ich näherkam, spürte ich, wie die Magie mich zu ihm hinzog. War ich das? Oder der Dolch? Oder die Kombination aus beiden?

Ich war fast atemlos vor Angst, Aufregung und purem Staunen, alles kombiniert. Ich war von meiner Magie so oft ängstlich und verwirrt, dass ich mir nur selten die Zeit nahm, ihre Macht in mich aufzunehmen. Ich wusste, dass sie in den falschen Händen Schaden und Zerstörung anrichten konnte, aber wenn sie richtig kanalisiert wurde, war sie unglaublich.

Ich trat in den Ring aus Steinen, stand da und sah mich um. Ich war ganz allein. Ich hätte gedacht, dass man mir einen Streich spielte, wenn ich nicht die Autos gesehen hätte; und um den Kreis herum waren Kerzen aufgestellt, bereit zum Anzünden.

Ich war mir ziemlich sicher, dass sie aus demselben Laden kamen wie mein Athame.

Meine Hexenschwestern waren irgendwo in der Nähe. Vielleicht war ich dazu bestimmt, diesen Teil selbst zu vollziehen. Ich ging in die Mitte und drehte mich langsam im Kreis, nicht weil es mir jemand gesagt hatte, sondern weil es sich richtig anfühlte. Und dann nahm ich meinen Athame-dolch erst aus dem Lederbeutel und dann aus dem Seidenbeutel.

Nyx kam so nah an mich heran, dass ihr weiches Fell meine Knöchel streifte, und dann saß sie da und starrte zu mir hoch. Ich erhob den Dolch, und das Mondlicht ließ ihn glitzern. Es schien von ihm auf den Hauptstein zu prallen. Ich blieb so stehen, als wäre auch ich ein stehender Stein, und dann sah ich aus meinem peripheren Blickfeld drei vermummte Gestalten aus drei Himmelsrichtungen auf mich zukommen.

Während ich so dastand, als hätte man mich absichtlich dort hingepflanzt, kam meine Cousine Violet aus dem Westen und meine Großtante Lavinia aus dem Osten.

Ich drehte mich um und erblickte das Gesicht des Mannes, der mir den Athamedolch verkauft hatte, Alphonse Young. Er stand an der Südspitze.

Es wurde nichts geredet, kein „Hallo Lucy, da bist du ja." Stattlich und feierlich schritten sie näher und hielten dann inne. Schließlich richteten sich all unsere Blicke auf den Hauptstein, und unweigerlich trat Margaret Twigg vor.

Von Sylvia war ich Dramatik gewöhnt, aber Margaret konnte auf eine andere, ebenso wirkungsvolle Weise dramatisieren. Sie schlug den Kreis, und als sie das tat, erwachten die Kerzen zum Leben, ihre Flammen waren gleichmäßig und stark, unbewegt in der leichten Brise.

Sie hob die Arme und erhob ihr Gesicht zum Mond.

Violet machte mir ein Zeichen, meinen Athame auszustrecken, was ich tat, sodass der Mond ihn berührte.

Der Dolch begann, blau zu leuchten.

Margaret begann zu sprechen.

Nord und Erde
Standhaft und stark
Stärkt diesen Dolch
Dass er Recht von Unrecht zu trennen vermag.

Sie wandte sich an meine Großtante Lavinia, die ihrerseits den Mond ansprach:

Ost und Luft
Rein wie der Wind
Macht leichter diesen Dolch
Dass sie ihn führe geschwind

Nun wandte sich Lavinia an den Mann hinter mir. Ich hatte so ziemlich alles mitbekommen, was wir taten, und ich hatte das Buch „Gebrauchsanweisung für Hexendolche" gelesen. Der Reim war einfach, aber ich fand immer, dass die mächtigsten Zaubersprüche die einfachsten waren. Seine Stimme war kräftig.

Süd und Feuer
Ich rufe eure Hitze
Härtet diesen Dolch
Damit er steche mit der Spitze

Meine Cousine Violet hatte die letzte Strophe.

West und Wasser
Ich schöpfe aus der Quelle
Klärt diesen Dolch
Dass unseren heiligen Ring er erhelle

Aber das letzte Wort hatte natürlich Margaret:

Erde, Luft, Feuer, Wasser
Vier Elemente stellt euch ein
zu weihen diesen Dolch
Für alle Ewigkeit
So will ich es, so soll es sein

Nicht immer genoss ich Margaret Twiggs Gesellschaft, aber ihre Macht war nicht zu leugnen, und wenn wir vier zusammenkamen, war das ziemlich beeindruckend. Ich spürte, wie der Dolch in meiner Hand vibrierte, und als sie den Zauber beendete, versprühte er blaues Feuer wie ein Mini-Feuerwerk.

Vollständig aufgeladen also.

Alle versammelten sich um mich, und wir alle beobachteten den immer noch glühenden Dolch. Der alte Mann aus dem Laden sah mich an, und seine Augen wirkten im Mondlicht noch seltsamer. „Als ich den Dolch schmiedete, wusste ich, dass er für jemand Besonderen bestimmt war."

„Haben Sie den gemacht?", fragte ich ihn.

„Ja. Ich mache nur noch selten welche, aber ich stieß auf den heruntergefallenen Ast einer uralten Eibe und spürte seine Kraft. Daraus habe ich den Griff geschnitzt."

Der in meine Hand passte, als hätte er ihn genau für mich geschnitzt.

„Den Klingenstahl habe ich aus einem Dolch geschmiedet, der einst einer guten und mächtigen Hexe gehörte."

„Also aus zweiter Hand?", witzelte ich, um die ernste Stimmung aufzulockern.

„Er gehörte deiner Großmutter", sagte Tante Lavinia.

Ich bekam am ganzen Körper Gänsehaut. „Kein Wunder, dass mir die Klinge in die Hand gesprungen ist", sagte ich. Dann warf ich einen Blick von Margaret zu Alphonse Young. „Moment, war das eine Art Test? Diesen Dolch zwischen all die anderen zu legen, um zu sehen, ob ich ihn wählen würde?"

Der alte Mann schüttelte den Kopf. Seine schwarzen Gewänder bewegten sich wie Schatten. „Ihr habt euch füreinander entschieden. Ich konnte nicht wissen, dass der Athame für dich bestimmt war. Er hätte auch für eine andere Hexe bestimmt sein können."

„Aber das war er nicht." Ich hielt meinen Dolch hoch, und jetzt, da ich wusste, dass seine Klinge einst zum Athame meiner Großmutter gehört hatte, war er zehn Mal so wertvoll. Sylvias Cartier-Juwelen könnten bei einer Auktion Millionen einbringen, aber dieser Dolch war für mich viel mehr wert. Doch Sylvia würde das nicht so sehen.

Ich sah Margaret an. „Glaubst du, ich kann den Dolch benutzen, um einige sehr wichtige, verschwundene Juwelen zu finden?"

Selbst im Mondlicht konnte ich den verächtlichen Blick in ihrem Gesicht erkennen. „Das ist kein Metalldetektor, Lucy. Man kann damit nicht am Strand von Brighton Beach herumlaufen und alte Münzen und Bierdosen suchen.

„Das ist mir klar." Für den Fall, dass sie in der Lokalzeitung noch nichts über den Diebstahl gelesen hatte, informierte ich sie darüber. „Wenn der Athame den Blick schärfen und die Wahrheit von der Lüge trennen kann, dann kann ich ihn sicher auch benutzen, um Sylvia zu helfen, ihren fehlenden Schmuck zu finden."

Alphonse Young sagte: „Sei sehr vorsichtig. Auch wenn

die Klingen absichtlich abgestumpft sind, solltest du mit einem Dolch nicht herumfuchteln. Das könnte den falschen Eindruck machen."

Gutes Argument. Ich hatte versprochen, ihn in der Öffentlichkeit gut versteckt zu halten, aber ich spürte, dass mein Athame ein wichtiger Teil meiner Hexenutensilien sein würde.

„Bitte, hilf mir, Sylvias Schmuck zu finden", bat ich ihn, als wir zurück in die Harrington Street fuhren. Der Dolch glühte kein bisschen.

Nyx blickte mich mitleidig an.

KAPITEL 21

*I*ch hatte gehofft, dass die nächtliche Detektivarbeit von Hester und Carlos mir den Besuch bei Man Drake und das Gespräch mit dem menschenscheuen Produzenten Simon Dent ersparen könnte, aber wie so viele meiner Träume entpuppte sich dieser als reiner Wunschtraum.

Die beiden kehrten triumphierend zurück, da sie nicht nur den Computer von Bryce Teddington entdeckt, sondern auch alle Dateien aus ihm herausgesaugt hatten. Nachdem Penelope Grainger die Dateien einen ganzen Tag lang zur Verfügung gehabt hatte, sagte sie, sie hätte keine Anzeichen für eine Unterschlagung finden können.

„Großartig", sagte ich zu Theodore, der mir die Nachricht überbrachte. „Was ist mit dem Schmuck?"

„Natürlich hat sie uns nicht in die richtige Richtung geführt, aber wie ich immer sage: Mit jedem falschen Weg, den man abgehakt hat, kommt man dem richtigen Weg näher."

„Was ist mit dem Budget für die Filmproduktion?"

Er sah so traurig aus, als hätte ihm jemand seine Schmusedecke weggenommen. „Sie hat herausgefunden, warum Bryce Teddington Bedenken gegen die Produktion hatte. Das Budget sah oberflächlich betrachtet ganz normal aus, aber kaum etwas von dem Geld war fest verbucht. Er war zu Recht besorgt darüber, dass eine teure Gala veranstaltet wurde, bevor ein Regisseur, ein Drehbuchautor, eine weibliche Hauptrolle oder eine der wichtigsten Vertragsleistungen feststand."

„Aber das ergibt keinen Sinn", sagte ich.

„Nein. Vielleicht kann Simon Dent uns helfen, diesen Wirrwarr aufzudröseln. Hast du es geschafft, einen Termin mit ihm auszumachen?"

„Ja. Morgen." Und apropos Wirrwarr, beschloss ich, mein Strickzeug auf die Fahrt mitzunehmen. Damit hätte ich im Bentley auf der Fahrt nach London und zurück etwas zu tun.

Der Unterschied zwischen den Büros von Rune Films und Man Drake Films hätte größer nicht sein können. Letzteres kam einem kaum wie ein richtiges Büro vor, so ruhig war es, am Grosvenor Hill im noblen Stadtteil Mayfair gelegen, in einer Suite von Räumen, die komfortabel, elegant und unpersönlich aussahen. Edgar Smith holte uns am Aufzug ab und erklärte uns das Protokoll. Er sagte, sein Chef hätte dem Treffen mit uns nur ausnahmsweise zugestimmt. Wir durften ihn nicht berühren oder zu nahe an ihn herantreten, und er wollte den Besuch so kurz wie möglich halten.

Da ich diesen Mann als einen der Mitverantwortlichen für den Verlust von Sylvias Juwelen ansah, hätte er meiner Meinung nach etwas entgegenkommender sein können, aber immerhin empfing er uns, und so stimmten wir seinen Bedingungen zu.

Edgar führte Theodore und mich durch ein Vorzimmer mit Empfang, in dem sich ein Schreibtisch mit Computer und Telefon sowie einige offene Akten befanden. Gerahmte Filmplakate hingen an den Wänden. Es waren mehr Sammlerstücke als aktuelle Projekte.

Er klopfte an eine geschlossene Tür und führte uns in einen Raum, in dem ein Mann hinter einem Schreibtisch saß. Er saß mit dem Rücken zur Wand und blickte uns durch eine Plexiglasscheibe an, die den ganzen Raum durchzog. Er sprach zu uns über ein Mikrofon auf seinem Schreibtisch, und seine Stimme wurde über zwei Lautsprecher verstärkt.

An der gegenüberliegenden Wand befand sich eine bequeme Sitzecke, und Edgar Smith forderte uns mit einer Handbewegung auf, Platz zu nehmen.

„Kann ich Ihnen etwas anbieten? Tee? Kaffee? Sprudelwasser?"

Wir lehnte beide ab. „Nun gut. Dann lasse ich Sie jetzt allein und gehe wieder an die Arbeit." Edgar verließ den Raum und schloss leise die Tür hinter sich. Vermutlich, damit sich keine Keime einschleichen konnten.

Simon Dents Alter hätte irgendwo zwischen fünfundfünfzig und fünfundsiebzig liegen können. Er war übergewichtig, hatte dicke Hängebacken, schütteres Haar und machte ein unzufriedenes Gesicht. Seine Angst vor Keimen wurde durch die Stoffhandschuhe, die er trug, noch unterstrichen. Er beäugte uns beide mit Widerwillen, und obwohl wir durch eine Plexiglasscheibe getrennt waren, rückte er seinen Stuhl etwas zurück, näher an die Wand.

„Guten Tag", sagte er. Seine Stimme klang seltsam, da sie aus den Lautsprechern seitlich im Raum kam.

„Guten Tag", sagten Theodore und ich gleichzeitig.

Er starrte uns schweigend an. Nun, ich hatte um dieses Treffen gebeten, also beschloss ich, die Fragen zu stellen. Ich wusste, dass Theodore mehr als bereit war, sich einzuschalten, wenn ich etwas vergaß oder er etwas klären müsste.

„Danke, dass Sie uns empfangen haben", begann ich.

Er neigte den Kopf. Dann sagte er, als ob man ihm die Worte einzeln herausziehen würde: „Es tut mir leid, was Ihnen passiert ist."

Aha, die Untertreibung des Jahrhunderts.

Wie er es bei mir getan hatte, quittierte ich seine Worte mit einem leichten Nicken. Aber damit hatte er das Thema angeschnitten. „Das ist auch der Grund, warum wir hier sind. Wie Sie sich vorstellen können, waren diese Juwelen praktisch unbezahlbar. Ich versuche, Informationen zu sammeln. Ich frage mich zum Beispiel, was Sie dazu bewogen hat, dieses Remake von *Die Frau des Professors* zu finanzieren

Er schien eine Weile nachzudenken, so als ob er gerade riesige Summen aus dem Fenster geworfen hätte und sich erst hinterher überlegte, warum. „Ich war schon immer ein Cineast. Schon als Junge. Und dieser Film, *Die Frau des Professors* ist einer der besten. Und Sylvia Simms, unvergleichlich."

„In der Tat unvergleichlich." So wie Sylvia Strand, die die Hauptrolle in *Die Frau des Professors* gespielt hatte. Und wer war Sylvia Simms? Es kam mir so vor, als wäre auch sie eine britische Schauspielerin gewesen, aber in *Die Frau des Professors* hatte sie nicht mitgespielt. Hatte er sich nur versprochen? Unbehagen überlief mich wie ein kalter Schauer.

Theodore schaute mich an, und ich wusste, dass auch er den Fehler bemerkt hatte.

Plötzlich gluckste der Produzent. Ein langsames, verlegenes Geräusch. „Was sage ich da? Ich meinte natürlich Sylvia Strand. Ich sehe zu viele Filme. Ich habe die Sylvias verwechselt. Ich bin ein großer Fan Ihrer Großtante. Ein sehr großer Fan."

Ich lächelte und nickte, als ob so ein Fehler schon einmal vorkommen könnte. Vielleicht stimmte das. „Aber warum gerade dieser Film zu diesem Zeitpunkt?" Die Frage musste ich stellen.

Er zuckte mit seinen massigen Schultern. „Warum macht man einen Film zu einem bestimmten Zeitpunkt? Wie ich schon sagte, habe ich diesen Film schon als Junge geliebt. Und jetzt habe ich die Möglichkeit, mich selbst zu amüsieren und mit etwas Glück auch Millionen andere Menschen, die vielleicht nie die Chance gehabt haben zu sehen, was für ein toller Film das war."

Erneut wechselten Theodore und ich Blicke. Ich fragte: „Was hat Ihnen denn am Original am besten gefallen?"

Er starrte mich an und sah dann plötzlich so aus, als sollte er eigentlich woanders sein, wo er mit viel interessanteren Leute reden könnte. „Mir ist nicht ganz klar, was das jetzt für eine Rolle spielt. Wie kann ich Ihnen helfen? Wie gesagt, ich bedaure Ihren Verlust sehr, aber es war eindeutig ein unglücklicher Zufall."

Ich beugte mich nach vorn. „Sehen Sie, das ist es, was mich verwirrt. Inwiefern war das eigentlich ein Zufall?"

„Was wollen Sie damit sagen, junge Frau? Meinen Sie, ich hätte etwas mit dem Verlust der Juwelen Ihrer Großtante zu tun?"

Ich lächelte honigsüß. „Der Gedanke war mir gekommen."

Er breitete seine Hände aus, als wolle er zeigen, dass er nichts verborgen hielt. Mit diesen weißen Handschuhen sah er aus wie ein schlechter Pantomime. „Ich würde nie zulassen, dass Juwelen in meinen Besitz gelangen, die schon einmal jemand anderem gehört haben. Ich könnte sie nie sauber genug bekommen. Außerdem bin ich ledig. Wer sollte sie überhaupt tragen?"

Das wusste ich auch nicht. Aber eines wusste ich. Irgendetwas war komisch an diesem Mann, und zwar nicht nur seine angebliche Phobie vor Krankheitserregern.

Wir stellten auch noch unsere anderen Fragen und am Ende war ich unglaublich frustriert, dankte dem Produzenten für seine Zeit, und Theodore und ich standen auf, um zu gehen.

Als wir das Büro erreichten, arbeitete Edgar Smith eifrig an einem Computer. Er blickte auf. „Hatten Sie Glück?", fragte er. „Haben Sie alles bekommen, was Sie brauchen?"

Ich hätte ihm am liebsten eins über den Schädel gezogen. Nein, ich hatte nicht bekommen, was ich brauchte. Wenn überhaupt, war ich jetzt noch verwirrter.

Wir gingen hinaus und ich sagte zu Theodore: „Das war komisch. Hattest du auch den Eindruck, dass da etwas nicht stimmte?"

Theodore drehte sich zu mir um. „Du meinst, abgesehen von den Clownshandschuhen und dass der Produzent aus einem Glaskasten gesprochen hat? Ja. Ein bisschen."

Wir waren nicht weit gegangen, da fragt er: „Lucy, wo wohnt Simon Dent?"

„Woher soll ich das wissen?"

Theodore schien seinen eigenen Gedanken nachzuhängen. „Ich werde es herausfinden."

„Okay. Wie?"

Ich fragte mich, ob er Hester dazu bringen wollte, ihm bei einer High-Tech-Spionageaktion zu helfen, aber stattdessen war sein Plan unglaublich einfach. Er wollte dem Mann folgen, wenn er abends von der Arbeit kam.

„Hast du keine Angst, ihn zu verpassen?"

„Nein. Es gibt nur zwei Ein- und Ausgänge an diesem Gebäude, einen an der Vorderseite und einen an der Rückseite. Ich behalte die Vorderseite im Auge, und du bewachst die andere Tür."

Ich war beeindruckt. „Ich werde also deine Partnerin sein."

Er schien schockiert zu sein. „Natürlich nicht. Aber du bist unbestreitbar in diesen Fall verwickelt und könntest mir behilflich sein. Ich kann nicht auf zwei Türen gleichzeitig achten. Sag mir Bescheid, wenn du ihn zufällig siehst. Das ist alles."

Ich schlich mich zum hinteren Teil des Gebäudes, ohne dass sich auch nur ein einziger Mensch in London dafür zu interessieren schien, was ich da tat.

Die Tür fand ich ohne Probleme. Ich brauchte sie nur zu beobachten.

Fünf Minuten vergingen, und ich beobachtete immer noch die uninteressanteste Tür der Welt. Niemand kam. Niemand ging. Nicht einmal ein Paketbote belebte meine Überwachungstätigkeit.

Ich war für diese Art Arbeit nicht geschaffen und langweilte mich schon nach wenigen Minuten. Außerdem hatte Theodore mir noch nicht einmal die gute Seite des Gebäudes zur Beobachtung überlassen. Ich saß fest, auf einer sehr uninteressanten und engen Londoner Straße mit wenig Verkehr und ohne etwas zu sehen.

Da ich wusste, dass Simon Dent mich erkennen würde, ging ich auf die andere Straßenseite. Ich konnte verstehen, warum die meisten Überwachungen im Auto stattfanden. Wenigstens konnte man sich hinsetzen, ohne das Gefühl zu haben, jeden Moment von der Polizei als Landstreicher aufgegriffen zu werden. Es muss so ausgesehen haben, als würde ich Häuser auskundschaften, um dort einzubrechen.

Es gab hier ein paar junge Bäume in einigem Abstand zueinander, ein paar parkende Autos, aber keine Fußgänger.

Ich beschloss, ein wenig auf und ab zu gehen. So bekam ich wenigstens etwas Bewegung. Ich schaute auf meine Uhr. Es war fünf und wurde langsam dunkel.

Mir war ein bisschen kühl, und außerdem würde Mr Dent mich erkennen, wenn ich das Pech hätte, dass er durch den Hintereingang herauskam. Also griff ich in meine Tasche. Zum Zeitvertreib hatte ich den Schal mitgebracht, den ich meinem Vater strickte. Ich beschloss jedoch, mein Strickprojekt schon einmal als Schal zu testen, sowohl zum Wärmen als auch zum Verkleiden. Das Ende, in dem die Stricknadel steckte, stopfte ich unter meinen Mantel und knöpfte ihn zu, damit nichts herausfiel. Das fertige Ende des Schals kam über meinen Kopf. Ich sah wahrscheinlich aus wie eine alte Frau, aber das war mir egal. Meine Haare waren versteckt, und meine Ohren waren warm.

Wie auch immer, Theodore würde ihn wahrscheinlich zuerst sehen.

Aber die Wahrscheinlichkeit war gegen mich. Nicht zum ersten Mal. Als ich zum sechsunddreißigsten Mal die Straße entlangwanderte, öffnete sich die Tür und Simon Dent kam heraus.

KAPITEL 22

*I*ch blieb auf der gegenüberliegenden Straßenseite, hielt den Kopf gesenkt und spähte hinter meinem Wollschal versteckt nach dem Produzenten.

Er ging bis zum Ende der Straße und würdigte mich dabei keines Blickes. Ich fand das seltsam. Wenn er eine Keimphobie hatte, müsste er dann nicht einen Fahrer haben? Und wo waren seine schicken, weißen Handschuhe?

Ich schrieb Theodore eine SMS, und da ich nicht wusste, was ich sonst tun sollte, folgte ich dem Mann. Wir kamen schnell auf eine belebtere Straße, und ich folgte der schreitenden Gestalt vor mir.

Wir erreichten die Oxford Street. Ich wusste genau, wo wir waren, denn Selfridges, eines meiner absoluten Lieblingskaufhäuser, lag auf der anderen Straßenseite. Zu meinem Entsetzen ging er die Treppe hinunter in die Bond Street Station. Eine der vollsten U-Bahn-Stationen in London. Und das will etwas heißen.

Ich schaute mich nach Theodore um, konnte ihn aber nicht sehen. Leise murmelnd folgte ich unserer Zielperson.

Worauf hatte ich mich da bloß eingelassen? Und wie war ich plötzlich zum stellvertretenden Privatdetektiv geworden? Ein weiterer Job, für den ich von Natur aus nicht geeignet zu sein schien. Trotzdem tat ich mein Bestes. Ich rannte die Treppe hinunter.

Auch während ich die Treppe hinunterlief, zog ich meinen schlecht gestrickten Schal fester um den Kopf. Glücklicherweise war London voll von seltsamen Modetrends, sodass ich wahrscheinlich gar nicht so seltsam aussah, wie ich mich fühlte.

Mein größtes Problem war, Simon Dent im Chaos der Londoner Rushhour in der U-Bahn im Auge zu behalten.

Zuerst dachte ich, das Ganze sei reine Zeitverschwendung und ich hätte den Produzenten aus den Augen verloren, aber dann bemerkte ich seine massige Figur direkt vor mir. Mit meiner Kreditkarte kam ich problemlos durch die Drehkreuze und folgte ihm zur Jubilee Line. Er stand in der Masse der Pendler auf dem Bahnsteig der U-Bahn-Station und schien sich wegen der Keime nicht besonders zu sorgen. Irgendetwas an diesem Kerl war sehr merkwürdig.

Er schien sich auch nicht für seine Mitreisenden zu interessieren, was für mich gut war. Er stieg in die U-Bahn ein, und ich ließ etwa zwanzig Leute einsteigen und sprang dann selbst hinein. Wir befanden uns an verschiedenen Enden des Wagens, aber ich behielt ihn im Blick. Er las etwas auf seinem Handy und achtete auf nichts sonst. An der Station Shepherds Bush stieg er aus und ich ebenfalls.

Sobald ich draußen auf der Straße war, schickte ich Theodore eine SMS, um ihm unseren Standort mitzuteilen. Seine Antwort: *Bleib an ihm dran, aber ohne Kontakt aufzunehmen. Ich bin unterwegs.*

Zu Fuß folgte ich dem großen Mann die Straße entlang. Es war nicht besonders viel los, und es war auch nicht besonders ruhig, also würde er meines Erachtens nicht bemerken, dass ich ihn beschattete, wenn er sich nicht gerade umdrehen und mich direkt ins Visier nehmen würde. Er ging in einen Chippy, so nennen die Briten ihre Fish-and-Chips-Imbisse. So viel zu den Krankheitserregern. Zehn Minuten später kam er mit einer Tüte heraus, die höchstwahrscheinlich Backfisch mit Pommes frites enthielt.

Jetzt war ich wirklich neugierig. Ich folgte ihm noch ein Stück weiter, bis er ein Schlüsselbund hervorholte und in ein schäbig aussehendes Haus hineinging. Es war ein in mehrere Wohnungen aufgeteiltes Haus aus viktorianischer Zeit.

Ich war hin- und hergerissen. Sollte ich mich reinschleichen oder auf Theodore warten?

Da ich ihn selbst beschattet hatte, verspürte ich den Drang, den angeblichen „Mr Dent" zur Rede zu stellen.

Also wandte ich den Aufschließzauber an, den ich normalerweise nur sehr selten einsetzte.

Als die Haustür offen war, brauchte ich keine meiner Hexenkräfte mehr, um herauszufinden, in welcher Wohnung er wohnte. Ich folgte ihm einfach, und er war so unaufmerksam, dass er nicht einmal bemerkte, dass er verfolgt worden war. Er schloss seine Wohnung im Erdgeschoss auf und ging hinein.

Ich hätte auf Theodore warten können. Vielleicht hätte ich auf Theodore warten sollen. Aber ich war es leid, herumzustehen und zu warten. Ich klopfte an seine Tür. Diese hatte einen Spion, und ich senkte den Kopf, damit er vor allem den Wollschal sehen und mich hoffentlich nicht erkennen würde. Falls er überhaupt antwortete. Aber während ich noch überlegte, ob ich die Tür aufzaubern und so tun sollte, als hätte ich sie so vorgefunden, löste er mein moralisches und ethisches Hexendilemma, indem er die Tür selbst öffnete.

„Ja?" Er klang gereizt, wie ein Mann, der Hunger hatte und der am liebsten zu seinem rasch kalt werdenden Fisch mit Pommes frites zurückkehren würde.

Ich zog mir den Schal vom Kopf und fragte: „Wer sind Sie?"

Er wirkte ziemlich perplex. „Und wer sind Sie?" Dann sah er mich genauer an und fragte: „Was in aller Welt machen Sie hier?"

Das war eine so merkwürdige Antwort, dass ich fast hätte lachen müssen. „Ich habe das Gefühl, dass ich Ihnen diese Frage stellen sollte. Für einen großen, schicken Produzenten ist das ein ziemlich ungewöhnliches Zuhause."

Er versuchte, sich zu einer imposanten Größe aufzurichten und mich hochnäsig anzuschauen. „Ich bin Exzentriker. Warum um alles in der Welt sind Sie mir bis hierher gefolgt?"

„Weil Sie einen Fehler gemacht haben. Denn ich glaube nicht, dass Sie Simon Dent sind."

„Und haben Sie dafür irgendeinen Beweis?"

Das war eine derartig lahme Antwort, dass es schon lächerlich war.

„Nun, am Briefkasten dieser Wohnung steht Myron Schellenberg."

Er atmete tief durch und gab auf. „Wo Sie mir schon das Abendessen verdorben haben, können Sie ja genauso gut reinkommen." Und dann starrte er mich wütend an. „Ich esse jetzt weiter. Und nein, ich gebe ihnen keine Pommes ab."

Ich schloss die Tür hinter mir und betrat einen unordentlichen, überfüllten Wohnbereich. Dieser umfasste eine winzige Küche, ein relativ großes Wohnzimmer, also das, was man hier „Lounge" nannte, und eine weit geöffnete Tür, durch die man in ein unaufgeräumtes Schlafzimmer blickte. Die Wohnzimmereinrichtung bestand aus einer abgenutzten Couch, einem Fernseher, einem kleinen Tisch und Sesseln.

Auf einem Couchtisch vor seinem offensichtlichen Lieblingssessel lag der Backfisch mit Pommes in seiner Verpackung aus Zeitungspapier, durch die bereits das Fett sickerte. Überall lagen Bücher und Papiere herum. Biografien berühmter Schauspieler, Bücher über Schauspielmethoden und viele Taschenbuchausgaben von Theaterstücken, von denen die meisten schon sehr abgenutzt aussahen. Ich war vielleicht keine geschulte Detektivin wie Theodore, aber blöd war ich auch nicht.

„Sie sind Schauspieler."

„Schuldig im Sinne der Anklage", sagte er. Der beißende Geruch von Malzessig stieg mir in die Nase, als er den Einwegbeutel aufriss und das Zeug großzügig über seinen Backfisch und die Pommes träufelte.

Dann ging er in die winzige Küche, um sich Messer und Gabel zu holen, öffnete den Kühlschrank und sagte: „Ich trinke ein Bier. Lager? Wollen Sie eins?"

Ich wollte tatsächlich eins. Beschattung war anstrengende Arbeit. Also nahm ich dankend an.

Ein Glas erwähnte er nicht. Er brachte zwei Flaschen und reichte mir eine davon. Da er mir zu trinken angeboten hatte, ging ich davon aus, mich setzen zu dürfen, also setze ich mich ihm gegenüber auf einen Sessel.

Er steckte sich ein Pommesstäbchen in den Mund und sagte: „Das Leben ist hart, aber irgendwie schaffe ich es."

„Und heute waren Sie bei einem Schauspieljob?"

Er stieß einen tiefen Seufzer aus. „Das war ich. Und ich würde es sehr begrüßen, wenn Sie diese Tatsache für sich behalten würden. Es ist ein lukratives Nebengeschäft, und ich möchte es nicht verlieren."

„Haben Sie das schon mal gemacht? Sich als Simon Dent ausgeben?"

Er nickte. „Etwa ein halbes Dutzend Mal."

„Aber warum? Warum sollte jemand Sie anheuern, damit Sie sich für ihn ausgeben?"

Er zuckte mit seinen breiten Schultern. „Warum tun reiche Produzenten die Hälfte der verrückten Dinge, die sie tun? Ich nehme das Geld und halte den Mund."

Richtig. Geld. „Wie bezahlt er Sie?"

„Mit Bargeld in einem Umschlag. Fünfhundert Pfund, wenn Sie es genau wissen wollen."

Ich nippte an dem kalten Lager und dachte nach. „Jemand hat Ihnen fünfhundert Pfund gezahlt, damit Sie eine halbe Stunde lang in einem Büro sitzen und so tun, als wären Sie jemand anderes?"

„Ein gut bezahlter Auftritt", stimmte er zu und schnitt in die knusprige Backfischpanade.

„Wer hat Sie angeheuert?"

„Der Assistent."

„Edgar Smith?"

Er nickte. Dann trank er einen kleinen Schluck. „Genau der."

„Kennen Sie Simon Dent?"

Er schüttelte den Kopf. „Würde ich gerne. Zumindest ein paar Videoaufnahmen von ihm sehen oder so. Es ist schwierig, ohne Anhaltspunkte eine Figur darzustellen. Also habe ich ihn gewissermaßen erfunden."

„Wow. Sie haben also sicher eine Art Drehbuch oder eine Anleitung bekommen, was Sie sagen oder nicht sagen sollen."

Wieder nickte er. Es schien ihm nichts auszumachen, von diesem Schauspieljob zu erzählen, nachdem ich mir die Mühe gemacht hatte, ihm nach Hause zu folgen. Das wusste ich zu schätzen.

„Es ist eigentlich mehr eine Beratung. Edgar Smith sagte mir, dass Sie kommen würden, und was sie in etwa wissen wollten. Und er sagte, ich sollte Ihnen zu verstehen geben, dass ich nichts mit dem Diebstahl zu tun habe."

Er blickte auf. „Aber es eine schreckliche Sache. Ich habe in der Zeitung darüber gelesen. Es muss schön gewesen sein, die teuren Juwelen Ihrer Großtante zu haben."

Ich erinnerte mich an seinen Patzer bei der Befragung. „Sie wussten nicht einmal, wer sie war."

Er zuckte zusammen, vor Verlegenheit, nahm ich an. „Ich bin eher ein Theatermann als ein Filmmensch. Ich hatte ihren Namen vergessen. Das war ein Patzer."

„Aber dann haben Sie sich wieder gefangen."

Er tupfte ein Pommesstäbchen in eine Essigpfütze. „Ich hatte einen Ohrhörer und bekam Anweisungen. Man konnte hören, was Sie sagten und ich bekam ins Ohr gesagt, was ich sagen sollte."

„Von wem kamen die Anleitungen?"

„Ich weiß nicht. Die Stimme war unkenntlich gemacht."

„Meinen Sie, es war Simon Dent?"

„Wer sollte es sonst gewesen sein?"

Die Angelegenheit wurde immer merkwürdiger.

Ich hörte den Benachrichtigungston einer SMS und wusste, dass sie von Theodore stammte. Ich ignorierte sie. „Sehen Sie die Leute immer am selben Ort?"

„Ja."

„Und Simon Dent sehen Sie nie?"

„Ich habe ihn noch nie zu Gesicht bekommen."

„Und Sie haben noch nie einen Scheck erhalten? Immer Barzahlung?"

„Ja." Dann sah er ein wenig unbehaglich aus. „Das werden Sie doch niemandem erzählen, oder?"

Ich hatte den Verdacht, dass das Finanzamt von seiner Nebentätigkeit nichts erfahren sollte. In seiner Steuererklärung tauchten die Umschläge mit dem Bargeld vermutlich nicht auf. Ich schüttelte den Kopf. „Nein, wenn Sie meine Fragen beantworten."

Er zuckte die Achseln. „Gerne. Ich habe nichts Unrechtes getan."

„Wie haben Sie den ersten Auftrag bekommen?"

„Ich hatte in einem Theaterstück mitgespielt. Es war kein besonders gutes. Und ich hatte keine besonders große Rolle. Ich spielte einen spießigen Geschäftsmann. Aber danach kam dieser Assistent auf mich zu und fragte mich, ob ich an einer kurzfristigen freiberuflichen Tätigkeit interessiert sei. Es werde gut bezahlt." Er sah mich an. „Ich kann Ihnen sagen, es kommt nicht oft vor, dass mir jemand einen gut bezahlten Auftritt anbietet. Normalerweise gibt es kein Geld, sondern Publicity für den Lebenslauf. Oder es heißt: ‚Es ist doch für einen guten Zweck.' Also ergriff ich die Chance, ein paar Hunderter zu verdienen."

„Danke für Ihre Aufrichtigkeit", sagte ich.

Er steckte sich das letzte Stück Fisch in den Mund und

zerknüllte das mittlerweile leere Papier. „Damit ist jetzt Schluss, oder? Mit diesem Auftritt."

Ich wusste nicht so recht, was ich darauf antworten sollte, aber ich vermutete, dass er recht haben könnte. Alles, was ich sagen konnte, war: „Ich werde Ihren Namen da raushalten, wenn ich kann."

Da sah er ziemlich erschrocken aus. „Das ist doch nicht illegal, oder?"

„Was haben Sie denn gedacht? Sie haben im Namen eines anderen Verhandlungen geführt und Geschäfte gemacht? Ihnen muss doch bewusst gewesen sein, dass Sie nicht auf der Bühne standen."

Er trank einen großen Schluck von seinem Bier. „Aber ich dachte nur, ich vertrete einen Mann, der so zurückgezogen lebt, dass er nicht gesehen werden will."

„Vielleicht. Aber warum dann die Verstellung? Warum lässt er nicht einfach seinen Geschäftsführer mit den Leuten sprechen?"

Wir sahen uns an, und keiner von uns wusste eine Antwort.

Ich dankte ihm für seine Zeit und ging. Ich schrieb eine SMS an Theodore, der innerhalb weniger Minuten mit seinem Bentley vorfuhr. Er war ziemlich sauer auf mich. Nachdem er sich darüber ausgelassen hatte, dass ich mich in eine törichte Gefahr begeben hätte und so etwas nie wieder tun dürfe, erinnerte ich ihn daran, dass er derjenige war, der mich beauftragt hatte, die Hintertür zu bewachen.

Mir wurde schnell klar, dass er selbst eigentlich gar nicht so wütend auf mich war. Er war eher besorgt, dass Rafe es herausfinden würde.

Diesbezüglich beruhigte ich ihn sofort. Ich wollte auch

nicht, dass Rafe erfuhr, dass ich dem falschen Simon Dent gefolgt war.

Auf unserer Rückfahrt nach Oxford sprachen wir den Tag noch einmal durch. „Das war außergewöhnlich", sagte Theodore.

Ich stimmte zu. „Ich glaube, wir müssen diesen zurückgezogen lebenden Produzenten etwas genauer unter die Lupe nehmen."

EILIG BERIEFEN WIR FÜR DIESEN ABEND EINE SITZUNG DES STRICKCLUBS EIN. Ich bat Theodore, mich vor dem Lebensmittelladen am oberen Ende der Harrington Street abzusetzen. Dort kaufte ich sechs Dosen von Nyx' Lieblingsthunfisch und ein Fertiggericht für mich. Ebenfalls Fisch, mit Kartoffeln und Gemüse. Ziemlich gesund. Ich ging nach Hause und fütterte Nyx, während mein Abendessen am Aufwärmen war. Zum Nachtisch aß ich zwei von den Ingwerplätzchen, die Granny immer noch für mich buk.

Und während ich aß, rätselte ich, warum ein zurückgezogener Produzent einen Schauspieler anheuern würde, der ihn selbst spielen sollte. Ich kam zu dem Schluss, dass Simon Dent ein sehr merkwürdiger Typ war.

Mir schwirrte so viel im Kopf herum, dass ich beschloss, mich hinzulegen, die Augen zu schließen und die Antworten zu mir kommen zu lassen. Nyx folgte mir ins Schlafzimmer, sprang auf mein Bett und rollte sich in ihrer Lieblingsstellung neben mir zusammen. Ich holte meinen frisch geweihten Athame aus der Tasche, legte ihn mir aufs Herz, schloss die Augen und atmete tief durch. „Ich suche die Wahrheit", sagte ich laut.

Vielleicht suchte ich die Wahrheit, aber was ich bekam, war Bewusstlosigkeit. Von den langen Nächten und den Sorgen war ich so müde, dass der Schlaf mich unbemerkt überkam.

Mit klopfendem Herzen schreckte ich hoch. Ich hatte einen Albtraum gehabt. Einen von diesen fürchterlichen, bei denen einen etwas Dunkles verfolgt und man rennt und rennt, aber weiß, dass es immer näherkommt. Alles, woran ich mich erinnern konnte, war, dass ich in einem alten Haus mit vielen Zimmern gewesen war. Ich sah auf die Uhr. Es war halb zehn. Bis zu unserem Treffen blieb mir nur noch eine halbe Stunde. Nyx döste ebenfalls und öffnete genervt ein Auge, als ich mich bewegte. Ich kletterte über sie und ging mir die Zähne putzen und die Haare bürsten.

Leider hatte ich in meinem Traum nicht die Wahrheit gefunden, aber zumindest fühlte ich mich ausgeruhter, als ich mit meiner Stricktasche die Treppe hinunterging. Ich hatte nicht die Absicht zu stricken, sondern ich hatte meinen Dolch in die Tasche gesteckt. Wenn ich Wahrheit und Konzentration bekommen konnte, war ich voll dabei.

Hester trug den blauen Pulli in Diamantstrick, den sie eigentlich für die hintere Wand des Ladens hätte anfertigen sollte, und sah sowohl freudig erregt als auch wichtig aus. Sie hatte ihren Laptop dabei.

Carlos setzte sich neben sie, und wir anderen nahmen unsere Plätze ein. Sylvia saß, ob zufällig oder absichtlich wusste ich nicht, auf einem Stuhl etwas außerhalb des Kreises.

Alle waren rechtzeitig gekommen, sodass die Sitzung

pünktlich um zehn Uhr begann. Als leitender Ermittler berichtete Theodore der Gruppe von unserem Treffen mit Man Drake Films. Den Teil, in dem ich dem Schauspieler allein begegnet war, umging er, da keiner von uns beiden Rafes Ausbruch hören wollte.

„Aber warum sollte Simon Dent einen Schauspieler anheuern, um ihn selbst zu spielen?" Granny stellte die Frage, über die ich mir schon die ganze Zeit den Kopf zerbrach.

Sylvia schien weniger verwirrt als der Rest von uns. „Produzenten sind bekanntermaßen exzentrisch", erklärte sie. „Zweifellos hat er seine Gründe dafür, sich resolut hinter den Kulissen zu halten. Ich bin allerdings enttäuscht, dass er keine nützlichen Informationen hatte." Sie schaute zu Hester und, was noch wichtiger war, zu Hesters Computer. „Und was habt ihr herausgefunden?"

„Wir konnten keine Verbindung zwischen Sylvia und den Leuten finden, die in den letzten fünfzig Jahren Art Déco Schmuck von Cartier auf Auktionen gekauft haben", sagte Hester und sah ziemlich niedergeschlagen aus.

„Überhaupt keine?" Sylvia sah sehr enttäuscht aus.

„Nein. In letzter Zeit wurden die meisten Stücke von einem kanadischen Milliardär gekauft. Aber es sieht so aus, als hätte er angefangen, sie zu verkaufen, also ist er vielleicht kein Milliardär mehr. Aber es besteht echtes Interesse an Sylvia und ihren Filmen", sagte Hester, als ob das der mürrisch wirkenden Vampirschauspielerin helfen könnte. „Es gibt einen ganzen Facebook-Account, der dir und deinen Filmen gewidmet ist, weißt du."

Da strahlte Sylvia. „Wirklich?"

„Absolut. Es gibt dort Listen mit den Vorführungsterminen und Läden, wo man Kopien kaufen kann, Listen der Wohltätigkeitsauktionen, bei denen Souvenirs von dir versteigert werden und so weiter."

Sylvia wirkte sofort interessierter. Ich hatte das Gefühl, dass sie gleich nach dem Treffen zu ihrem Computer eilen würde.

Dann wurde mir klar, was Hester enthüllt hatte. „Moment mal. Was meinst du mit den Dingen, die versteigert werden? Sylvias persönliche Souvenirs?"

Hester zuckte mit den Schultern und sah Sylvia an, die über diese Frage beleidigt schien. „Ich kann meinen Anwalt gelegentlich ermächtigen, bestimmte Gegenstände aus meiner Sammlung für einen guten Zweck zu versteigern. Gibt es einen Grund, warum ich mit meinen eigenen Sachen nicht tun sollte, was ich will?"

Wir alle sahen sie an. „Sylvia, meinst du nicht, du hättest uns das sagen sollen?", fragte ich.

Sie starrte mich an, und ich sah, in welchem Moment sie begriff, worauf ich hinauswollte. „Du meinst, es könnte da einen Zusammenhang geben?"

„Nun, ich denke, es würde sich lohnen, nachzusehen, wer deine Sachen kauft. Vielleicht haben wir den falschen Weg eingeschlagen. Vielleicht ist der Täter nicht hinter Cartier-Schmuck her, sondern hinter dir."

Sie war immer noch am Boden zerstört wegen des Verlusts ihrer Juwelen, aber ich konnte sehen, dass sie sich von dieser Vorstellung eher geschmeichelt fühlte als entsetzt zu sein. „Du meinst, ich habe einen Stalker? Fünfzig Jahre nach meinem Tod?"

„Ich halte es für möglich."

Ich sah Hester an, die nickte und sehr selbstzufrieden

aussah. „Tatsächlich habe ich etwas nachgeforscht. Wenn der Dieb von dir und nicht von Cartier besessen war, wonach könnte er dann noch suchen?"

Hester schaute sich um, als ob jemand die Antwort wissen könnte.

„Fotos?", schlug Alfred vor.

„Filmrequisiten?", meinte Christopher Weaver.

„Hüte?", ließ Mabel sich vernehmen. „Und Handschuhe und sowas?"

„Ja", sagte Hester. „Gegenstände, die mit Sylvia Strand und der *Frau des Professors* in Verbindung stehen, sind begehrte Sammlerstücke."

Ich kam mir vor, als würde ich in einer TV-Quizshow nach der Antwort suchen, während der Countdown lief.

„Die Kleidung, die sie auf der Leinwand trug? Ihre Kostüme?", meinte Alfred. Aha, guter Tipp.

„Ja. Was noch? Teurere Dinge. Wir reden hier von jemandem, der genug Geld hat, um Cartier zu kaufen."

„Das Haus", sagte ich, als mir plötzlich die Antwort einfiel, bevor der Gong ertönte.

Hester nickte in meine Richtung. „Genau. Das Haus, in dem *Die Frau des Professors* teilweise gedreht wurde und in dem Sylvia auf Partys ging."

„Jemand hat ein altes Herrenhaus als Souvenir gekauft?", fragte Sylvia erfreut.

„Ich denke ja. Ich habe alle Cartier-Käufer und die Souvenir-Käufe mit dem Hauskäufer abgeglichen."

„Und du hast eine Übereinstimmung gefunden?"

„Gewissermaßen. Ich habe eine Antiquitätenhändlerin namens Ingrid Carlson gefunden, die mehrere Cartier-Stücke für einen anonymen Käufer gekauft hat. Sie hat auch einen Auktionsposten ersteigert, der Fotos von Sylvia Strand und das Haus umfasste."

„Könnte diese Ingrid Carlson der echte Name von Simon Dent sein?"

„Unwahrscheinlich", sagte Hester. „Sie hat mit ihrem Antiquitätenhandel zu tun. Ich bezweifle, dass sie Zeit hat, und falls sie nicht irgendwo Geld versteckt, das ich nicht habe finden können, ist sie nicht reich genug."

„Es soll mal einer versuchen, Geld zu verstecken, das du nicht finden kannst", sagte Theodore mit offensichtlichem Stolz auf seinen Schützling.

„Vielleicht hat Ingrid Carlson das Haus ja für sich selbst gekauft", meinte Granny. „Irgendwo muss sie ja wohnen."

„Ja, das muss sie", sagte Hester mit triumphierendem Blick. „In New York."

„Könnte es ein Zweitwohnsitz sein?", fragte Alfred.

„Das könnte sein, aber Frau Carlson besitzt auch eine Wohnung in Knightsbridge."

Das war eine schicke Gegend in London. Brauchte diese Händlerin wirklich eine Wohnung in New York, eine in London und ein Herrenhaus in der Nähe von Oxford?

Reiche Leute schienen oft Häuser zu sammeln, aber das waren wirklich viele Immobilien. Es sah eher so aus, als hätte Ingrid Carlson das Haus für jemand anderen gekauft. Für jemanden, der ein sehr, sehr großer Fan von Sylvia Strand war.

Das war die heißeste Spur, die wir hatten. Das war uns allen klar.

Aber ich wollte keine voreiligen Schlüsse ziehen. „Okay, gehen wir einmal davon aus, dass eine reiche Person Sylvias alte Kleider und Juwelen aufgekauft und möglicherweise das

Haus erworben hat, in dem *Die Frau des Professors* gefilmt wurde. Damit ist dieser verrückte Souvenirjäger noch lange kein Mörder."

„Es ist mir egal, wen der oder die ermordet hat. Ist das auch der Juwelendieb?", fragte Sylvia.

„Wir müssen hinfahren, um es herauszufinden", sagte Hester.

Ich sah in die Vampirrunde. „Wir brauchen einen Plan."

Dann bemerkte ich, dass Rafe Theodore anstarrte, der seinerseits alarmierte Blicke in meine Richtung warf. Er sagte: „Ich werde einige Nachforschungen anstellen. Wir dürfen keine Steine ins Rollen bringen. Hester, vielleicht fahren wir beide mal vorbei und schauen, ob sich in dem Haus irgendetwas tut."

Sie schaute ein wenig überrascht, stimmte aber bereitwillig zu. Hester sonnte sich noch immer in ihrem Ruhm. Immerhin hatte sie jemanden, der Cartier-Schmuck sammelte, mit einem Haus in Verbindung gebracht, das etwas mit Sylvia zu tun hatte.

Das war eine beeindruckende Leistung.

Ich wartete, bis das Treffen zu Ende war und die Vampire, bis auf Rafe und Theodore, ihrer getrennten Wege gegangen waren. „Was war denn das jetzt?", fragte ich Theodore. „Willst du keinen Plan machen?"

„Natürlich will ich das", sagte er leise und sah nervös zu Rafe. „Aber wir wollen nicht, dass Sylvia in diesen Plan verwickelt wird."

Es herrschte einen Moment lang Schweigen, dann sagte er: „Es könnte für jeden Sterblichen, der sich ihr in den Weg stellt, gefährlich werden."

Richtig. Weil sie ihn in Stücke reißen würde. „Okay, und wie lautet der Plan?"

„Hester und ich haben das Haus bereits besichtigt. Es scheint dort niemand zu wohnen. Wir gehen heute Abend rein."

„Lass mich raten, mitten in der Nacht." Jetzt war ich sehr froh, dass ich vor dem Treffen ein Nickerchen gemacht hatte.

„Du brauchst nicht mitzukommen, Lucy", sagte Rafe.

„Machst du Witze? Ich habe diese Juwelen verloren. Ich habe auf jeden Fall vor, bei der Suche zu helfen."

Theodore sah Rafe an, als ob es seine Entscheidung wäre, was mich ärgerte. Dann sagte er: „Nun gut. Aber kein einziges Wort zu Sylvia."

Er brauchte sich keine Sorgen zu machen. Je weniger Zeit ich mit der nachtragenden Vampirin verbrachte, desto besser.

Vielleicht würde ich jammern, dass ich mitten in der Nacht in fremden Häusern herumschleichen musste, aber das hatte auch Vorteile. Niemand konnte sehen, was wir taten, und, mal ehrlich, Vampire waren nun einmal nachts am cleversten. Ich nicht so sehr, aber ich könnte sicherlich in das Haus eindringen und mich – vielleicht mit Hilfe meines Athame-Dolches – auf Indizien konzentrieren.

Laut der Warnung von Margaret Twigg konnte ich diesen leider nicht als Metalldetektor verwenden, aber ich war zuversichtlich, dass dieses neue Werkzeug mir sehr nützlich sein würde.

KAPITEL 23

*W*ir trafen uns um zwei Uhr morgens: Rafe, Theodore, Hester, Carlos und ich. Rafe war dagegen, zwei junge Vampire einzubeziehen, aber als ich ihn daran erinnerte, wie Hester mit ihrer Detektivarbeit den Durchbruch geschafft hatte und wie gut sie mit Computern umgehen konnten, lenkte er ein. Da niemand im Haus war, konnten sie alle dort vorhandenen Computer überprüfen. Es gab jede Menge Sicherheitsvorkehrungen, aber die Vampire mussten natürlich nicht befürchten, gefilmt zu werden. Damit waren sie hervorragend geeignet, um sich ungesehen irgendwo hinein- und wieder hinauszuschleichen. Ich nicht so sehr.

Aber Hester war ziemlich zuversichtlich, dass sie, sobald sie drinnen war, das Sicherheitssystem würde deaktivieren können, und dann konnte ich einfach hineinspazieren.

Wie vereinbart, trafen wir uns alle im Herrenhaus von Rafe. Sie trugen, was sie wollten, aber ich ging auf Nummer sicher und hatte mich ganz in Schwarz gekleidet, einschließlich schwarzer Lederhandschuhe, um keine

Fingerabdrücke zu hinterlassen. Ich war auch sehr, sehr nervös.

Wir beschlossen, mit zwei Autos zu fahren. Rafe und ich nahmen den Tesla, der war praktisch ein dunkler Schatten in Fahrzeugform. Theodore und die jungen Vampire fuhren in einem Van, der Carlos gehörte.

Ich war es nicht gewohnt, nachts herumzuschleichen, und schon gar nicht, an einem Ort einzubrechen, wo es nichts gab, das meine Anwesenheit hätte rechtfertigen können. Aber wir hatten nicht genug Beweise, um zur Polizei zu gehen. Dies war unsere bisher beste Spur, um zumindest herauszufinden, wer etwas über diese Juwelen wissen könnte.

Das Haus, in dem *Die Frau des Professors* gedreht worden war, lag etwa dreißig Autominuten von Rafes Villa entfernt. Es war wunderschön, ein viktorianischer Prachtbau. Ein leichter Schauer durchfuhr mich, als ich es von außen wiedererkannte, so wie es im Film gewesen war. Dies war auch das Haus, von dem ich geträumt hatte, da war ich mir fast sicher. Mein Albtraumhaus. Da es so spät war und nur das Mondlicht das Haus beleuchtete, sah es aus wie das Haus in dem Schwarzweißfilm.

An der langen, gewundenen Einfahrt zum Haus fuhren wir vorbei, um diskret in einer schmalen Gasse zu parken. Carlos parkte seinen Wagen in der Nähe, und wir fünf trafen uns am oberen Ende der Auffahrt.

„Seid ihr sicher, dass es leer ist?", fragte ich und mir war übel vor Aufregung.

„Ich bin mir nicht sicher, aber seit gestern ist niemand mehr rein- oder rausgegangen", flüsterte Hester.

„Warte hier", sagte Rafe leise, als wir fast lautlos die Einfahrt hinuntergingen.

Ich nickte. Alle Fenster waren dunkel, und es sah unbewohnt aus.

Als die vier Vampire lautlos zum Haus gingen, wünschte ich mir, Nyx als Begleitung zu haben. Ich war so verängstigt, als wäre ich Opfer eines Einbruchs und nicht Teil der Einbrecherbande.

Da war so ein unangenehmes Gefühl, wahrscheinlich ein Nachklang des Albtraums.

Statt Nyx hatte ich meinen Athame in der Tasche dabei. Ich hatte gedacht, er würde mir helfen, mich zu konzentrieren, aber jetzt zog ich ihn heraus und hielt ihn zur Beruhigung in der Hand, und wenn nötig, würde ich den Dolch schwingen. Er war keine Waffe, aber im Dunkeln hätte er für eine durchgehen können.

Etwa fünf sehr lange Minuten vergingen, dann erschien Hester an der offenen Haustür und winkte. Sie war wirklich gut.

Ich ging rasch die Auffahrt hinunter und war froh, dass das Grundstück so groß und abgelegen war. Kein Hund bellte, und selbst als ich mich der Tür näherte, ging seltsamerweise kein Sicherheitslicht an.

Als ich das Haus betrat, sah die große Eingangshalle im schwachen Mondlicht dunkel und unheimlich aus.

Hester und Carlos machten sich auf die Suche nach Computern. Theodore sagte, wir würden mit einer systematischen Durchsuchung des Erdgeschosses beginnen, Zimmer für Zimmer. Wir würden nicht dorthin eilen, wo sich am ehesten ein Safe mit Juwelen befinden könnte. „Es ist wichtig, systematisch zu suchen", flüsterte er.

Die Vampire konnten hundertmal besser sehen als ich, so dass sie kein Licht einzuschalten brauchten. Ich versuchte zwar zu helfen, wollte aber auch nicht blindlings herumtasten und riskieren, Dinge umzustoßen.

Theodore begann in der Küche. Er schlug mir vor, bei ihm zu bleiben, aber ich sagte ihm, ich würde Rafe helfen. Rafe durchsuchte den großen Speisesaal und schlug mir vor, ihm zu helfen, aber ich sagte ihm, ich würde Theodore helfen. In Wirklichkeit wollte ich keinem der beiden hinterherlaufen und mehr Last als Gehilfin sein.

Ich hatte zwar keine Nachtsicht, aber ich hatte einen frisch geladenen Hexendolch und spürte seine Kraft aus meiner Tasche strahlen. Während Rafe und Theodore unten suchten, folgte ich dem Zug des Dolches zur Treppe. Mit meiner Magie, dem Dolch und in Gesellschaft von vier Vampiren hatte ich keine Angst, von einem Menschen angegriffen zu werden. Ich spürte genau, dass die Juwelen entweder schon einmal hier gewesen waren oder es jetzt noch waren. Es war wie ein Kribbeln an Hals, Handgelenken und Ringfinger.

Ich ging die mit Teppich ausgelegte Treppe hinauf, meine Schritte waren lautlos. Auf dem ersten Treppenabsatz hielt ich inne.

Hester und Carlos waren gerade in einem großen Büro zu sehen. Sie saß eifrig tippend an einem Computer, während Carlos Bücherregale durchsuchte.

Ich stieg eine weitere Treppe hinauf, und das Kribbeln wurde stärker. Ich befand mich auf einem Treppenabsatz und hatte eine schwere Tür vor mir. Ich drehte den Griff und die unverschlossene Tür öffnete sich leicht. Lautlos.

Ich befand mich in einem großen Raum. Jemand hatte alle Wände herausgerissen und einen riesigen Unterhaltungssaal geschaffen, der die gesamte Etage des Hauses einzunehmen schien.

Die Reihe samtbezogener Kinosessel mit Mahagoniarmlehnen musste aus einem alten Kino stammen. Auf einem Tisch hinter den Sitzen stand ein richtiger Filmprojektor, und auf einer großen Leinwand, die den Raum beherrschte, lief ein Film.

Es war ein alter Schwarzweißfilm. *Die Ehefrau des Professors.* Ohne die begleitende Musik war dies wirklich ein Stummfilm.

Auf dem riesigen Bildschirm starrte mich eine viel jüngere Sylvia direkt an. Sie klimperte mit ihren ausdrucksstarken Augen und sprach. Die Worte auf dem Bildschirm lauteten: „Liebling. Du hast mich so glücklich gemacht." Dies war eine der Szenen, in denen sie das Cartier-Set trug, und es tat mir weh, das zu sehen. Ich wandte meinen Blick ab, und als ich mich umblickte, erkannte ich, dass der ganze Raum ein Schrein war. Für Sylvia.

Ich traute mich nicht, das Licht einzuschalten, sodass die einzige Beleuchtung vom Filmprojektor ausging. Da alle Fenster verschlossen waren, kam nicht einmal Mondlicht herein.

Es war supergruselig. Schaufensterpuppen trugen Kleider. Und Hüte, die ich aus dem Film wiedererkannte. Überall waren Fotos. Jedes einzelne zeigte Sylvia Strand. Und auf einer schwarzen Schaufensterpuppe aus Samt prangte entweder eine sehr gute Kopie des Cartier-Sets oder das Original.

Mein Herz begann zu hämmern. *Bitte lass es das gestohlene Cartier-Original sein.*

Ich ging vorwärts, es juckte mir in den Fingern, an die

Juwelen heranzukommen, und dann spürte ich die pulsie-
rende Kraft meines Athame-Dolches, den ich immer noch in
der Hand hielt. Ich schaute mich kurz um und merkte, dass
ich nicht allein war. Ich war so sehr auf den Film und die
Juwelen konzentriert gewesen, dass ich nicht bedacht hatte,
dass der Film Zuschauer haben könnte.

In was war ich da hineingeraten?

Eine Stimme sagte kühl und amüsiert: „Ich ahnte schon
bei unserer ersten Begegnung, dass Sie Ärger machen
würden."

Ich drehte mich um und bemerkte zum ersten Mal, dass
auf einem der Sitze jemand saß. Er erhob sich, und es war ein
schlanker Mann in einem eleganten Anzug aus den 1920er
Jahren. Dieser ähnelte so sehr dem Anzug, den Sylvias Co-
Star trug, dass ich mich fragte, ob es tatsächlich derselbe
Anzug war. Der Mann trug die Haare zurückgegelt.

Ich erkannte ihn natürlich trotzdem.

Edgar Smith.

Der angebliche Geschäftsführer wirkte gar nicht mehr so
hilfsbereit und fröhlich. Er sah kalt aus. Tödlich.

Mörderisch.

KAPITEL 24

Ich sah keine Waffe in seinen Händen, aber er traute sich zweifellos zu, mit mir fertig zu werden.

Ich brauchte nur zu schreien, und die Vampire würden in einer Sekunde hier sein, aber dazu war ich noch nicht bereit. Ich wollte verstehen.

Hilf mir, mich zu konzentrieren, bat ich den Dolch leise. *Trenne die Wahrheit von den Lügen.*

„Sie sind nicht Simon Dents Geschäftsführer, oder?"

Er sah mich an, als sei ich besonders schwer von Begriff. „Glauben Sie, ein unterbezahlter Angestellter könnte sich das alles leisten?" Er schwenkte seinen Arm durch den Raum und beantwortete dann seine eigene Frage. „Natürlich nicht. Ich habe ein Vermögen von meinem Vater geerbt. Ich war eine furchtbare Enttäuschung für ihn, denn er leitete Stahlwerke und ich hatte keine Lust, seine Firma zu übernehmen." Er verdrehte die Augen. „Langweilig."

Er schlenderte hinüber und betrachtete die auf dem Bildschirm verewigte Sylvia mit fast schwärmerischem Blick. „Alles, was ich je wollte, war, Filme machen. Ich wollte in die Welt des Glamours und der unendlichen Möglichkeiten eintauchen. Der Zwang, in der Stahlindustrie arbeiten zu müssen, saugte mir die Seele aus. Das einzige Glück, das ich je hatte, war, in der Dunkelheit des Kinos zu sitzen."

Ich war fassungslos. Er konnte nicht älter sein als fünfundvierzig. „Aber das ist kein richtiger Film. Es ist ein Stummfilm."

Er drehte sich um und starrte mich an, als ob ich sein Baby beleidigt hätte. „Sie haben keine Ahnung. Sie haben offensichtlich weder Geschmack noch künstlerisches Empfinden. Blanker Hohn, dass Sie die Juwelen dieser wunderbaren Frau geerbt haben."

„Sie sind der, der alle Erinnerungsstücke von Sylvia Strand gekauft hat, nicht wahr?"

„Aber natürlich. Ich habe auch eine Leidenschaft für Cartier, aber ich muss zugeben, dass sie begann, als ich von ihrer engen Freundschaft mit dem Juwelier erfuhr."

Er starrte mich wütend an. „Und ich hätte Sylvias Cartier-Set mit Freuden gekauft. Aber Sie waren zu gierig. Sie wollten Ihr Erbe ganz für sich allein behalten. Sie sind primitiv, banal und geizig."

Er wirkte selbst nicht gerade wie ein großherziger Philanthrop.

„Sie hätten das Schmuckset also gekauft, aber es kam nie auf den Markt."

„Natürlich hätte ich das. Mit dem Geld aus dem Stahlgeschäft konnte ich mir endlich meinen Traum erfüllen, nachdem mein Vater ... verstorben war."

Sein „verstorben" klang so kalt, dass ich überzeugt war, er habe etwas mit dem Tod seines Vaters zu tun. Ich würde

Hester bitten müssen, sich das anzusehen. Wenn ich die heutige Nacht überlebte.

Ich muss ihm am Reden halten, dachte ich. Irgendwann würden die Vampire nach mir suchen.

„Aber warum Sylvia? Warum *Die Frau des Professors*?"

„Verstehen Sie denn nicht?" Er deutete mit einer Hand auf den Bildschirm, wo sie in die Kamera lachte. „Haben Sie jemals etwas oder jemanden gesehen, der so großartig war? Wenn ich ein Magier wäre, würde ich mich in sie verwandeln. Aber da ich das nicht kann, tue ich das Nächstbeste. Ich sitze jede Nacht bei ihr und erwecke sie auf die einzige Weise, die ich kenne, wieder zum Leben."

Am liebsten hätte ich geschnaubt. Wenn der wüsste! Sylvia war immer noch da, und ich bezweifelte, dass sie sich mit diesem Kerl anfreunden wollte.

„Ich kaufe alles auf, was ihr gehört hat." Er starrte mich wieder wütend an. „Ich habe dieses Haus gekauft, weil sie hier gefilmt hat und hier auf Partys gegangen ist. Ich habe jahrelang nach diesem Set aus Diamanten und Smaragden gesucht. Es war ein wichtiger Teil von ihr, der sich mir entzog. Ich hatte Agenten aus der ganzen Welt, die sich diskret erkundigten, aber es kam nie auf den Markt. Es gab keinen Hinweis darauf, dass es jemals verkauft worden war. Also musste ich Sie ans Licht locken, Sie und die Juwelen."

„Sind Sie Simon Dent?"

Er lachte. „Sie haben lange genug gebraucht, um das herauszufinden. Natürlich bin ich das. Ich mache schon seit Jahren Filme. Aber ich habe nie gewollt, dass jemand weiß, wer ich bin. Oder wie es um mein Vermögen bestellt ist." Er lachte, es klang unheimlich. „Ich bin als Produzent völlig hinter den Kulissen."

„Warum haben Sie Bryce Teddington getötet?"

Er schien nachzudenken. „Weil er, genau wie Sie, ein sehr neugieriger Mensch war. Er wollte die Dinge nicht ruhen lassen. Damit hatte er natürlich recht. Die gesamte Inszenierung war eine Täuschung. Ich hatte schon einmal darüber nachgedacht, *Die Frau des Professors* neu zu verfilmen, aber wie könnte man Perfektion jemals verbessern?"

Ich ahnte, dass er und Sylvia in dieser Hinsicht vielleicht etwas gemeinsam hatten.

„Ich habe mir die Mühe gemacht, eine glaubwürdige Produktionsfirma zu finden, und Sie zu mir gelockt, weil ich herausfinden musste, wer das Cartier-Set hatte. Umfangreiche Nachforschungen und hohe Geldzahlungen an verschiedene Ermittler ergaben schließlich, dass das Set Sylvias Familie anscheinend nie verlassen hatte. So kam ich auf die Idee, dass ich, wenn ich so tue, als würde ich den Film neu verfilmen, gute Chancen hätte, mir die Juwelen wenigstens ausleihen zu können."

„Ohne die Absicht, sie jemals zurückzugeben." Ich musste zugeben, dass das ein ziemlich guter Plan war. Teuer und hinterhältig, aber auch kühn und unerwartet. Das war offensichtlich der Grund, warum es funktioniert hatte.

„Sie sind zwar nicht besonders helle, aber mir leider auch hartnäckig auf den Fersen, bei der Suche nach den Juwelen."

„Und hier bin ich. Ich fürchte, ich muss Ihnen diese Juwelen wieder abnehmen." Abgesehen davon, dass ich die Polizei holen musste, damit man ihn wegen Mordes verhaften konnte.

Wieder lachte er. „Ich habe ihrem Anwalt über einen Händler, mit dem ich manchmal zusammenarbeite, eine fabelhafte Summe angeboten, um das Cartier-Set zu kaufen."

Was? Dieses kleine Detail hatte Sylvia für sich behalten. Wäre sie etwas zuvorkommender gewesen, dann wären wir vielleicht schon viel früher hier gelandet. „Offensichtlich waren Sie es, die abgelehnt hat. Für Ihre Gier kann ich nicht die Verantwortung übernehmen. Lucy, Sie sind für den Tod von Bryce Teddington genauso verantwortlich wie ich." Er schnalzte missbilligend mit der Zunge. „Sie sind ein sehr, sehr gieriges Mädchen. Sie tragen die Juwelen nicht einmal. Als Sie sie bei der Gala anhatten, konnte ich sehen, dass sie nicht daran gewöhnt waren. Es sah nicht so aus, als ob Sie überhaupt mit ihnen vertraut wären."

„Trotzdem gehören sie mir, nicht Ihnen."

„Ist Ihnen nicht klar, meine Liebe, dass Sie dieses Haus nicht lebend verlassen werden?"

Ich wollte ihm eine schlagfertige Antwort geben. Aber mir fiel nichts ein. Er kam einen Schritt auf mich zu, und da ich nicht wusste, was ich sonst tun sollte, schwang ich meinen Dolch. Sicher, die Kanten waren absichtlich abgestumpft, und ich bezweifelte, dass man damit einen Brief öffnen konnte, aber auf den ersten Blick war der Dolch recht imposant. Vor allem mit dem unheimlichen Leuchten, das sich von Blau zu einem eher violetten und roten Farbton verändert hatte, vermutlich durch die Kraft meiner Gefühle.

Das ließ ihn tatsächlich innehalten. Dann lachte er. „Ist das ein Requisitenmesser? Da müssen Sie sich schon etwas anderes einfallen lassen."

Ich richtete den Dolch auf ihn und wollte gerade einen Zauberspruch sprechen, als sich die Tür hinter mir öffnete. Meine Nackenhaare sträubten sich. Ohne mich umzudrehen, wusste ich wer es war.

„Ich habe das unter Kontrolle", sagte ich. „Bitte warte draußen."

Stattdessen ertönte ein unheimlicher Schrei. „Sie schrecklicher, kleiner, diebischer Mann", schrie Sylvia. Sie rannte zu ihrer Halskette und sagte: „Meine Juwelen. Meine Juwelen. Wenn Sie auch nur einen Fingerabdruck darauf hinterlassen haben ..."

Der Mann, den ich als Edgar Smith kannte, gab einen Laut von sich, der einem Stöhnen glich. „Sylvia?" Er schwankte, als ob er in Ohnmacht fallen würde.

In ihrer ganzen Pracht wandte sie sich ihm zu. „Sie sind eine Schande für meinen Namen und mein Andenken", schrie sie ihn an.

Er ging auf sie zu. Vermutlich war er nicht sehr gut in Mathe, wenn er sich nicht überlegt hatte, dass sie tot sein musste. „Ich habe es für Sie getan. Ich habe das alles für Sie getan." Er ging auf sie zu und streckte die Hände aus, als ob ... was? Als ob sie sich umarmen würden?

Sylvia hielt davon gar nichts. Sie ging auf ihn zu, und ich konnte ihre tödliche Absicht erkennen. Er breitete seine Arme aus, als hätte die Frau seiner Träume ihm das Jawort gegeben.

Als sich ihre Lippen zurückzogen, schrie ich „Nein", aber ich kam zu spät. Sie schnappte sich Edgar Smith, und was ein wütender Vampir macht, ist nicht schön. Mehr sage ich nicht.

Jetzt war es Edgar Smith, der schrie. Ich war außer mir. „Aufhören!", schrie ich. „Sylvia! Hör auf!" Zum Glück lockte der Aufruhr die anderen Vampire an.

Rafe kam als Erster an. Er überblickte die Lage sofort, rannte zu Sylvia und zog sie weg von ihrem Opfer, das bleich und regungslos zu Boden fiel. Er hielt die sich windende Sylvia fest, die alles tat, um sich aus seinem Griff zu befreien.

War es zu spät? Ich rannte los und kniete neben Edgar Smith nieder. Er sah totenblass aus, aber er war noch am Leben. Gerade noch so. Er hatte allerdings viel Blut verloren. Ich wusste nicht, was ich tun sollte.

Hester und Carlos kamen hereingerannt und gesellten sich zu Rafe. Ich blickte zu ihm auf. Er hatte offensichtlich mehr Erfahrung als ich mit fast tödlichen Vampirbissen. Hester und Carlos halfen ihm, Sylvia unter Kontrolle zu halten. Theodore kam als Letzter an. Wie Rafe verschwendete er keine Zeit, sondern verschaffte sich einfach einen klaren Überblick über die Situation.

„Wird er es schaffen?", fragte ich. Meine Stimme zitterte. Ich mochte Edgar Smith, oder wie auch immer er hieß, nicht, und er hatte Bryce Teddington ermordet und Sylvias Juwelen gestohlen, aber ich wollte nicht, dass er so endete.

Außerdem war ich mir nicht ganz sicher, wie die Sache mit den Vampiren funktionierte. Was wäre, wenn sie ihn versehentlich in einen Vampir verwandelt hätte? Ich wollte ihn nicht im Strickclub haben. Ich hatte also eine Menge Gründe zu hoffen, dass Edgar Smith sein Leben nicht hier beendete. Jetzt.

Theodore schaute zu mir auf und sagte: „Ich bin mir nicht sicher." Dann sah er zu der Gruppe, die Sylvia noch immer zurückhielt. „Ich schlage vor, ihr bringt Sylvia hier raus. So schnell wie möglich."

An ihrer Lippe hing ein dünner Blutstropfen wie ein Rubin. Ich sah, was er meinte. Wenn sie sie nicht festhielten, würde sie die begonnene Arbeit zu Ende bringen.

Bevor jemand sie irgendwohin bringen konnte, sagte sie mit eiskalter Stimme: „Nicht ohne meinen Schmuck."

Er nickte einmal, und sie brachten sie zu der Schaufensterpuppe, der sie in aller Eile den Schmuck abnahm, und sich, um ja kein Risiko einzugehen, das Collier am Hals, die Ohrringe an den Ohren und die Armbänder an den Handgelenken befestigte sowie den Ring an ihren Finger steckte. Die Juwelen sahen an ihr sehr viel besser aus, als ob sie dort hingehörten.

Erst dann beruhigte sie sich und willigte ein, mit Hester und Carlos zu gehen.

Rafe und ich blieben mit Theodore zurück. Ich fragte: „Was machen wir jetzt?"

Wir alle sahen uns an. Ich hatte mit so etwas noch nie zu tun gehabt, die beiden aber vermutlich schon. Sie schienen schweigend zu kommunizieren, ohne mich einzubeziehen. Schließlich sagte Rafe: „Es ist ein bisschen gefährlich, aber ich sehe nicht, welche andere Wahl wir haben."

„Wovon redet ihr?", fragte ich. Ich mochte es nicht, auf diese Weise ausgeschlossen zu werden. Obwohl ich es wahrscheinlich gar nicht wissen wollte.

Rafe sah mich an, und ich konnte sehen, wie er mit sich rang. „Lucy. Es tut mir leid, dass ich dich nicht nach Hause begleiten kann, aber deine Wohnung wird jetzt sicher sein. Mach niemandem außer mir und Theodore die Tür auf und geh nicht ans Telefon."

„Aber ich könnte helfen. Ich möchte nicht, dass ihr beide die ganze Verantwortung dafür tragt." Was auch immer das war.

Er schüttelte den Kopf. „Vertrau mir. Es ist besser, wenn du uns jetzt verlässt."

Ich sah hinüber zu Theodore, der nickte. „Er hat recht, Lucy. Ohne dich werden wir das schneller und einfacher machen."

Ich schaute mich im Raum um. Der Film lief immer noch, unheimlich. Der Boden war blutverschmiert, und wer wusste schon, woran Edgar sich erinnern würde, falls er überlebte.

Als hätte er meinen Gedankengang verfolgt, sagte Theodore: „Mach dir keine Sorgen, Lucy. Ich werde den Tatort säubern."

„Aber wird sich Edgar nicht daran erinnern, was mit ihm passiert ist?"

Sie sahen sich wieder an. „Nein."

Ich wusste, dass ich nichts mehr aus ihnen herausbekommen würde, also versuchte ich es erst gar nicht.

„In Ordnung. Aber ich komme mir vor wie ein Feigling, wenn ich euch allein aufräumen lasse. Ich sollte helfen und nicht nach Hause rennen, mich in meiner Wohnung einschließen, ins Bett hüpfen und mir die Decke über den Kopf ziehen." Aber um ehrlich zu sein, war es genau das, was ich tun wollte.

„Wirklich. Du wärst nur im Weg", sagte Theodore.

Also tat ich, wie mir geheißen. Rafe brachte mich zum Tesla. Ich schaute ihn an. „Du vertraust mir dein Auto an?"

„Ich vertraue dir mein Leben an, mein Herz und alles, was ich zu geben habe."

Ich fühlte mich, als hätte er mir den Atem aus der Lunge gezogen. Er öffnete die Tür und wartete, während ich einstieg. „Ich komme später zu dir und erzähle dir, wie es gelaufen ist."

„Versprochen?"

„Ja", und dann küsste er mich schnell und blickte mir hinterher, als ich wegfuhr.

NATÜRLICH TAT ICH NICHT, was er mir gesagt hatte. Ich fuhr zurück in die Harrington Street, aber anstatt nach oben in meine Wohnung zu gehen, ging ich nach unten in das Gewölbe, wo Sylvia wohnte. Ich wusste, dass ich nicht mehr in Gefahr war.

Als ich klopfte, wurde die Tür auch fast sofort von Hester geöffnet. Sie strahlte noch mehr als sonst. „Komm rein", sagte sie. „Wir machen eine Party."

Es herrschte eine sehr festliche Atmosphäre. Sylvia hatte sich herausgeputzt, und zweifellos hatte Granny ihr das Make-up und die Frisur in Ordnung gebracht. Sie hatte ein bodenlanges silbernes und schwarzes Kleid an, das umwerfend aussah, und trug freudig ihr Schmuckset.

Sie sah mich zum ersten Mal mit so etwas wie Wärme an, seit ich die Juwelen verloren hatte. „Nun, Lucy? Was hast du zu deiner Verteidigung zu sagen?"

„Ich kann nur sagen, dass ich mir nie wieder etwas von deinem Schmuck ausleihen werde."

Es gab allgemeines Gelächter, allerdings nicht von Sylvia. Ich glaubte nicht, dass sie mir ganz verziehen hatte.

„Ich hätte mich an die alte Maxime erinnern sollen: Schicke niemals eine Zweitbesetzung, wenn Starpower erwartet wird", sagte sie mit einer hochgezogenen Augenbraue.

Ich lächelte sie ebenso eisig an. „Oder schicke niemals einen Sterblichen, um zu tun, was ein Vampir tun sollte."

Granny kam zu mir und umarmte mich. „Das hast du wunderbar gemacht, Lucy." Sie legte einen Arm um meine Schultern und drehte sich zu Sylvia um. „Vergiss nicht, dass es Lucy war, die das Komplott vereitelt und deinen Schmuck zurückbekommen hat."

Sylvia seufzte theatralisch. Aber Sylvia tat ja alles theatralisch. „Oh, sehr gut. Dir ist vergeben."

Ich trank ein Glas von Granny Harvey's Bristol Cream, denn was auch immer die Vampire tranken, wollte ich nicht. Wir unterhielten uns über den ganzen außergewöhnlichen Fall.

Ich hätte erschöpft sein sollen, aber ich war vom Adrenalin so aufgedreht, dass ich nicht hätte schlafen können, selbst wenn ich es versucht hätte. Ich saß also zwei oder drei Stunden mit dem Vampir-Strickclub zusammen, und dann tauchten Theodore und Rafe auf.

Sylvia erblickte sie als Erste. Sie fragte: „Habt ihr euch um ihn gekümmert?"

Rafe sah sie sarkastisch an. „Willst du nicht wissen, ob er überleben wird?"

„Nicht wirklich."

„Nun, ich schon", sagte ich.

Theodore nickte. „Er ist im Krankenhaus. Er brauchte eine Bluttransfusion, aber ich bin sicher, dass er wieder gesund wird."

„Aber wird er sich an irgendetwas erinnern?"

„Nein. Dafür haben wir gesorgt."

Ich hatte keine Ahnung, wie sie einem Menschen den Verstand bereinigen oder die Erinnerungen löschen konnten. Das war ein Trick, den ich gerne lernen würde.

„Aber wie habt ihr ihn ins Krankenhaus gebracht?",

fragte ich. „Ich meine, nicht, wie ihr ihn ins Krankenhaus gebracht habt, sondern ob die Ärzte nicht misstrauisch werden, dass er Bisswunden am Hals hat?"

Erneut wechselten Rafe und Theodore Blicke. Langsam nervte mich das. „Sagt es mir einfach."

„Nun gut. Er wird keine Bisswunden haben. Wir haben es so aussehen lassen, als ob er angegriffen worden wäre und jemand versucht hätte, ihm die Kehle durchzuschneiden, es aber nicht schaffte."

Nun, ich hatte es ja wissen wollen. Ich wollte so etwas wie „ekelhaft" schreien, aber das war ihre Welt, nicht meine. Und sie hatten Sylvia davon abgehalten, ihn zu töten.

„Aber er muss trotzdem für das bezahlen, was er Bryce Teddington angetan hat. Wie können wir ihn mit diesem Verbrechen in Verbindung bringen?", fragte ich.

„Dadurch, dass er ein Geständnis geschrieben und unter-schrieben hat."

Theodore sagte das so sachlich, dass ich fast hätte lachen müssen. Fast.

Ich wusste nicht, ob das Geständnis Bestand haben würde, aber die Polizei brauchte nur einen triftigen Grund, um gegen den Mann, der sich Edgar Smith nannte, zu ermit-teln, und sie würde einige sehr interessante Dinge finden. Hester hatte ihre Zeit mit seinen Computern nicht verschwendet. Sie hatte viele dubiose Geldtransfers und Geschäfte gefunden, die unter verschiedenen Pseudonymen abgewickelt wurden.

Wenn Edgar Smith sich erholte, würde er mit großen Schwierigkeiten zu kämpfen haben.

KAPITEL 25

Ich war wieder in meinem Laden. Und erstaunlicherweise stellte ich, nachdem ich ein paar Tage nicht hier gewesen war, fest, dass ich ihn vermisst hatte. Clara und Mabel hatten sich wunderbar darum gekümmert, aber sie hatten das Mohair dorthin gelegt, wo ich die Alpakawolle haben wollte, und sie hatten alles so perfekt aufgereiht, dass es fast zu ordentlich war. Ich persönlich war der Meinung, dass ein Strick- und Wollgeschäft nicht zu makellos sein sollte. Kundinnen und Kunden sollten das Gefühl haben, dass sie die Wollknäuel zusammendrücken und Dinge anfassen konnten, und zwar ohne Angst, Probleme zu bekommen.

Ich war gerade dabei, eine neue Lieferung von Teddy Lamont-Büchern und Zeitschriften auszupacken. Als ich sie in die Auslage legte, stach mir eine Decke auf dem Titelblatt einer Zeitschrift ins Auge. Vor allem, weil dort stand: „Ein einfaches, aber stilvolles Projekt." Es war eine Decke, die so klein war, dass man sich damit vor den Fernseher kuscheln und sie über die Lehne der Couch hängen konnte, wenn sie nicht gebraucht wurde. Zum ersten Mal, seit ich denken konnte, verspürte ich tatsächlich den Drang, etwas zu stricken. Nicht aus Pflichtgefühl oder um während der Treffen des Vampir-Strickclubs etwas zu tun zu haben, sondern ich wollte tatsächlich etwas stricken. Dies war ein großer Durchbruch.

Ich knabberte an meiner Unterlippe und versuchte zu entscheiden, ob „einfach" bedeutete, dass es für mich einfach sein würde oder ob es hieß, dass eine erfahrene Strickerin keine Probleme damit haben würde. Aber was hatte ich zu verlieren?

Als Geschäftsinhaberin gab ich mir selbst einen schönen Rabatt auf Wolle und Muster. Und wenn ich diesen Strickladen weiterführen wollte, müsste ich mein Handwerk wirklich besser lernen. Ich schlug die Zeitschrift mit dem Muster auf und versuchte, die Anleitung zu verstehen, als die Türglocke läutete und Besuch ankündigte.

In Erwartung einer meiner Kundinnen blickte ich auf. Als ich sah, wer es war, ließ ich die Zeitschrift auf den Schreibtisch fallen.

Detective Inspector Ian Chisholm kam herein und sah ganz geschäftsmäßig aus. Seit er das Opfer eines schiefgelaufenen Liebestranks geworden war, hatte ich mich in seiner Nähe immer etwas unwohl gefühlt. Aber jetzt, wo ich an der Vertuschung eines Verbrechens beteiligt war, war ich regelrecht ein Nervenbündel.

Ich versuchte, unbeteiligt zu wirken und so zu tun, als ob mich nichts beunruhigte. Fröhlich sagte ich: „Ian. Was für eine Überraschung. Brauchst du wieder Wolle für deine Tante?" Seine Tante war eine begeisterte Strickerin und eine meiner Kundinnen. Er kam oft vorbei, um etwas für sie mitzunehmen.

Also, so oft auch wieder nicht.

Er reagierte nicht so fröhlich, wie ich gehofft hatte. „Nein, Lucy. Ich bin amtlich hier."

„Oh?" Ich konnte hören, wie meine Stimme am Ende des „Oh" ein wenig zitterte.

„Ja. Es hat ein Ergebnis im Fall des Mordes an Bryce Teddington gegeben."

„Ach, wirklich?"

Glücklicherweise hatten Rafe, Theodore und ich über die Möglichkeit gesprochen, dass die Polizei mich über Edgar Smiths Verbrechen und die Tatsache, dass ich am Rande damit zu tun hatte, befragen wollte. Ich schaute so unschuldig wie möglich und fragte: „Hast du herausgefunden, wer es getan hat?"

Er warf mir einen Blick zu. Ich stelle mir vor, dass es die Art von Blick ist, die ein guter Pokerspieler einem wirklich schlechten Spieler zuwirft, der zu bluffen versucht. „Ja, Lucy. Das haben wir."

„Das ist großartig. Wer war es?"

Er sah mir fest in die Augen. „Willst du eine Vermutung wagen?"

Großartig. Jetzt spielte er Spielchen mit mir. „Nein. Das würde ich nicht tun."

„Es war Edgar Smith. Erinnerst du dich an ihn?"

Ich wusste, dass er mit mir spielte, aber ich konnte nur an meiner Unschuldsmiene festhalten. „Natürlich, das weiß ich. Er war der Geschäftsführer des menschenscheuen Produzenten Simon Dent."

„Es stellte sich heraus, dass er kein Manager war. Er war

der Produzent. Ein extrem reicher Mann. Davon wusstest du nichts?"

Ich schüttelte entschieden den Kopf. „Nein. So ein Schock."

„Es scheint, dass auch er Opfer eines seltsamen und zufälligen Angriffs wurde."

„Ach ja? Edgar Smith?"

„Ja. Noch merkwürdiger ist, dass er offenbar ein volles Geständnis abgelegt hat. Er hat es sogar freundlicherweise aufgeschrieben, da er im Moment Schwierigkeiten mit dem Sprechen hat."

Ich schluckte schwer. „Er hat gestanden, Bryce Teddington getötet zu haben? Hat er gesagt, warum?"

„Das ist das Seltsame. In seinem schriftlichen Geständnis sagt er, dass Bryce Teddington damit gedroht hätte, seine Identität preiszugeben. Er hat jahrelang ein Doppelleben geführt. Er gab vor, sein eigener Geschäftsführer zu sein, während er gleichzeitig in ruhigem Luxus lebte."

„Klingt nach einem ziemlich seltsamen Typen."

„Ich würde sagen, ja. Natürlich hatten wir die Gelegenheit, sein Herrenhaus zu besuchen. Es ist nicht allzu weit von hier entfernt. Hier wurde ursprünglich ein Teil von *Die Frau des Professors* gedreht. Vielleicht kennst du es?"

Ich spürte, wie sich in meinen Achselhöhlen Schweiß bildete. Ich konnte das nicht mehr lange aufrechterhalten. Ich war von Natur aus kein unehrlicher Mensch, und hatte das Gefühl, dass sich dieses große Geheimnis in meiner Brust ausbreitete. Wenn ich nicht riskiert hätte, die Wahrheit über meine Freunde im Untergeschoss zu enthüllen, hätte ich alles verraten, was Ian wissen wollte. Aber ich brachte es nicht über mich. Ich musste stark bleiben.

Ich holte tief Luft. „Ich habe davon gehört, aber ich wohne noch nicht so lange in Oxford. Ich kenne mich in der Gegend nicht so gut aus."

Er kam näher und sah mich von der anderen Seite der Kasse aus an. „Lucy, hör auf, Spielchen mit mir zu spielen. Was weißt du über diese Juwelen?"

„Du meinst, die Juwelen, die Sylvia – die aus dem Nachlass von Sylvia Strand – gestohlen wurden?"

„Ja. Diese Frau, mit der du auf mysteriöse Weise verwandt zu sein scheinst. Und die dir ein Vermögen an Juwelen vermacht hat, das du nie erwähnt hast."

„Habt ihr sie gefunden?", fragte ich.

Er tippte mit den Fingern auf den Schreibtisch. „Das ist komisch. Ich hätte gedacht, dass du mich das früher fragen würdest. Bei einer Auktion könntest du dafür wie viel bekommen, fünf Millionen? Zehn? Und doch lebst du bescheiden in einer Wohnung über einem Strickwarengeschäft. Schau mal, ich bin Polizist. Und wenn etwas nicht passt, macht mich das neugierig."

Zum Glück hatten wir auch diese Möglichkeit durchgesprochen. Ich hatte mir vorgestellt, dass es irgendein Gespräch über diese Themen geben würde, aber nicht, dass es in meinem Laden stattfinden würde oder dass Ian direkt damit herausplatzen würde. Ich hatte mir ein höflicheres Gespräch vorgestellt, vielleicht mit einem seiner Vorgesetzten, auf der Polizeiwache. Ich vermutete, dass Ian mich hier in meinem Laden zur Rede stellen wollte, damit er nicht in seinem offiziellen Umfeld war und ich nicht das Gefühl hatte, dies sei Routine.

Ich zuckte mit den Schultern und versuchte, lässig zu wirken. „Ich wusste nicht, dass diese Juwelen so viel wert sind. Sie lagen in einem Bankschließfach. Ich trage sie nie. Nicht wirklich mein Stil. Aber ich konnte sie nicht loswerden. Es sind Familienerbstücke."

„Du könntest sie einem Museum spenden."

Ich zuckte mit den Schultern. „Könnte ich." Und wenn sie wirklich mir gehören würden, würde ich genau das tun.

Er starrte mich ein paar weitere unangenehme Sekunden lang an. „Ach, und um deine Frage zu beantworten: Wir haben die Juwelen nicht gefunden. Seltsam, nicht wahr? Edgar Smith behauptet, er habe sie nie gehabt. Doch als wir sein Herrenhaus durchsuchten, fanden wir ein ganzes Atelier voller Erinnerungsstücke an deine berühmte Vorfahrin. Was war sie? Deine Großmutter?"

Er wusste ganz genau, dass sie nicht meine Großmutter gewesen war. „Meine Großtante", sagte ich etwas schroff. „Und es war mehr eine Ehrensache als eine echte Blutsverwandtschaft."

Er nickte. „Ok. Seltsam, welche Verbindungen wir in Familien finden, nicht wahr? Meinem Großvater zufolge bin ich entfernt mit Robert the Bruce verwandt. Aber ich kann keine Verbindung zwischen jemandem aus deiner Familiengeschichte und einem berühmten Filmstar finden."

„Du hast in meiner Familiengeschichte gestöbert?" Ich fühlte mich irgendwie verletzt. Als ob er meine Unterwäscheschublade durchsucht hätte.

„Ich mache nur meine Arbeit."

Ich hatte genug von diesem unangenehmen Katz- und Mausspiel. Jetzt lehnte ich mich vor, in seinen Raum hinein. „Willst du mich eines Verbrechens beschuldigen?"

Er bewegte sich nicht, aber ich spürte seine Frustration. Er war klug genug, um zu wissen, dass etwas nicht stimmte, aber er hatte keine Ahnung, was. „Nein. Das ist der schwierige Teil, nicht wahr? Ich bin hundertprozentig überzeugt, dass du mehr darüber weißt, als du sagst. Aber warum hättest du Bryce Teddington töten sollen? Warum solltest du deine eigenen Juwelen stehlen? Sie waren nicht versichert. Es gibt keine Versicherungsleistung. Du hast nichts davon, den Buchhalter einer Filmproduktionsfirma zu töten."

„Ganz zu schweigen davon, dass ich mir selbst einen Schlag auf den Kopf hätte verpassen müssen, um mich bewusstlos zu machen."

„Und das auch noch."

„Ich versichere dir, dass ich nichts mit einem Mord oder einem Juwelendiebstahl zu tun hatte."

„Ich glaube dir. Ich bin mir aber nicht ganz sicher, ob du nicht doch etwas mit der Wiedererlangung zu tun hast."

Ich entschied mich für gespielte Empörung. „Aber du hast mir doch gerade gesagt, dass ihr die Juwelen nicht gefunden habt."

„Nein. Aber wir haben eine Schaufensterpuppe aus schwarzem Samt gefunden. Genau die Art Puppe, die ein Sammler mit Juwelen behängt haben könnte. Und sie trug nichts. Überhaupt nichts."

Wenn man sich auf Männer verlässt. Ich hätte Theodore und Rafe einschärfen sollen, etwas auf die Schaufensterpuppe zu legen.

„Also bleibt der Fall wohl offen? Werdet ihr weiter nach dem Cartier-Set suchen?"

„Sagen wir einfach, dass es nicht ganz oben auf meiner Prioritätenliste stehen wird. Und ich muss dich warnen, Lucy, wenn du die jemals in der Öffentlichkeit trägst, bekommst du eine Menge Ärger."

Ich erschauderte. Darüber brauchte er sich keine Sorgen zu machen. Ich war mir absolut sicher, dass diese Juwelen nie wieder von jemandem gesehen werden würden, der nicht untot war. Und vielleicht von mir, falls Sylvia mich jemals bestrafen wollte.

Ian ging immer noch nicht, also fragte ich: „Ist das alles, was du wolltest? Eine Drohung in den Raum stellen?"

Er stieß einen frustrierten Seufzer aus, steckte eine Hand in seine Tasche und zog ein ordentlich gefaltetes Stück hellblaues Papier heraus, das er auseinanderfaltete. „Nein. Ich brauche auch drei Knäuel Shetland Tweed in Grün. Und meine Tante hat mich gebeten, dir zu sagen, wie sehr ihr dein letzter Newsletter gefallen hat."

Danke, dass Sie das Buch gelesen haben. Ich hoffe, Sie hatten Spaß mit Lucys neuestem Abenteuer. Werfen Sie hier gleich noch einen Blick in den nächsten Krimi. Folgen Sie mir auf Amazon.

Eine Nachricht von Nancy

Liebe Leser und Leserinnen,

Vielen Dank, dass Sie die Serie der Strickclub der Vampire lesen. Ich freue mich sehr über die Begeisterung, die diese Serie hervorruft. Ich habe vor, noch viele Geschichten über Lucy und ihre bestrickenden Vampire folgen zu lassen.

Über Rezensionen freue ich mich immer, und vergessen Sie nicht, anderen Liebhabern von Häkel- und Strickkrimis von dieser Serie zu erzählen.

Sie können Ihre Rezension auf Amazon hinterlassen.

Ihre Beiträge sind die Wolle, mit der ich diese Geschichten stricke.

Bis zum nächsten Mal.
Viel Spaß beim Lesen,

Nancy

BÜCHER VON NANCY WARREN

Erfahren Sie mehr über neue Ausgaben und Sonderangebote in Nancy's Newsletter (auf Englisch) bei NancyWarrenAuthor.com oder folgen Sie ihr auf Facebook auf facebook.com/nancywarrenDeutsche

Der Strickclub der Vampire

Verwirrung und Verrat - ein kostenloses Prequel für die Abonnenten von Nancys Newsletter

Der Strickclub der Vampire - Band 1

Maschen und Magie - Band 2

Häkelei und Hexenkessel - Band 3

Zwirn und Zauber - Band 4

Lieblingspullis und Liebestränke - Band 5

Weissagung und Wollpullover - Band 6

Schwindelei und Spitze - Band 7

Bommelmützen und Besenstiele - Band 8

Poltergeist und Popcornmuster - Band 9

Gargoyles und Geheimbünde - Band 10

Dolch und Diamanten - Band 11

Flüche und Fischgrätmuster - Band 12

Der Strickclub der Vampire: Band 1-3

Der Blumenladen von Willow Waters

Die Magie der Pfingstrose - Band 1

Das Verwunschene Brautkleid

Eine Serie aus fünf romantischen Komödien über Frauen, die auf der Suche nach dem richtigen Kleid, den dazu passenden Schuhen und dem perfekten Mann sind.

Die Flucht der Braut - Buch 1

Die Braut aus Zweiter Hand - Buch 2

Brautjungfer zu mieten - Buch 3

Ein Brautkleid zum Verlieben - Buch 4

Wenn das Kleid passt - Buch 5

Die Oma

Das Jahr, in dem die Weihnachtsoma das Weite suchte

Um eine vollständige Liste ihrer Bücher zu sehen, gehen Sie auf Nancys Website NancyWarrenAuthor.com

Nancy Warren ist eine USA Today Bestseller-Autorin und hat mehr als 100 Romane verfasst. Sie stammt ursprünglich aus Vancouver, Kanada, zieht jedoch gerne um und hat längere Zeit in England, Italien und Kalifornien gewohnt. Die Inspiration zur Strickrunde der Vampire kam ihr während ihrer Zeit in Oxford. Gegenwärtig lebt sie teils in Großbritannien, in Bath, wo sie oft so tut, als sei sie Jane Austen, oder zumindest eine von deren Romanfiguren, und teils in Victoria, Britisch-Kolumbien, wo sie es genießt, am Meer zu leben. Zu ihren Lieblingsmomenten zählen die Tage, als sie die Antwort in einem Kreuzworträtsel der kanadischen Zeitung National Post war, als sie es mit ihrem Roman Speed Dating, dem Auftakt zur Buchreihe Harlequin's NASCAR, auf das Titelblatt der New York Times schaffte, und die drei Male, als sie für den RITA-Award, den bedeutenden Preis für englischsprachige Liebesromane, nominiert wurde. Sie hat einen MA in kreativem Schreiben von der Bath Spa University. Sie ist eine begeisterte Wanderin, liebt Schokolade und vor allem liebt sie es, von ihren Lesern zu hören!

Die beste Weise, mit ihr in Kontakt zu bleiben, ist, sich über NancyWarrenAuthor.com für Nancys Newsletter anzumelden (auf Englisch).

Mehr über Nancy und ihre Bücher erfahren Sie hier:
NancyWarrenAuthor.com

facebook.com/nancywarrenDeutsche

instagram.com/nancywarrenauthor

amazon.com/Nancy-Warren/e/B001H6NM5Q

goodreads.com/nancywarren

bookbub.com/authors/nancy-warren